도깨비불 게스트하우스

도깨비불 께스트하우스

범유진 장편소설

차례

집은 여름 장마로 피어오른 안개 위에 떠 있는 듯 보였다. 건물 뒤 주차장으로 이어진 좁은 길은 정비되지 않아 울퉁불퉁했다. 그 위에서 15년 연식의 중고 모닝이 비명을 질렀다. 나모미는 이런 산자락에 게스트하우스가 말이 되냐고 투덜거리며 차에서 내렸다. 바닥에 깔린 돌계단을 따라 건물 앞으로 가자, 안개에 가려졌던 모습이 확연하게 드러났다. 모미의 시선이 담벼락을 타고 내려왔다. 검은 기와지붕은 새의 날개처럼 양옆으로 펼쳐져 있었고, 그 위를 능소화 덩굴이 뒤덮고 있었다. 새까만 3층 건물 외벽을 구불구불 타고 내려온 시선은 현관문 위에 달린 간판에서 멈췄다. 간판에는 '인화燐火'라는 글자가 쓰여 있었다. 한자에는 까막눈이나 다름없는 모미는 저걸 어떻게 읽는 걸까 싶어 한참을 들여다보다가 휴대전화를 꺼내 사진을 찍었다. 구글 번역기가 한자의 발음과 뜻을 알려주었다.

"인화. 도깨비불."

모미는 한자를 소리 내 읽었다. 참 잘 어울리는 이름이구나 싶었다. 오늘 아침 느닷없는 전화를 받고 이 집에 이르기까지, 내내 도깨비에게 홀린 기분이었으니까. 모미는 현관문 앞에 섰다. 짙은 갈색의 나무문에서 묵직한 무게감이 느껴졌다. 곳곳의 긁힌 자국과 손때가 그 무게감만큼의 시간이 이 집에 새겨져 있음을 말해주었다. 능소화 덩굴이 레이스처럼 드리워진 현관문 위쪽에서 은색 도어벨이 길게 내려와 있었다. 모미는 도어벨의 줄을 꽉 움켜잡았다.

도깨비에게 홀렸든 말든, 할 일은 해야만 한다.

모미는 줄을 당겼다. 한 번, 두 번, 세 번을 당기고서야 꼼짝도 하지 않던 문이 빼꼼히 열렸다. 금방이라도 다시 닫힐 것 같아 재빨리 틈새에 발을 집어넣고 손잡이를 당기자, 문은 별다른 저항 없이 열렸다.

고양이처럼 치켜 올라간 눈꼬리와 색소 옅은 눈동자.

어릴 적 헤어진 언니, 나다미가 눈앞에 서 있었다. 부모님의 이혼 이후 한 번도 만난 적 없는 나다미가 어린 시절 모습 그대로 나타난 것에 놀란 모미는 주춤 뒷걸음질 쳤다. 그러나 곧 앞에 선 소녀가 언니가 아님을 깨달았다. 그때는 나이 차이가 많이 나서 어른처럼 느껴지던 언니가 지금은 너무나도 앳되어 보였다. 순간, 추억은 사라지고 눈앞의 소녀는 현실이 되었다.

"네가 나나경이지?"

모미는 집 안으로 들어가며 소녀, 나경에게 말을 건넸다. 나경은 고개를 끄덕이거나 가로젓지도 않고 입을 꾹 다문 채 모미를 응시했다. 모미는 그 모습이 꼭 자기 구역에 들어오지 말라고 털을 곤두세운 고양이 같다고 생각했다. 하지만 환영받지 못한다고 물러설 수는 없었다. 대학교 행정실에서 다음 학기에 복학하지 않으면 기숙사를 나가야 한다는 통보를 받은 터였다. 그러나 복학하기에는 통장 잔액도 기력도 없었다. 현실에 대한 불안과 채 갈무리하지 못한 감정이 실타래처럼 얽혀 보이지 않는 절벽 아래로 등을 떠밀었다.

그러던 중 걸려 온 낯선 이의 전화는 동아줄이었다. 절벽 아래로 떨어질까, 줄을 붙잡고 도망칠까. 모미는 후자를 선택했다. 버틸 것이다. 그놈의 재판 결과가 나올 때까지, 어떻게든. 그래서 이를 악물고 도망쳤다.

여기서 물러서면 어차피 갈 곳도 없다.

"난 나모미. 스물일곱 살. 그러니까… 네 이모야."

모미가 어색하게 말을 건넸지만 나경은 꼼짝하지 않고 서 있을 뿐이었다. 모미는 신발을 벗고 복도에 올라섰다. 집 안에서는 후덥지근한 여름의 공기를 머금은 종이 냄새가 났다. 현관 바로 앞에 위치한 계단 옆쪽으로 1층 거실로 이어진 중간 복도가 좁게 뻗어 있었는데, 모미가 올라서자 삐걱거리며 휘파람 소리를 냈다. 계단 맞은편에는 복도와 방을 구분 짓는 커다란 미닫이문이 설치되어 있었다. 거실로 향하던 모미는 계단 아래쪽 공간에 놓여 있는 고풍스러운 나무 책상을 발견했다. 책상 뒤쪽에는 '접수처'라 쓰인 간판이 걸려 있었고 책상 위에는 만년필과 '숙박부'라 쓰인 커다란 공책이 놓여 있었다. 모미가 공책을 집어 들고 펼쳐 보려는데, 등 뒤에서 날카로운 목소리가 날아왔다.

"보호자 따윈 필요 없어요."

모미는 고개를 돌려 현관 앞에 선 나경을 봤다.

"엄마가 돌아올 테니까."

"뭐? 네 엄마는…."

네 엄마는 죽었잖아. 모미는 튀어나가려던 말을 얼른 삼켰다.

"하긴, 어차피 하루도 못 버티고 도망가겠지만!"

나경은 그렇게 외치고는 계단을 뛰어 올라갔다. 모미는 집어 들었던 숙박부를 다시 책상 위에 내려놓았다. 후덥지근한데도 묘한 한기가 느껴졌다. 낯선 장소에 대한 긴장 때문일까, 아니면 익숙하지 않은 산길을 한참이나 운전해 온 탓일까. 일단 등에 멘 가방을 어디든 내려놓고 쉬고 싶었다. 모미는 미닫이문을 열었다.

"저건… 오르골?"

문을 열자마자 보이는 벽 쪽에 낡은 오르골이 놓여 있었다.

얼핏 보면 장식장으로 착각할 만한 크기로, 쇠막대기가 디스크 형태의 거대한 금속 음계판을 긁는 앤티크 오르골이었다. 오르골 가장 위에는 검은 나무로 조각한 새 모형이 장식되어 있었다. 새의 눈에 박힌 붉은색 보석이 모미를 노려보듯이 번쩍거렸다. 레코드판을 넣어두는 아래쪽 부분은 투명한 유리로 되어 있었는데, 푸른 기체가 반쯤 차 일렁거렸다. 모미는 그 푸른빛에 이끌리듯 문턱을 넘어 안으로 들어갔다.

안쪽은 커다란 거실이었다. 복도 쪽으로는 개방형 주방이, 정원 쪽에는 화장실과 창고가 설치되어 있었다. 주방에 놓인 커다란 4인용 식탁과 거실 한가운데 깔린 러그, 커다란 오르골과 그 옆의 장식장 하나를 제외하면 다른 가구는 일절 없었다.

모미는 가방을 벗어 내려놓고 러그 위에 털썩 드러누웠다. 등에 닿은 푹신한 러그의 감촉을 느끼며 고개만 움직여 거실 안을 둘러보았다. 정원 쪽으로 커다란 통창이 나 있는데도 천장의 서까래 사이에 설치된 조명이 어둑해서인지, 집 밖에 여전히 안개가 깔린 탓인지 집 안으로 조금의 빛도 새어 들어오지 않았다. 모미는 다시 오르골 쪽으로 시선을 옮겨 푸른빛을 잠시 바라보았다. 흔들리는 불꽃 사이로 아침의 기억이 새어 나왔다.

낯선 번호로 걸려 온 전화의 통화 버튼을 누를 때까지만 해도 도깨비 굴에 드러누워 있게 될 줄은 몰랐다. 끊임없이 걸려 오는 장난 전화에 지쳐, 분노를 쏟아내주마 작정하고 통화 버튼을 눌렀을 뿐이었다. 그러나 상대의 첫마디는 분노마저 한순간에 희석시켰다.

"나다미 씨 대리인으로 연락드렸습니다"라던 그 말.

어릴 적에 가끔 언니가 찾아오지는 않을까 상상한 적은 있었지만 이런 식은 아니었다. 자신을 김 변호사라고 밝힌 상대는 사무적인 태도로 말을 전했다. 나다미가 나모미에게 재산을 증여하길 원하는데 자세한 증여 조건은 지정된 곳에 찾아가 들어야 하며, 그 장소에 가는 것만으로 백만 원이 지급될 거라고 했다. 그쪽을 어떻게 믿냐고, 언니가 직접 찾아오지 않고 대리인을 통할 이유가 뭐 있냐고 물었더니 "나다미 씨는 먼 길 떠나셨습니다"라는 대답이 돌아왔다. 그러고도 통화는 이어졌지만 그 말들은 모두 모미의 귓가를 흘러 내려갔다. 그렇구나. 언니가 죽었구나. 전화를 끊고 나서도 잠시간 멍했다.

망설일 이유는 없었다. 기억도 희미한 언니의 죽음은 실감나지 않았고 현실은 절박했다.

"증여 조건이 대체 뭘까."

모미의 시선이 오르골 옆 장식장으로 옮겨 갔다. 장식장 한쪽에는 액자 여러 개가 놓여 있었다. 모미는 몸을 일으켜 장식장 앞에 가 섰다. 가장 커다란 액자 속 사진에는 한 여자가 나경을 껴안고 활짝 웃고 있었다. 나경과 똑 닮은 얼굴. 여자는 아마도 나다미다. 성인이 된 사진 속 언니의 얼굴이 그저 낯설었다.

부모님의 이혼으로 가족이 뿔뿔이 흩어졌을 때 모미는 너무 어렸다. 따라서 두 사람이 왜 이혼했는지, 아버지가 어떤 사람이었는지, 가족이 함께 지낸 날들이 어땠는지는 기억나지 않는다. 모친이 집에 놓아둔 가족사진이 아니었다면 나다미의 얼굴도 완전히 잊어버렸을 거다. 20여 년이 넘도록 어릴 적 설움과 추억을 부여잡고 있기에는 그 후의 날들이 너무 힘들었다. 모미의 어머니는 제대로 일할 수 없는 사람이었다. 한낮에도 귀신이 보인다며 방구석에 틀어박혀 벌벌 떨었고 무당이며 기도사며 온갖 사기꾼에게 돈을 갖다 바쳤다. 어머니가 늘 우는 통에 모미는 제대로 울 수도 없는 유년 시절을 보내야 했다. 열네 살 봄에 엄마가 세상을 떠났을 때 모미는 울지 않았다. 이제는 오로지 내 몫만 짊어지면 돼. 장례식장의 매캐한 향냄새에 잔기침을 하면서 그런 생각만 했다.

열네 살. 나경도 열네 살이라고 했다.

튀어나갈 뻔했던 말을 삼킨 건 핏줄이라서도, 어른이라서도 아니었다. 그 향냄새를 아는 열네 살의 하루란 작은 물방울 하나에도 넘칠 듯한 불안의 잔 하나를 이고 지내는 것임을 알기 때문이었다.

"나도 진짜로 네 보호자가 될 생각은 없어."

모미는 혼잣말로 투덜거리며 액자를 내려놓고 다시 가방을 들었다. 증여 조건을 듣기 전에는 돌아갈 수 없으니, 오늘은 이곳에서 머물러야 할 수도 있었다. 1층은 공용 공간뿐이니 위층에 올라가 머물 방을 찾아야지 싶었다.

먼저 2층을 둘러보았다. 2층은 복도형 구조로, 방 여섯 개가 복도를 따라 양쪽으로 늘어서 있었다. 그중 방 한 곳에만 복숭아 그림이 그려진 팻말이 걸려 있기에, 살짝 문을 열고 안을 들여다보았다. 침대 위에 걸린 커다란 족자가 눈에 들어왔다. 복숭아나무 아래에 미인이 서 있는 고풍스러운 그림이었다. 그나저나 숙박부에 이름을 적어야 할까, 아니면 빈방 아무 데나 써도 되는 걸까. 모미는 고민하며 3층으로 올라갔다. 3층은 2층과는 다르게 복도식이 아닌 일반 스리룸 가정집 구조였다. 계단을 중심으로 오른쪽에는 방이 두 개, 왼쪽에는 방이 하나였는데 오른쪽의 두 방에는 각각 개인 화장실과 샤워실이 딸려 있었다.

"나다미."

모미는 왼쪽 방에 걸린 팻말을 읽었다.

"나나경."

음악 소리가 새어 나오는 오른쪽 방문에는 나경의 이름이 걸려 있었다. 몇 걸음을 옮겨 가장 안쪽 방문 앞에 선 모미의 눈이 일순간 커졌다.

"…나모미."

팻말에는 모미의 이름이 쓰여 있었다. 툭. 유리창 두드리는 소리가 났다. 모미는 복도의 창문을 내다보았다. 한두 방울씩 유리창을 두드리던 빗방울이 순식간에 거센 빗줄기로 변했다. 모미는 방문에 걸린 자신의 이름을 손끝으로 가만히 쓰다듬었다.

비는 저녁 내내 내렸다. 그러나 모미가 새벽 한 시, 얕게 들었던 잠에서 깬 건 빗소리 때문이 아니었다.

도어벨이 미친 듯이 울렸기 때문이었다.

| 첫 번째 장 |

늘여름 : 예술가와 화도의 붓

땡. 땡. 땡.

연이어 울린 도어벨 소리가 난폭하게 귓가를 두드렸다. 또 그 미친놈인가. 수빈이가 무서워할 텐데. 모미는 반사적으로 몸을 일으켰다. 한밤중에 벨소리와 현관문 두드리는 소리가 나면 수빈은 애벌레가 된다. 이불을 말아 뒤집어쓰고 책상 아래에 들어가 숨을 참는 애벌레. 일어나야지. 가야지. 애벌레가 된 수빈을 끌어안아서 인간으로 되돌려 놓아야지. 모미는 잠이 덜 깬 상태로 침대를 기어 내려갔다. 하지만 발에 닿은 푹신한 러그의 감촉에 정신이 들었다. 침대의 매트리스는 너무 푹신하고 눈앞에 보이는 방문은 흠집 하나 없이 깨끗하다. 여기는 수빈과 살던 원룸이 아니다. 낯선 방 안 풍경 위에 페인트를 덧칠한 낡은 서랍장과 회색 꽃무늬 장판 바닥이 겹쳐 떠올랐다. 장판은 수빈이 원룸을 얻기 전부터 깔려 있던 거였다. 내가 저거 언젠가 바꾸고 만다. 모미가 그렇게 말할 때마다 수빈은 그저 말갛게 웃었다.

결국 모미는 원룸의 장판을 바꾸지 못했다. 수빈의 피로 붉게 물들던 회색 꽃을 떨쳐내려 고개를 가로젓는 동안에도 도어벨은 계속 울렸다. 새벽 한 시였다. 경찰을 부를까 고민하던 모미는 이곳이 게스트하우스임을 떠올리고 생각을 고쳐먹었다. 어쩌면 예약 손님이 늦게 온 건지도 모른다. 결국 모미는 방을 나가 1층 현관으로 내려갔다. 걸쇠를 건 채 문을 조금 열자, 팽팽하게 당겨진 걸쇠 틈으로 남자가 얼굴을 들이밀었다.

"문, 문 열어. 당장!"

남자의 벌겋게 핏발 선 눈을 본 모미는 손잡이를 한층 꽉 움켜쥐었다.

"제발. 여기서 자야만 해. 그 방! 그림이 걸린 그 방에서 묵게 해줘!"

남자는 필사적으로 문틈을 붙잡고 하소연했다. 잔뜩 힘이 들어간 남자의 손끝에 시선이 닿자, 모미는 미간을 찌푸렸다.

"예약 손님이세요?"

"뭐? 아니. 아니야. 예약을 어떻게 해? 찾을 수가 없는데! 내가 여기 찾으려고 얼마나 애썼는지 알아? 열어. 열라고!"

남자는 양손으로 문틈을 벌리려 했다. 까득. 남자의 손톱이

나무문의 표면을 긁었다.

"열어줘. 붓에 대해서 꼭 확인할 게 있어."

"붓이요?"

"그래. 이전에 여기서 묵었을 때 받았어. 어떤 그림이든 명작으로 만들어 주는 마법의 붓!"

모미의 미간이 와락 구겨졌다. 더 들어볼 필요도 없다. 마법의 붓이라니. 술에 취했거나 미쳤거나 여하튼 이 남자는 제정신이 아니다.

"손 떼세요. 다칩니다."

모미의 경고에도 남자는 문에서 손을 떼지 않았다. 모미는 양손으로 손잡이를 꽉 잡고 어금니를 앙다물었다. 다른 사람의 집에 무단침입하려는 괴한의 손가락 하나둘쯤 분지르는 건 정당방위의 범주다. 모미가 문을 있는 힘껏 잡아당기려 할 때였다.

집이 울었다.

벽 전체가 관악기가 된 듯했다. 윙윙거리는 빗소리도, 남자의 신음도, 모미의 놀라움마저도 집어삼켰다. 울림은 벽과 천장의 진동으로 바뀌어 모미의 반고리관을 어지럽게 만들었다. 혹시 지진이 난 걸까. 퍼뜩 떠오른 가능성에 모미는 손잡이를 놓고 정신없이 계단을 뛰어 올라갔다. 나경을 깨워야 한다. 그 외엔 아무 판단도 할 수가 없었다.

계단을 두 칸씩 뛰어오르던 모미를 멈추게 한 건 푸른 불꽃이었다. 일렁거리는 푸른 불꽃이 마치 초에 불이 붙듯이 빠르게, 계단 위에서부터 차례대로 칸을 타고 내려와 곧 계단 전체를 뒤덮었다. 모미는 불꽃의 숲 한가운데 서서 슬쩍 자신의 한쪽 뺨을 꼬집었다. 꿈인가 싶었다. 꿈이 아니라면 이 불꽃은 대체 뭐란 말인가. 분명 불꽃이지만 몸에 닿았는데도 전혀 뜨겁지 않고 오히려 서늘했다.

"저분을 들여보내 주세요."

발목을 관통하며 너울거리는 불꽃에 정신이 팔렸던 모미는 낯선 목소리에 고개를 들었다. 계단 위에 한 여자가 서 있었다. 부채로 얼굴을 가린 채 분홍색에 화려한 금박이 수놓인 장포를 입은 여자가 한 칸씩 계단을 내려올 때마다 불꽃이 춤추듯 일렁거렸다. 모미 앞에 멈춘 여자가 얼굴을 가린 부채를 내렸다. 모미는 드러난 여자의 얼굴에 고개를 갸웃거렸다. 어디선가 봤다면 좀처럼 잊기 힘들 만큼 아름다운 얼굴이니, 만난 적은 없을 것이다. 그런데 어쩐지 묘한 기시감이 들었다.

"소녀, 화도라고 합니다."

옥쟁반에 구슬이 굴러가듯 고운 목소리였다.

"문밖에 계신 분이 소녀의 사랑일 수 있습니다. 제발 문을 열어주세요. 연약한 인간의 몸. 비를 너무 맞으면 육체가 상합니다."

"그렇게 말해도… 나는 그쪽이 누구인지도 모르는데요. 수상한 사람이 수상한 사람을 들여보내 달라고 부탁하는 걸 들어줄 순 없죠."

"수상하다니요. 너무하십니다."

화도가 눈물을 글썽거리며 소매로 입가를 가렸다.

"새로운 관리인님이시지요? 그런데 절 모르시다니."

밖에서 문을 두드리는 소리가 집의 울음에 답하듯이 거세어졌다. 소매로 가린 화도의 입에서 흐느낌이 터져 나왔고, 모미의 몸이 휘청일 정도로 집의 진동이 격화되었다. 모미는 난간을 붙잡았다.

"진정해요! 난 관리인이⋯."

"그 사람, 관리인 아니에요."

뾰족한 목소리와 동시에 커다란 털 뭉치가 계단 위에서 쏟아져 모미를 덮쳤다. 엉겁결에 털 뭉치를 받아 든 모미에게 다시 나경의 말이 날아들었다.

"화도는 장기 숙박 손님이에요. 수상한 사람이 아니라. 그러니 원하는 대로 해주세요."

"장기 숙박? 방 확인했는데 모두 비어 있었어."

"눈에 보이는 게 전부가 아니에요."

모미의 품에 안긴 털 뭉치가 날름 혀를 내밀어 모미의 팔을 핥았다. 그러고는 품에서 훌쩍 뛰어내리더니 울고 있는 화도의 주변을 빙빙 돌았다. 모미는 그제야 털 뭉치의 몸에 난 게 털이 아니라 뒤엉킨 미역 줄기임을 알았다. 털 뭉치가 뛸 때마다 삐져나온 미역이 허공에 펄럭거렸다.

"저건… 개?"

"장자마리예요. 마리라고 불러요. 정말 아무것도 모르는군요."

나경은 성큼성큼 계단을 내려와 모미가 말릴 새도 없이 현관문을 열었다. 문이 열리자마자 흠뻑 젖은 남자가 집 안으로 뛰어 들어왔다. 동시에 집 안에 울리던 진동이 멈췄다. 화도는 언제 울었냐는 듯 만면에 미소를 띤 채 남자를 향해 달려갔다.

"다시 만나러 올 거라 믿고 있었답니다."

"역시 있었어! 꿈이 아니었어!"

화도를 본 남자의 얼굴이 흉하게 일그러졌다.

"너 때문이야. 네가 준 붓 때문에!"

남자가 주머니에서 붓 한 자루를 꺼내 화도를 향해 던졌다. 붓은 화도의 가슴팍에 맞고 바닥에 떨어졌다. 전체 길이가 한 뼘 반 정도 되는, 어느 화방에서나 쉽게 살 수 있을 듯한 세필이었다.

"아, 안 돼."

남자는 기세 좋게 붓을 던진 게 다른 사람이었던 것처럼 허둥지둥 바닥에 떨어진 붓을 향해 달려들었다.

"망가지기라도 했으면 어쩌지? 이게 없으면 나는, 나는!"

남자는 혼잣말을 중얼거리며 바닥을 기어 붓을 주웠다. 가슴
팍에 붓을 끌어안고 엎드린 남자의 등이 잘게 떨렸다. 알아듣기
힘든 중얼거림과 눈물이 바닥으로 후드득 떨어졌다. 화도가 허
리를 숙여 남자의 뺨을 어루만졌다. 남자가 눈물로 일그러진 얼
굴을 들어 화도를 올려다보았다.

"이야기를 들려주세요."

화도가 남자의 손을 잡아 일으켜 세웠다. 남자는 어린아이처
럼 순순히 화도가 시키는 대로 일어나 거실로 향했다.

"뭐야, 대체."

모미는 계단 위, 푸른 불빛 사이에 털썩 주저앉았다.

죽자고 결심했습니다.

어릴 적부터 재능 있다는 소리를 듣고 자랐습니다. 학교에
한 명씩은 꼭 있잖습니까. 미술대회 나가서 상 휩쓸어 오는 애
들. 반 친구들이 그림 한 장 그려달라고 줄 서는 애들. 나도 그중
한 명이었습니다. 나가는 대회마다 수상자 명단에 김민석, 내
이름 석 자가 꼭 있었죠. 대학도 대회에서 받은 상 덕분에 무리
없이 원하는 대로 갔죠. 그렇다고 내 부모님이 예술가라거나,
경제적으로 넉넉해서 과외를 시켜줄 수 있었던 건 아닙니다. 학

원 하나 간신히 보내주는 평범한 집이었죠. 보통 과외다 유학이다 난리 쳐야 최고 등급 대학에 가서 살아남을 수 있는 게 현대회화입니다. 그런 애들하고 비교하면 난 흙수저나 진배없는 환경에서 자수성가한 셈이죠.

그렇죠. 지원. 인맥. 결국 그게 분수령입니다. 전국에서 날고 긴다 하는 실력을 갖춘 애들이 모인 대학에서 누가 먼저 작가로 이름을 알리는가 하는 건 그런 게 결정하는 겁니다. 사실 실력이야 고만고만하니까요. 반짝거리는 재능이 있어서 붓을 들기만 하면 걸작을 그려내는 천재 화가 같은 건 미디어가 만들어 낸 이미지죠. 실상은 무한정으로 들이부을 수 있는 자원이 천재 비슷한 걸 만듭니다. 자료 찾고 연구하고 구상할 수 있는 시간, 작품에 쓸 수 있는 재료비, 대회나 공모에 집중할 수 있는 작업실. 지금 생각하면 대학 재학 중에 아르바이트를 좀 덜 하고 공모에 전념했어야 합니다. 젊은 작가. 어린 천재. 사람들은 그 타이틀에 환장한단 말입니다. 레벨이 같은 작품이라면 스무 살이 그린 작품에 좀 더 점수를 주죠.

뭐, 그렇죠. 다 핑계일지도요. 그저 내가 그 고만고만한 재능을 가진 사람 중에서도 별 볼 일 없는 쭉정이였던 것뿐일지도 모릅니다. 서른 중반이 되도록 공모전 하나 입상하지 못한, 예술의 신에게 홀린 남자의 변명인 거지요. 부모님이 마흔 살이 되기 전에 아무거나 좀 해서 돈을 벌고 사회생활 경험을 쌓으라고 하더군요. 미술학원 강사라도 하라고. 정말 뭘 모르는 소리죠. 변변한 수상 경력이 없으면 강사 자리도 얻기 힘듭니다. 시간제 알바는 해 봤자 돈 몇 푼 안 되고. 원래 그렇잖아요. 돈 있는 놈이 돈 더 벌고, 명성 있는 사람이 더 큰 명성을 얻을 수 있는 자리를 휩쓸어 버리는 거죠. 그래도 부모님 말씀을 아예 못 들은 척할 순 없어서 반년간 문화센터에서 강사로 일했는데 수강생이 통 모이지 않은 탓에 결국 잘렸습니다. 부모님이 더 이상 봐줄 수 없다고, 겨울이 끝나면 집에서 나가라고 했습니다. 예, 그게 3년 전 여름입니다.

그때 결심했습니다. 겨울 갤러리 공모전에 떨어지면 죽자고. 죽을 각오로 덤볐는데도 안 되면 안 되는 거라고.

떨어졌습니다. 그 공모도.

그래서 죽으려고 했죠. 인왕산 정상에서 그림을 그리다가 떨어져 죽기로 마음먹었습니다. 화가가 죽은 후에야 그의 작품이 빛을 보는 건 흔한 일입니다. 사람들은 사연 있는 그림을 좋아하거든요. 내 시신을 발견한 누군가가 그림도 발견할 테니 그림 '죽음의 그림', 뭐 그런 식으로 유명해지지 않을까, 쓸데없는 상상을 하면서 드로잉북을 옆구리에 끼고 산길로 들어갔습니다. 그런데 어디 산을 타봤어야죠. 어디서 길을 잘못 든 건지 한참을 오르다가 길이 끊겼어요. 여기인가 저기인가 헤매는 사이에 해가 져버렸습니다. 어두운 산속을 헤매고 있으니 정말 죽는 게 아닌지 더럭 겁이 나더군요. 아니, 죽으려고 했던 건 맞지만요. 그런 식의 죽음을 원한 건 아니었으니까요. 나는 예술가입니다. 화가라고요. 죽음도 완벽한 예술 작품으로 남기고 싶은 게 당연하잖습니까. 그러려고 산 정상까지 올라가려 했던 거고요. 숲을 헤매다가 아사餓死, 뭐 그런 건 내 계획에 없었습니다.

그때 이 게스트하우스를 발견했습니다.

죽는 걸 하루 미룬다고 큰일 날 건 없었죠. 다행히 방이 있더군요. 저녁도 배부르게 먹고 2층 방에 드러누웠죠. 그러나 곧 일어났습니다.

그림이요. 그 방 벽에 걸린 그림.

복숭아나무 아래에 미인이 서 있는 그림을 보자마자 도저히 가만있을 수가 없더군요. 그리고 싶다는 열망이 벅차올라 손을 움직여야만 했습니다. 가지고 온 드로잉북을 펼치고 미친 듯이 그 그림을 따라 그렸죠. 그리다 보니 눈물이 나더군요. 나는 왜 죽으러 와서, 숲에서 길을 잃고 이런 볼품없는 게스트하우스에 신세를 지는 처지가 되어서까지 그리고 있는가. 나에게 그림은 대체 무엇인가. 왜 나의 이 순수한 예술혼을 알아봐 주는 사람이 없는가. 딱 한 번의 기회. 그것만 잡을 수 있다면! 통한이 뒤엉켜 눈물로 변해 쏟아졌습니다. 울면서도 손을 멈출 수 없다는 게 더욱 한스러웠죠. 그렇게 울며 그림을 그리다, 그대로 잠이 들었습니다.

꿈을 꿨습니다. 복숭아나무 아래의 미인이 그림 속에서 걸어 나와 내게 붓을 줬습니다. "이걸로 그리고 싶은 걸 마음껏 그리세요"라고 하더군요. 꿈이라지만 그렇게 예쁜 여자가 주는 걸 안 받을 이유가 없죠. 여자에게서는 향기로운 복숭아 냄새가 났습니다. 여자는 "절실하다면 붓이 당신을 도울 겁니다"라고 말하고는 분홍색 옷자락을 휘날리며 사라졌습니다. 복숭아 향기만 남았죠. 그 향기가 어찌나 짙은지, 잠에서 깬 후에도 코끝에 남아 있는 듯했습니다.

아아, 죽기 전에 좋은 꿈을 꿨다.

눈을 떠서 멍하니 그런 생각을 했죠. 그런데 정말로 붓이 머리맡에 놓여 있는 겁니다. 여자가 건넨 것과 같은 붓이었어요.

꿈인가 생시인가.

괜스레 뺨을 몇 번이고 꼬집었습니다.

"이건 문창성*의 붓이로군."

"그림을 그리거나 글을 쓰면 만인을 홀릴 수 있지. 성룡께서 아무에게나 내리는 신물이 아니지. 귀한 것이야."

* 학문과 문장을 관장한다고 여겨진 별.

"화도 님이 아무나는 아니지. 한 사람의 기원으로 영물이 되는 게 흔한 일인가."

"그만큼 화도 님을 그렸던 그 남자의 염(念)이 강했던 게지."

계단에 앉아 거실에서 들려오는 남자의 이야기에 귀를 기울이던 모미는 흠칫 놀라 몸을 일으켰다. 남자의 말허리를 자르고 끼어든 두 목소리는 나경의 것도, 화도의 것도 아니었다. 모미는 거실로 향했다. 복도를 걷는 동안 목소리는 점점 더 늘어나 대여섯 명이 떠드는 듯했다.

"화도 님이 그 남자를 만난 게, 대성(大聖)톨께서 유화 님을 혼자 땅에 내려보냈던 때인가."

"그보다는 한참 뒤지. 유화 님이 낳은 아드님이 세운 나라가 사라지고, 그다음인가. 하여튼 그때 이름 없는 환쟁이가 복숭아나무를 그리면서 치성을 드렸지. 부디 이 그림은 인정받게 해달라고. 인간이 그리 강한 염원을 품을 수 있다니 대단하지."

"화도 님이 그 환쟁이와 백 년쯤 살았나?"

"아냐, 같이 산 건 몇 년 안 돼. 그놈이 일방적으로 화도 님을 떠났으니까. 그러니 화도 님이 계속 기다리는 거 아닌가."

모미가 문턱 앞에 서자 두런두런 이어지던 대화가 뚝 끊겼다.

"호오. 새로운 관리인님인가."

"다미 님의 대리인이 왔대. 구경하자, 구경."

모미는 제자리에 굳은 채 꼼짝할 수 없었다. 식탁에는 화도와 김민석, 나경, 그리고 얼굴 반쪽이 화상으로 뒤덮인 여자가 앉아 있었다. 언제 어디서 나타난 건지 알 수 없는 여자가 앉아 있는 것도 놀랄 일이었지만, 모미가 얼음이 된 건 그 때문만은 아니었다. 벽과 천장에 수많은 얼굴이 돋아나 있었다. 코와 입 없이 이마에 커다란 눈 하나만 달린 얼굴, 검고 긴 머리카락으로 칭칭 감긴 얼굴, 뒤통수에도 얼굴이 달려 서로 자기 말이 맞다고 싸우는 얼굴 등 어떻게 봐도 인간과는 거리가 멀었다. 바위처럼 솟아난 얼굴 중 하나가 물줄기처럼 바닥에 흘러내리더니 꿈틀거리며 거대한 형체로 변했다. 얼굴은 개, 몸은 사람인 형체는 모미에게 다가와 바짝 붙어 서서 킁킁 냄새를 맡았다.

"뭐야, 인간이잖아. 완전한 인간."

으르렁. 개가 사납게 목울대를 울리며 입을 벌렸다. 날카로운 송곳니가 금방이라도 목을 물어뜯을 듯 가까워져, 모미는 흠칫 몸을 뒤로 뺐다.

"그만. 다미 님이 부른 인간이다. 함부로 대하면 다미 님이 돌아오셨을 때 혼날 거다."

화상 입은 여자의 말에, 개는 사납게 벌렸던 입을 닫았다.

"향랑 님이 그리 말씀하신다면."

개는 못마땅한 듯 중얼거리고는 다시 바닥에 녹아들어 사라졌다. 그러는 동안에도 수많은 인간 아닌 이들이 모미의 주변을 탐색하듯 서성거렸다.

"관리인님, 여기 와서 앉아요."

화상 입은 여자, 향랑이 모미를 향해 손짓했다. 너무나 뻔뻔하게 고개를 들이민 비일상이 어디까지가 진짜인지 맞혀 보라며 날름 혀를 내밀고 놀리는 듯했다. 멍하니 서 있던 모미는 누군가가 엉덩이를 떠밀어 정신을 차렸다. 뒤돌아보니 털 뭉치, 마리가 머리로 모미를 밀고 있었다.

"마리, 이리 와."

그때까지 잠자코 있던 나경이 마리를 불렀다. 여전히 뾰족한 목소리에 모미는 번쩍 정신이 들었다. 이번에도 고개를 들이민 비일상에 꼼짝 못 하고 당할 수는 없었다. 모미는 또다시 엉덩이를 미는 마리를 들쳐 안고 식탁으로 가 나경의 옆자리에 앉았다.

"왔네, 왔어. 새 관리인도 들어야지."

"보러 온 보람이 있어."

"이야기도 듣고 새 인간 냄새도 맡고. 잔치다. 잔치."

사방에서 낄낄거리는 웃음소리가 울려 퍼졌다.

"이상해. 여기는 이상하다고. 미친 건가? 난 드디어 미친 거냐고."

요란한 웃음소리에 김민석의 중얼거림이 섞였다. 붓을 움켜쥔 김민석의 손이 덜덜 떨렸다.

"이상하지 않아요."

화도가 김민석의 손등 위에 자신의 손을 살포시 겹쳤다.

"본래 이 세계는 흑과 백으로 나누어지지 않아요. 색은 겹쳐야 더 아름다운 법이지요."

노래하듯 리듬감 있는 화도의 목소리에 사방의 소음이 잦아들었다.

"자아, 그러니 계속 이야기하세요."

김민석의 턱을 어루만지는 화도의 모습은 더없이 아름다웠다. 나라를 기울게 한 미모란 저런 걸까. 어색하게 앉아 있던 모미도 시선을 빼앗길 정도였다. 김민석은 입을 헤벌리고 화도를 향해 고개를 끄덕였다.

꿈에서 받은 붓이 정말로 나타나다니. 괴이한 경험에 죽고 싶던 욕망이 훌쩍 날아가 버렸습니다. 붓을 가지고 게스트하우스를 나와 산에서 내려왔죠. 그 붓을 쥐고 있자니 그리고 싶어 견딜 수가 없었습니다. 어쩌면 한번 죽을 각오를 했다가 돌아왔기 때문이었을 수도 있죠. 자는 시간이 아까울 정도로 그리고 또 그렸습니다. 신기하게도 그 붓은 아무리 써도 닳지 않았습니다. 그렇게 그린 그림이 드디어 공모전에서 뽑혔을 땐 뛸 듯이 기뻤습니다.

그때부터는 놀라울 정도로 일이 잘 풀렸죠. 그림은 비싼 값에 팔렸고 유명세가 따라붙었습니다. 해외 유명 갤러리에서 신작 요청도 들어왔죠. 화가라면 누구나 한 번쯤 그림을 걸고 싶어 하는 곳이었습니다. 그때까지 도전해 보지 않은 큰 작품을 그려보자 싶었죠. 원래 내 그림은 얇은 선이 특징인 세밀화라 아무리 커도 10호를 넘지 않았거든요. 큰 작품을 완성하고 싶다는 욕심은 늘 있었어요. 대형 작품을 한 번은 해야 평론가들 사이에서 점수가 올라가기도 하고요. 하지만 작업실 대여비라든가 캔버스 가격 등 비용이 많이 들어 엄두를 못 내고 있었죠. 그런데 의뢰한 갤러리에서 제작비까지 지원해 준다고 하니 도전해 볼 만하지 않습니까. 작업실을 빌리고 80호 캔버스를 주문했습니다. 아무리 선화라 해도 세필로 80호 캔버스를 채우기는 힘드니까 붓도 모두 새로 장만했습니다. 그야말로 기합이 잔뜩 들어갔죠. 시대에 어울리면서도 나만의 개성이 드러난, 그러면서도 갤러리를 찾을 딜러들이 좋아할 만한 그림을 그리자 싶었죠. 레퍼런스도 잔뜩 참고하고 구상만 몇십 장을 했어요. 정말로 열심히 했습니다. 처음으로 그 큰 캔버스를 채웠을 때는 드디어 해냈다는 충족감이 온몸에 차올랐습니다.

그렇지만 그 그림은 혹평을 받았습니다. 이전 작품에서 뿜어져 나오던 작가의 오라가 사라졌다느니, 유명 작품의 레플리카처럼 보인다느니 그야말로 평론 전체가 악플이나 진배없었습니다. 그 평론을 쓴 게 하필이면 유명한 평론가였어요.

자칭 그림 좀 보러 다닌다는 사람 중에 주관을 가지고 좋은 작품을 알아보는 이가 몇이나 될 것 같습니까? 1%나 될까요? 대중은 결국 팔리는 그림, 관람객이 붐비는 전시, 방송에 얼굴을 비춰 유명해진 평론가가 좋다고 한 작품을 훌륭하다고 여깁니다. 화가의 실력보다 연예인의 인증 샷 하나가 더 그들의 마음을 홀린다고요. 제게 그 평론은 치명적이었습니다. 성공이란 계단을 기어 올라가던 내 멱살을 붙잡고 끌어내린 셈이죠.

그래도 다행히 다음 기회가 찾아왔습니다. 등단 후 10년 이내 작가들을 대상으로 한 유망 신진 작가전에 참가하게 되었죠. 이번에야말로, 하고 이를 갈았습니다. 어중간하게 큰 사이즈에 도전했던 게 실수였다 싶어 원래의 사이즈로 돌아갔죠. 좋은 붓을 써볼까 해서 새 붓을 또 샀습니다. 물감도 한 단계 더 고급으로 골랐죠. 이를 악물고 그렸습니다. 더 이상 실패하면 안 된다는 압박감도 있었지만, 지고 싶지 않다는 마음이 더 컸습니다.

신진 작가전에서는 참여 작가들이 번갈아 가며 회장을 지킵니다. 하필이면 내가 제일 신경 쓰이는 작가와 같은 날에 배정을 받았습니다. 이정이라고, 학교 동기인데 이전부터 툭하면 내게 시비를 걸던 놈입니다. 그 방식이 참으로 교묘해 더욱 신경을 긁었죠. 내가 갤러리에서 혹평을 받았을 때도 굳이 자기 인터뷰에서 그 사실을 언급하면서 조금 더 좋은 평가를 받아 마땅한 친구인데 아쉽다느니 운운하는 식입니다. 사람 좋은 척하면서 나를 자기 아래에 두는 모습에 속이 뒤틀렸습니다. 미디어에서도 나와 이정이 동문이란 이유로 자꾸 라이벌 구도로 붙이니 그도 신경이 쓰이긴 했겠죠. 둘 다 늦게 등단한 데다 화풍도 비슷했거든요. 그러나 이정은 명문 미대를 졸업한 부모님을 둔 금수저 출신입니다. 사람들은 그런 거 좋아하잖아요. 대결에서 금수저를 이긴 흙수저. 왕자의 자리를 빼앗은 꼭 닮은 거지. 나도 그런 반전을 바랐습니다. 그래서 더욱 열심히 그렸죠.

전시회 날, 아무도 내 그림에 관심을 주지 않았습니다. 기자도 평론가도 모두 이정의 그림에만 관심을 보였죠. 몇몇 갤러리 관계자가 내게 들으란 듯 "김민석 작가는 영 아니네", "이번 작품도 임팩트가 없어"라고 수군거렸습니다. 엎친 데 덮친 격으로 전시 이틀째에 관람객 한 명이 내 작품 한 점에 낙서를 하고 말았습니다. 어린애가 한 짓이라 화도 내지 못하고 사람 좋은 척 웃어넘겼지만 속은 타들어갔죠. 남은 전시 기간 내내 그 자리를 비워둘 순 없어 뭐라도 그려 걸어야 했는데, 심신이 모두 지쳐 제대로 그릴 수가 없었습니다. 결국 그날 저녁에 대충 선 하나 그려 넣었죠. 수평선이든 뭐든 알아서 상상해라, 뭐 그런 자포자기의 심정이었습니다.

그런데 그 그림만 호평을 받았습니다.

호평을 넘어선 환호였죠. 작가의 영혼이 깃든 그림이라나?

어이가 없었습니다. 제일 영혼 없이 그린 그림이었으니까요. 이
정이 내게 다가오더니 "하룻밤 사이에 아폴론에게 공물이라도
바쳤어?"라며 너스레를 떨었지요.

그 말을 듣는 순간, 퍼뜩 한 가지 생각이 머릿속을 스쳤습니
다. 게스트하우스에서 꿨던 꿈과 붓. 이제까지 호평을 받은 그
림은 모두 그 붓으로 그린 거였죠.

설마. 그건 꿈이었는데. 그럴 리가. 성과를 낸 건 내 실력 덕
분이다. 그 외 무엇이 있겠는가.

그러나 한번 싹튼 의혹은 좀처럼 사라지지 않았습니다. 결국
이런저런 실험을 해보았죠. 그 붓으로 종이에 점 하나만 찍어
발표한다거나, 다른 화가의 전시회에 가서 방명록에 그 붓으로
그림을 그려 놓는다거나 했습니다. 예, 모두 대호평. 방명록에
그린 건 누가 그렸는지 찾아야 한다고 미술관이 난리가 나기까
지 했습니다. 그게 나라는 게 밝혀지자 내 멱살을 잡고 끌어내
렸던 평론가가 나를 한국의 뱅크시라 칭찬하더군요. 마지막으
로 한 번만 더 실험해 보자 싶어, 그 붓과 다른 붓으로 똑같은 그
림 두 점을 그려 발표했습니다. 호평을 받은 건 역시 그 붓으로
그린 그림뿐이었습니다.

무서웠습니다. 어렵게 얻은 명성이 내 실력이 아닌 붓 덕분
이라면, 그 붓이 망가지기라도 하면 어쩐단 말입니까. 혹평이
이어지겠죠. 상상만 해도 견디기 힘든 일입니다. 그럴 바에야

차라리 은퇴 선언을 하자고 마음먹었습니다. 핑계 댈 거리야 얼마든지 있죠. 시력에 문제가 생겼다거나 손을 제대로 쓸 수 없게 되었다거나. 거창하게 은퇴를 발표할 필요도 없습니다. 작품을 발표하지 않고 몇 년만 흐르면 다들 나를 잊을 테니까요. 이 바닥은 그런 곳입니다. '고전'이나 '전설'이 되지 않는 이상, 아무것도 하지 않는 작가는 파묻히기 마련이지요. 이곳은 지나치게 많은 사람들이 작가랍시고 뛰어들어 허우적거리는 거대한 풀이니까요.

그렇게 잊힌 뒤에 붓을 꺾어버리고, 다시 나만의 그림으로 인정받자. 그러면 된다.

그렇게 결심했습니다. 정말로.

하지만 온갖 갤러리에서 의뢰가 몰려왔습니다. 이어지는 인터뷰, 파티, 초대. 고개를 끄덕일 수밖에 없는 권위와 차마 거절할 수 없는 금액들이었죠.

…은퇴? 누가요? 왜 내가 그딴 걸 해야 합니까? 나는, 나만큼 이 붓을 완벽하게 다룰 수 있는 사람은 없습니다! 그렇죠. 이런 신기한 붓이 내 손에 들어온 게, 그 자체가 나의 재능인 거죠. 그렇지 않습니까?

신중해지기로 했죠. 작품은 반년에 한 점만 발표하고, 사이즈는 하나로 통일. 대신 인기 많은 예능 방송의 패널로 출연하는 등 미디어 노출을 높였습니다. 그 덕에 지난 3년간 내 명성은 더욱 높아졌습니다. 이제 한국을 대표하는 화가라 하면, 나를 떠올리는 이도 적지 않죠.

나는 이 명예를 도저히 잃을 수 없습니다. 그런데 세 달 전, 이정 그자가 쓸데없는 제안을 해 온 겁니다. 새로 개관하는 갤러리 벽에 실시간 드로잉 쇼를 하자고! 드로잉 쇼에는 이 붓을 쓸 수 없습니다. 크기도 그렇고, 붓의 소재도 벽화 드로잉용으로는 도저히 적합하지 않죠. 그렇다고 거절할 수도 없습니다. 내가 거절하면 이정이 어떤 여론 몰이를 할지 뻔히 보입니다. 작업 현장을 전혀 공개하지 않는 게 수상하다느니 큰 사이즈의 작품에 도전하지 않는 건 역량 부족이라느니 하는 헛소리를 계속 퍼뜨리겠죠. 그 작자! 이전부터 누가 내 작품을 대필하고 있다는 의혹을 제기하고 있단 말입니다!

대필이라니. 웃기잖아요. 엄연한 내 작품입니다. 내가 그린, 내 그림!

드로잉 쇼 날짜가 다가오니 도저히 잠을 잘 수가 없습니다. 또다시 혹평을 받고 싶지 않습니다. 붓에 대해 들키고 싶지도 않죠.

이곳을 찾으려고 산을 얼마나 뒤졌는지 모릅니다. 세 달째 폐인이 될 정도로 구석구석 뒤졌습니다. 밥을 먹다가도, 사람을 만나던 중에도, 잠을 자다가도 불안이 몰려오면 산에 뛰어와 곳곳을 헤맸죠. 오죽하면 새벽에 술을 마시다가 뛰쳐나왔겠습니까.

차라리 죽어버릴까.

비를 맞으며 우두커니 서서 그런 생각을 하던 때, 문득 눈에 들어온 겁니다.

그렇게 찾아도 발견하지 못했던, 이 게스트하우스가.

"제발 부탁입니다."

김민석이 화도의 손을 덥석 잡았다.

"아까는 소리쳐서 미안합니다. 잠을 제대로 못 자서 제정신이 아니었어요. 내 이야기를 다 들어준 친절한 꿈속의 여신님. 제발 내게 다른 붓을 주십시오. 언제 어디서라도 쓸 수 있게 상황에 맞추어 크기와 소재가 변하는 붓을!"

화도는 미소 지으며 김민석의 손을 마주 잡았다.

"그럼요. 예술을 열망하는 그대가, 오랫동안 기다려 온 내 사랑임을 증명한다면 그깟 붓, 문창성의 벌을 받아 이 몸이 다시 한낱 두루마리로 돌아간다 한들 몇 개라도 가져다 드리지요."

"즈, 증명?"

"우리의 약속을 떠올려 보세요."

화도가 소매를 가볍게 흔들자 허공에 종이와 붓이 나타나 천천히 식탁 위에 내려앉았다. 화도는 종이를 김민석 앞에 놓았다.

“어서, 그림을.”

“그리라고요? 여기서?”

김민석은 한참이나 종이를 멍하니 바라보았다. 붓을 움켜쥔 손은 조금도 움직이지 않았다.

“그리고 싶은 게 없어.”

김민석의 손 아래에서 종이가 와락 구겨졌다. 김민석은 구겨진 종이를 신경질적으로 멀리 밀쳤다.

“내가 애써 그릴 필요가 뭐 있어? 붓만 있으면 돼. 그럼 내가 선 하나만 그어도 세기의 명작이 된다고! 자, 붓을, 새로운 붓을 줘. 어서!”

“…아아. 이번에도.”

화도의 붉은 입술 사이로 한숨이 새어 나왔다.

“이번에도 아니야!”

한숨은 곧 슬프고도 처절한 외침으로 변했다. 분홍 꽃잎이 거실 안에 몰아치더니 화도의 몸이 이스트 반죽처럼 부풀어 올랐다. 화도의 옷자락이 이리저리 날아다니며 천장이며 가구를 날카롭게 베었다. 김민석은 비명을 지르며 식탁 아래로 숨었다. 모미도 자리를 박차고 일어나 옆에 앉은 나경의 팔을 붙잡고 벽 쪽으로 잡아끌었다.

“뭐예요? 놔요!”

“가만히 있어. 다쳐!”

　모미는 나경의 머리를 자기 품 안에 숨기듯 끌어안았다. 화도의 옷자락이 모미의 뺨을 스치자 따끔한 통증이 밀려왔다. 모미는 상반신을 숙여 몸을 작게 웅크렸다. 모미와 나경, 두 사람이 공처럼 둥글게 얽혔다. 모미는 몸을 숙인 채 곁눈질로 상황을 지켜보았다.

　"그이라면 화공의 혼을 포기할 리가 없어! 넌 아냐! 사라져. 내 눈앞에서! 이 가짜!"

　화도의 울부짖음에 반응하듯 집이 울었다. 윙윙거리는 떨림에 바닥이 파도처럼 일렁거렸다. 김민석의 비명은 점점 더 커졌다.

　"시끄러워. 나가!"

　화도의 옷자락이 식탁을 뒤엎었고 거실에 어지럽게 흩날리던 꽃잎이 김민석을 휘감았다. 회오리바람은 김민석과 식탁을 한꺼번에 집 밖으로 끌고 나갔다. 김민석의 비명이 순식간에 멀어지더니 거실을 휘젓던 화도의 옷자락이 바닥에 떨어졌다.

　"이번에도. 아아, 이번에도."

　천장을 뚫을 듯이 커졌던 화도의 몸이 원래 크기로 돌아왔다. 바닥에 주저앉은 화도의 눈에서 커다란 눈물방울이 뚝뚝 떨어졌다. 모미는 땅에 닿은 화도의 눈물이 큰 꽃잎으로 변해 바스러지는 것을 멍하니 바라봤다.

　"뭘 그렇게 봐요?"

나경이 모미의 품 안에서 짜증을 내며 물었다.

“맺히지 않고 사라지는 슬픔은 아름답구나 싶어서.”

“여하튼 좀 놔요.”

나경은 모미를 떠밀며 품 안에서 빠져나왔다.

“이 집에 있는 건 절대 나를 해치지 않아요. 그러니까 쓸데없는 짓이에요. 방금 건.”

“나도 딱히 널 보호하려고 한 건 아니야.”

“그러니까 왜 그랬냐고요. 번거롭게.”

나경이 벽에 기대며 인상을 썼다. 왜는 대체 왜야. 모미가 불퉁하게 받아치려 할 때였다.

“자! 질질 짜 봤자 소용없지!”

향랑이 손뼉을 치며 외쳤다. 손뼉 한 번에 어지럽혀졌던 거실이 단번에 정리되었다. 벽과 천장의 긁힌 자국은 깨끗이 사라졌고 가구는 제자리로 돌아갔다. 두 번째 손뼉에 사라진 식탁이 솟아올랐고 세 번째 손뼉에 식탁 위에 푸짐한 술상이 차려졌다.

“마셔. 잔치를 벌이자!”

“너무해. 내 실연 잔치란 거야?”

“아니지. 앞으로 찾아올 님을 기다리는 잔치지.”

향랑이 입을 비죽거리는 화도를 일으켜 식탁에 앉혔다.

“맞아. 기다리는 즐거움이 이어지는 거지.”

“아까 그 남자, 애초에 영 별로였어. 화도 님의 서방이 그리

못난 모습으로 환생했을 리 없지.”

“맞아. 화도 님과 어울리지 않소.”

“마셔. 마시고 잊어버리는 거요!”

“관리인도 새로 왔으니 잔치를 벌여야지!”

사라졌던 요괴들이 천장이며 벽에서 하나씩 불쑥불쑥 솟아올랐다. 화도는 킁, 코를 한 번 풀고는 식탁에 놓인 술병을 집어들었다.

“맞아. 내 사랑은 분명 돌아올 거야. 약속했는걸. 그날을 위해 건배!”

“이래야 화도 님이지!”

건배, 건배! 요괴들의 건배사와 웃음소리가 거실을 채웠다.

“나경아, 나 이번에도 사람 잘못 봤어.”

화도가 나경을 향해 손을 흔들었다.

“계속 장기 숙박 확정이야. 잘 부탁해. 새 관리인님도요!”

“하여간 못 말려.”

모미는 식탁 쪽으로 향하려는 나경의 손목을 붙잡았다.

“잠깐만. 무슨 일인지 설명 좀 해줘.”

“본 그대로이니 설명할 게 없어요.”

나경은 멈춰 서서 모미를 빤히 바라보았다. 나경의 회색 눈동자가 모미의 얼굴을 거울처럼 비추었다. 모미는 그 눈동자 안에서 또 다른 자신이 서 있는 환영을 봤다. 손과 옷에 흰 크림을 잔뜩 묻히고 우뚝 선 채 입이 벌어진 모습. 그날이다. 그날의 자신이었다. 모미는 질끈 눈을 감고 싶은 걸 애써 참았다. 그랬다가는 과거에 또다시 집어삼켜질 것만 같았다. 부릅뜬 눈가에 경련이 일었다.

"아니지. 봤지만 이해 안 가는 거투성이야. 화도는 정체가 뭐야? 그 불꽃은? 저 이상한 사람들은? 사람이야, 귀신? 요괴?"

"여기는 인화. 도깨비불 게스트하우스예요."

"도깨비불…. 잠깐. 그러면 아까 그 푸른 불빛이?"

"맞아요. 그게 도깨비불이에요. 자, 보세요. 지금쯤 날아올 테니."

나경이 미닫이문 쪽으로 고개를 돌리자, 눈동자 속 환영도 사라졌다. 저린 눈가를 손가락 끝으로 누르던 모미는 활짝 열린 문 너머에서 한 무리의 푸른 불꽃이 거실 안으로 날아들어 오는 것을 봤다. 푸른 불꽃은 순식간에 거실을 가로질러 벽에 기대어 선 오르골 안으로 빨려 들어갔다.

"저게 왜…."

"도깨비불이 채워져 있어야 손님들이 올 수 있도록 이 땅의 기운이 유지되거든요."

"손님들?"

"이매망량魑魅魍魎. 사람 아닌 존재들. 저들과 같은."

나경은 손끝으로 술판이 벌어진 식탁을 가리켰다.

“왜 오는 건데? 저… 손님들.”

“이곳에 머물면서 잡아먹으려고요.”

나경이 싱긋 웃었다. 모미가 이곳에 온 후 처음 보는 나경의 웃는 얼굴이었다.

“잡아먹어? 뭘?”

“사람을.”

나경의 손목을 붙잡고 있던 모미의 손이 스르륵 아래로 미끄러졌다. 나경은 자신의 눈가를 손톱으로 가볍게 툭툭 치고는 식탁에 가 앉았다. 모미는 나경을 따라 눈가에 손을 대 보았다. 따끔한 아픔이 느껴졌다. 손가락 끝에 피가 묻어났다. 화도의 옷자락에 베인 모양이었다.

“내 사랑이 언제 돌아오는지 안다면 기다림이 좀 더 쉬울 텐데.”

화도가 식탁 위에 냉큼 올라가더니 춤을 추듯 우아하게 팔을 휘둘렀다.

“술 마시고 노래한들 억지스러운 즐거움은 되레 재미없나니, 허리띠 갈수록 헐거워도 후회 않고 그대 때문이라면 내 기꺼이 여윌 테요.*”

화도가 시를 읊자 우렁찬 박수가 터져 나왔다. 모미가 기대

• 주조모 편, 김지현 역,《송사삼백수》, 을유문화사, 2013, 63쪽. 유영,〈접련화〉중.

어 서 있던 벽에서도 팔이 튀어나와 열렬히 손뼉을 쳐댄 덕에, 놀란 모미는 벽에서 등을 뗐다.

"멋진 시야. 역시 화도 님."

"환생을 거듭해야 시간을 건널 수 있다니. 인간은 불편하지."

"하찮은 인간을 화도 님처럼 고귀한 요괴가 이렇게나 기다려 주다니. 복 받은 놈이야."

박수와 함께 터져 나온 환성에 손을 흔들어 답하던 화도가 모미를 향해 몸을 돌려 섰다.

"관리인님. 분명 언젠가 내 사랑도 나를 알아보겠지요?"

"어? 글쎄요."

환생이든 귀신이든 수빈이 돌아온다면… 깊이 생각할 틈도 없이 대답이 튀어나갔다.

"알아보지 못하는 편이 좋을 텐데."

그랬으면 했다. 전생의 인연을 기억한다면 죽을 때의 공포도 기억할 터다. 왜 죽었는지도. 모미는 그걸 바라지 않았다.

"너무해. 어떻게 그런 말을."

화도가 식탁에 털썩 주저앉더니 흐느끼기 시작했다. 동시에 집이 흔들렸다. 지진처럼 요동치던 처음과는 달리, 웅웅거리며 진동하는 파장이 몸을 떨리게 만들었다. 흡사 화도의 흐느낌이 소라게 껍질처럼 집을 집어삼켜 버린 듯했다. 발바닥을 통해 전해지는 진동에 멀미가 날 것만 같아, 모미는 벽에 등을 기대고

쪼그려 앉았다.

"너무하네. 너무해."

"아아. 새로운 관리인님 탓에!"

"화도 님을 달래긴 어렵지."

"기운이 흐트러지겠어. 한동안 여기 오지 않는 게 좋겠군."

벌 백여 마리가 한꺼번에 윙윙거리는 듯한 수군거림이 모미의 귀 안을 뒤흔들었다.

"너무하다고!"

흐느끼던 화도가 외마디 소리를 지르고는 사라졌다. 모미는 꽃잎 한 장 남지 않은 식탁 위를 멍하니 봤다. 떨림이 멈춘 집 안이 순식간에 고요해졌다. 모미는 치밀어 오르는 구역질을 간신히 삼켰다. 조금만 더 진동이 이어졌다면 거실 바닥에 속을 게워낼 뻔했다.

"왜 쓸데없는 말을 해서."

향랑이 혀를 찼다. 식탁 주변에 모여 있던 요괴들은 어느새 사라지고, 나경과 향랑만 앉아 있었다. 나경의 무덤덤한 표정이 힐책처럼 느껴졌다.

"아니, 그게⋯. 인간과 요괴잖아. 환경도 상식도 다 다른 이질적인 존재. 이종족이라고. 그런 사랑은 비극으로 끝날 수밖에 없고⋯. 하물며 환생이라니. 진짜 그런 게 가능한지도 모르는 일인데 기다리다니, 바보 같잖아."

모미는 입에서 나오는 대로 변명을 쏟아냈다. 쾅. 고요해졌던 집이 커다란 망치에 얻어맞기라도 한 듯이 들썩거렸다.

"방금 한 말도 화도가 들었네."

향랑이 또다시 혀를 찼다. 나경의 입술이 작게 벌어졌다. 최악. 소리 내지 않았으나 분명한 입 모양으로 전해진 감상이 모미의 가슴에 날아와 박혔다.

아, 도망가고 싶다.

코끝에 남은 옅은 복숭아 향기가 모미의 후회를 감쌌다.

| 두 번째 장 |
가을 : 지킬 앤드 하이드, 솔태

금상今上 초 일야一夜, 인왕 오봉구가 출화出火하여 푸른 기운의 화염이 치솟았는데, 불을 끈 뒤 보니 탄 곳이 아무 데도 없더라. 또한 근처 마을의 처자들이 자꾸만 산속으로 사라지매, 산에 날개를 가진 도적 떼가 살아 처녀를 납치한다는 소문이 났다. 금께서 조사를 명하시어 감사監査할 제 개성에 명성을 떨친 도사가 물괴의 짓이라 아뢰더라. 이른바 물괴라는 것은 사람이 죽어서 되는 것이 아니라, 특정 사물이 신령해진 것이다. 천지간 사대의 기운이 모이면 사람이 되었다가 죽으면 태궁으로 돌아가나 물괴는 기가 흩어지지 않아 곤충·초목·물고기·자라의 정령과 함께 영기를 머금는다. 그들은 본디 바른 것에는 간섭하지 않는다. 이에 산의 기운을 바로잡기 위해 신당을 지으니 괴이가 가라앉았다.

…여기까지가 기록된 이야기야. 자, 지금부터 내가 하는 이 야기는 어디에도 기록되지 않은 것이니 감사하게 들어. 나는 향 랑. 이 집, 도깨비불 게스트하우스에 고용된 자. 다미 님이 관리 인이라면 나는 부관리인 정도일까. 왜 말을 놓냐고? 내가 예의 를 지켜야 하는 건 산의 주인과 다미 님뿐이야. 넌 당연히 여기 오는 모든 이들에게 깍듯하게 대해야지. 왜냐니. 그들은 손님이 잖아.

산의 주인이 누구냐고? 가마구 님이지. 다미 님의 바깥사람 이기도 해. 그래, 나경의 아버지. 언젠가 만날 수 있을 거야.

가마구 님이 이 집을 지었지. 원래 이 자리에 있던 사당은 전 쟁 중에 무너졌어. 이 땅에는 참 많은 다툼과 죽음이 있었지. 원 과 한은 넘쳤으나 이형異形의 존재를 기원하는 마음은 약해져 이매망량은 굶주리다가 힘을 잃고 소멸해갔어. 본디 음陰이란 단순한 부정의 기운이 아니야. 음은 곧 음을 품을 양陽이 있어야 존재하며 양 역시 마찬가지지. 이매망량은 인간의 한을 먹어 치 워 음을 보충하고 인간은 양으로 돌아가며 순환하지. 이 구조에 서 벗어나면 소멸하거나 악한 것이 되는 거란다. 아我*를 잃고 헤매며 그저 떠도는 삿된 것.

이 터에 처음 왔을 때는 나도 기력이 쇠한 상태였어. 내가 보

---

* 사물의 근원에 있는 독립 영원의 주체.

살피던 산 중턱에 수없이 많은 시신이 묻혔거든. 공포가 넘쳐흘렀지. 공포의 이면에 있는 게 뭔지 알아? 수치야. 악행을 저지르고도 수치를 모르는 인간들의 기운은 점점 쌓이고, 공양하는 이는 줄어드니 버틸 수가 있어야지. 결국 나도 내가 지키던 산을 떠났어. 다른 곳에 가서 기력을 좀 회복하고 오자 싶었지. 그때 이 산의 이야기를 들었어. 가마구가 산을 정화해 기운이 좋다나.

가마구 일족의 새로운 수장에 대한 소식을 듣고 좀 의외다 싶긴 했어. 지독한 인간 혐오자라서 절대 수장을 맡지 않을 거란 소문이 있던 이였거든. 가마구란 요괴는 특성상 인간과 긴밀하게 연을 맺을 수밖에 없는데, 어떻게든 인간과 얽히지 않으려 하는 괴짜라 하더라고. 응? 그의 이름이 가마구냐고? 요괴는 말이야, 일족의 수장이 되면 본래 이름은 숨기고 일족의 이름으로 불려. 본래 이름은 반려에게만 밝히지.

내막이야 어떻든 과연 얼마나 유능한 수장이었던지, 와서 살펴보니 산의 기운이 다른 곳보다 훨씬 깨끗했어. 옳다구나 하고 땅을 파고 들어가 잠들었지. 얼마나 잤을까. 요란한 소리에 깨어났어. 못질하는 소리, 톱으로 나무 써는 소리. 인간들이 이 산까지 피폐하게 만드는가 싶어 화가 났어. 본체의 모습으로 등장해 겁을 좀 줄까 했지. 하지만 나갔더니 글쎄, 집을 짓는 게 산 주인이잖아. 가마구 님은 "쇠락한 이매망량을 위한 숙박업소를 지을 테니 네가 맡아 관리를 하라"고 말씀하셨지. 그래. 이 집이 바로 그 숙소야.

가마구 님은 참으로 요령이 좋았어. 당시 사업가들 사이에 인기 좋던 무당과 계약을 맺고 무당의 신기를 강하게 해주는 대신 필요한 지원을 받기로 했지. 무당은 당시 작은 회사였던 K사의 자문을 맡았어. 지금은 세계적인 기업으로 성장한 그 K사 맞아. 그 성장에 무당의 역할이 컸다는 걸 그쪽 사람들은 다 알아. 그러니 다들 돈 싸 들고 와서 점 한 번만 봐 달라고 난리를 치지. 지금 날고 긴다 하는 정치인들도 다 그 무당 한 번씩 거쳐 갔잖아. 원래는 강신무였던 무당이, 세습무가 될 수 있었던 것도 가마구 님 덕분이야. 물려줄 신이 생겼잖아. 그 덕에 가마구 님도 다미 님을 만났으니, 결국 잘된 일이지. 세속의 자본이 부족하지 않게 된 건 두말할 필요도 없어.

그 뒤 몇십 년을 이곳에 머물며 기운을 회복했지. 그 덕에 내 산도 다시 돌볼 수 있게 되었으니 가마구 님께는 큰 신세를 졌어. 나도 산 주인이니 그리 쉽게 다른 이를 섬기지 않으나, 은혜를 입었으니 이 정도는 해야 마땅하지. 그래서 나는 지금까지 내 산과 이곳을 오가며 돌보고 있어.

산천이 바뀌고 산 아래 인간들의 사회도 달라졌지. 지금의 인간세계는 요괴와 공존하기에는 밤에도 너무 밝아. 사람들은 공포와 죄의식을 밖으로 꺼내지 않고 그 환한 밤 안에 파묻어 버리지. 그래서야 요괴가 먹을 게 있어야지. 점점 배곯는 요괴가 늘어났어. 그래서 처음에는 가마구 님의 의도를 미심쩍게 여겨 경계하던 요괴들도 결국 좋은 기운을 찾아 이곳에 오게 된거야. 지금은 대다수가 가마구 님의 뜻을 지지하지.

지금까지 내 이야기를 들으니 알겠지? 이곳은 이매망량의 유일한 휴식처야. 여관이라 부르던 걸 '게스트하우스'로 이름을 바꿔 달았으나 그 사실은 변하지 않아. 산의 주인이 계속 가마구 님인 것만큼이나 명실상부한 사실이지. 이미 수많은 요괴가 이 땅을 떠나는 중에, 남은 이들은 남아야만 하는 이유가 있는 이들이야. 나 같은 상급 요괴는 여기가 없어도 배까지야 곯지 않겠으나 힘없는 것들은 이곳이 없으면 그야말로 아사할지도 모르지. 그런 만큼 많은 요괴들이 이곳을 중요하게 여겨. 그 중에는 게스트하우스가 변하는 걸 싫어하는 이들도 있지.

다미 님이 처음 이곳의 새로운 안주인이 되었을 때에도 어찌 인간이 들어오냐고 난리도 그런 난리가 없었지. 다미 님이 눈에 혼돈을 품었다는 걸 알고는 금세 잠잠해졌지만. 혼돈을 가진 존재는 요괴에게 사랑받게 마련이거든. 다미 님이 나경을 낳았을 때는 그야말로 문이 닫힐 틈도 없이 축하하러 온 요괴로 들끓었단다.

그러나 너는 그저 인간이지. 평범한 인간. 그러니 견두귀犬頭鬼처럼 너를 못마땅하게 여기는 이가 있다는 것도 이해하거라. 그럼에도 다른 많은 요괴는 너를 받아들이려 하고 있어. 다미 님의 명이기 때문이지.

자, 잘 들어. 나모미, 너의 임무는 180일 동안 임시 관리인으로 지내면서 게스트하우스를 잘 운영하는 거야. 그동안 나경의 서류상 보호자도 네가 될 거고. 그로써 두 가지 보상을 받을 수 있지. 하나는 평생 돈 걱정 없이 지낼 수 있는 경제적 지원. 또 하나는 소원 성취. 어떤 소원이든 괜찮아. 네가 원하는 걸 산주인께서 모든 수를 다 써서 이루어 줄 거야. 불가능한 건 없어. 가마구의 날갯짓은 신풍을 몰고 오거든. 소원이 없다면 이곳에서 그 사실을 깨닫는 것도 나쁘지 않겠지.

여기서부터가 중요해.

게스트하우스를 잘 운영한다는 게 무엇이냐. 저기 봐. 그래, 저 오르골. 판이 들어가 있는 투명한 칸 보이지? 반쯤 채워져 있는 저 파란 기운이 도깨비불이야. 터의 기운이 쇠하는 걸 막아 주지. 도깨비불은 기본적으로 소동을 좋아하는지라, 이 게스트하우스에 숙박 중인 이매망량이 본체를 드러내면 무슨 사건이 있나 싶어 나타나. 봤지? 화도 때 계단에 나타났던 도깨비불이 오르골 안으로 빨려 들어가는 거. 너는 저 도깨비불이 떨어지지 않게 해야 해. 그러려면 이매망량이 손님으로 와야만 하겠지.

그렇지만 아무래도 첫 만남이 좋지 않았지. 아이고, 집 또 흔들리네. 화도가 단단히 화가 났군. 화도는 이곳에서 오래 머물 수 있을 만큼 원체 기운이 왕성해. 성로의 축복을 받은 나무의 정령이 깃든 존재라, 귀한 이이기도 하고. 그러니 다들 화도의 눈치를 볼 수밖에. 당분간 손님이 오지 않을 수도 있겠어. 어떻게 해서 화도를 달랠지 고민 좀 해봐. 그게 임시 관리인으로서의 첫 임무가 되겠네.

응? 다미 님은 대체 어떻게 되신 거냐고? 다미 님은 먼 길을 떠나셨어. 나경이 여름 캠프로 집을 떠났다가 돌아오는 날에 떠나시느라 다미 님도 마음 편치 않으셨을 거야. 나경을 만난 후에 떠나고 싶어 하셨지만, 아무리 다미 님이라도 저승의 문이 열릴 때만큼은 어찌해도 조정할 수가 없는 법이지.

나는 모미, 네가 이곳에서 잘 지내기를 바라. 다미 님이 그걸 원하셨으니까. 다미 님은 너를 꽤 오래 찾았단다. 나야 다미 님이 무슨 생각이셨는지 알 수는 없지. 그러나 다미 님이 너를 이곳에 두고 싶어 하신 데에는 분명 이유가 있을 테니, 나도 되도록 도울 작정이란다. 게다가 다미 님이 사라진 지금, 나경의 성장이 균형 있게 이루어질 수 있을까 걱정되기도 하고. 인간과 요괴는 여러 부분에서 미묘하게 감각이 다르거든.

그러니 너무 큰 걱정 하지 말고 일단 첫 번째 임무를 잘 해결해 보렴. 잘 해낼 수 있을 거야. 넌 이곳을 찾아왔잖아. 그건 너도 한을 품고 있다는 의미지. 푸른 불꽃 속 너울거리는, 이루어지지 못할 소원을.

이제 곧 그날인가?

모미는 양파를 썰다가 문득 그 사실을 깨달았다. 이전에 향랑이 말하길, 나경이 여름 캠프에서 돌아오는 날 나다미가 먼 길을 떠났다고 했었다. 주방 벽에 걸린 달력에는 몇몇 날짜에 붉은 동그라미와 함께 일정이 적혀 있었다. '나경이 여름 캠프에서 돌아오는 날'이라고 쓰인 날짜에는 주변 칸까지 모두 들어차도록 별이 잔뜩 그려져 있었다. 달력을 후루룩 넘겼을 뿐인데도 눈에 확 들어왔던 수많은 별들. 그 날짜에서 유추해보면 분명 사십구재가 며칠 남지 않았다. 모미는 양파 써는 걸 멈추고 달력을 들여다봤다.

"계산해 보면 일주일 남은 건데, 물어봐야 하나."

도깨비불 게스트하우스에 온 지 한 달도 넘었지만 나경과는 데면데면했다. 그러니 나경에게 엄마의 죽음에 대해 물어볼 수는 없었다. 그렇다고 그냥 넘기자니 마음에 걸린다. 모미는 다시 양파를 썰며 생각에 잠겼다.

쿵. 벽이 크게 울렸다. 모미는 개의치 않고 계속 양파를 썰었다. 처음에는 놀랐지만 한 달 넘게 툭하면 벽이며 천장이 울리는 통에 이제는 덤덤해졌다. 범인은 화도다. 화도는 모미에게 화를 내고 사라진 이후 한 번도 모습을 드러내지 않았다. 단지

자기가 계속 화가 났음을 알리려는 듯 하루에도 몇 번씩 소음이나 가벼운 진동을 일으켰다. 향랑의 말로는 마당의 능소화나무와 화도가 공명해서 일어나는 현상이라고 했다. 그나마 다행이라면 나경이 집에 있는 저녁에는 화도도 얌전해져서, 잠을 방해하지는 않는다는 거였다.

"그쯤 사과했으면 화를 풀 때도 됐잖아? 좀생이."

모미는 투덜거리며 양파를 프라이팬에 쏟아부었다. 화도가 깃들어 있는 그림 족자를 정성껏 닦고, 청소를 할 때마다 미안하다고 말하며 화도의 화를 풀어주려고 나름대로 노력했다. 하지만 소용없었다. 모미는 프라이팬에 후추와 소금을 뿌리고 양파를 볶았다. 양파는 금세 노릇노릇하게 변했다. 평소 같았으면 만족스러운 황금색이 나와 기뻐했을 모미였다. 어릴 적부터 요리가 좋았다. 특성도 난 곳도 모두 다른 육해공의 재료가 하나의 요리로 어우러지는 모습이 화학작용을 넘어선 마법처럼 느껴졌다. 요리할 때면 주변이 보이지 않는 듯 집중했기에 학교에서도 "나모미는 옆에서 살인 사건이 나도 하던 요리는 완성할 것 같네"라는 말을 듣기도 했다. 그러나 게스트하우스에서 지낸 뒤로는 좀처럼 요리에 집중할 수가 없었다. 모미는 뒤집개를 손에 들고 가스레인지 앞을 떠나 거실 벽 쪽을 바라보았다. 오르골 안의 푸른 불꽃이 눈에 띄게 줄어 있었다. 이대로라면 채 한 달이 지나지 않아 바닥이 날 거다.

"이대로 계속 손님이 없으면…."

탄 냄새가 났다. 모미는 얼른 가스레인지 앞으로 돌아가 불을 끄고 양파를 뒤적거렸다. 다행히 타지는 않았다. 그릇을 꺼내 양파를 옮겨 담았다.

"아니, 아예 손님이 없는 건 아니지만."

그릇에 케첩 섞은 밥을 담고 치즈를 뿌린 뒤 오븐에 넣었다. 타이머를 돌리자 윙, 오븐 돌아가는 소리가 울렸다. 마치 휴대전화 진동 같았다. 모미는 조리대 한쪽에 올려둔 휴대전화를 집어 만지작거리다가 저장된 메시지를 열어보았다.

[전해줄 게 있으니 주소를 알려주세요.]

짧은 메시지 아래 '수빈의 모친 드림'이라는 문구가 덧붙여져 있었다. 김수빈의 장례식이 끝나고 며칠 지나지 않아 받은 메시지에 지금까지 답하지 못한 채였다.

김수빈의 엄마. 수빈에게도 엄마가 있었다.

김수빈도 자신처럼 부표 같은 존재라 여겼기에 새삼스러운 사실이 낯설게 다가왔다. 이리저리 파도가 떠미는 대로 움직이는 인생. 모미는 김수빈과 자신이 같은 바다 위에 있다고 믿었다. 육지와 연결된 줄이 끊긴 부표 두 개가 만난 거라고. 그러나 그건 착각이었던 게 아닐까.

땡. 오븐이 울렸다. 모미는 휴대전화를 내려놓고 오븐을 열었다. 오븐에서 그릇을 꺼내 식탁에 놓는데, 복도 삐걱거리는 소리가 났다. 곧 거실로 들어온 나경이 "다녀왔습니다"라고 웅얼거리고는 모미의 옆을 지나 냉장고 문을 열고 우유와 빵을 꺼냈다.

"오늘 저녁은 도리아야."

모미의 말에 나경은 고개를 가로젓고는 빠른 걸음으로 거실을 나갔다. 곧 다시 복도에서 휘파람 비슷한 소리가 울리더니 나경이 계단을 오르는 발소리가 들렸다. 모미는 식탁을 차리고 의자에 앉았다. 식탁 위에 놓인 식사는 2인분이다. 모미의 앞에 1인분, 아무도 앉지 않은 맞은편에 1인분. 지금까지 저 자리에 나경이 앉은 적은 없다. 함께 살게 된 이후 나경은 단 한 끼도 모미와 함께하지 않았다. 아침에는 우유만 마시고 집을 나갔고, 학교가 끝나 집에 온 뒤에도 우유나 빵을 챙겨 바로 방으로 올라갔다. 어쩌다 모미와 대화할 때도 눈을 마주치지 않으려는 듯 바닥이나 어깨 너머 허공만 바라보았다.

"중학생쯤 되면 알아서 잘 챙겨 먹겠지."

나경의 외면이 불편했고, 만든 음식을 버려야 하는 게 아까웠다. 그래도 모미는 나경을 억지로 식탁에 앉히고 싶지는 않았다. 자기 영역을 지키는 고양이처럼 바짝 날이 선 나경을 보고 있노라면 어쩐지 김수빈을 만나기 전의 자신이 떠올랐다. "처음에 너 꼭 고양이 같았어"라던 김수빈의 말. 장례식장에서 모미는 그 말을 떠올리며 영정 사진 속 김수빈을 노려보았다. 떠날 거면 줍지 말지. 그냥 길고양이로 살게 놔두지. 한번 타인의 온기로 어질러진 영역은 쉬이 이전 상태로 돌릴 수 없을 터였다.

떠날 수밖에 없다면 이대로가 좋다.

모미가 도리아에 포크를 찔러 넣을 때였다. 쿵. 커다란 공이 떨어지는 듯한 소리가 나더니 복도가 요란하게 울었다. 곧 거실 안으로 구르듯 뛰어 들어온 어린아이가 식탁 앞에 서서 깡충깡충 뛰었다.

"솔태, 그러다 넘어진다."

뒤이어 향랑이 거실로 들어왔다. 향랑은 어린아이, 솔태를 안아 의자에 앉히고 자기도 그 옆에 앉았다. 입에서 침을 흘리며 모미를 바라보던 솔태는 모미가 고개를 끄덕이자마자 허겁지겁 도리아를 먹기 시작했다.

솔태. 한 달 전부터 저녁을 먹으러 오는 요괴다. 모미는 솔태를 처음 봤을 때 누가 산에서 아이를 잃어버렸나 싶었다. 게스트하우스에서 가장 가까운 주택가도 성인 걸음으로 20분은 넘게 떨어져 있는데 서너 살로 보이는 어린아이가 혼자 나타났으니 그럴 만도 했다. 아이에게 길을 잃어버렸냐고 물었으나 아이는 몸을 앞뒤로 흔들며 침만 질질 흘렸다. 그때마다 아이가 머리에 뒤집어쓴 바구니가 금방이라도 떨어질 듯 흔들렸다. 대나무를 엮어 만든 끝이 뾰족한 바구니는 얼핏 삿갓처럼 보이기도 했다. 얼굴 절반을 덮은 바구니가 아이의 시야를 가려 넘어지기라도 할까 봐 바구니를 벗기려 했다. 하지만 바구니는 아이의 정수리에 달라붙어 떨어지지 않았다. 조금 더 힘을 줘 잡아당기자 아이의 몸이 바구니와 함께 덜렁 허공에 떴다. 빗자루처럼 가벼운 아이의 무게에 모미는 아이가 요괴임을 눈치챘다.

그날 저녁에 향랑이 아이가 '솔태'라고 가르쳐 주었다. 서너 살 어린아이의 외견과 지능을 가지고 있고, 늘 배고파하며 수시로 게스트하우스를 드나든다고 했다. 솔태는 자기 이야기가 오가는 것은 조금도 신경 쓰지 않고 그저 먹는 데 바빴다.

그 후로 솔태는 일주일에 서너 번씩 저녁을 먹으러 왔다. 솔태가 아니었다면 나경의 몫으로 준비한 저녁 식사를 버리는 빈도가 훨씬 늘어났을 거다. 모미는 주스를 한 컵 따라, 그릇에 얼굴을 파묻은 솔태 앞에 놓아주었다. 쿵. 또다시 벽이 울렸다.

"하여간 성질머리. 그만해, 화도. 솔태가 모미가 만든 밥 먹는 거 보면 모르겠니? 나쁜 사람은 아니야."

향랑의 꾸짖음에 울림이 멈췄다.

"화도의 기분을 풀어줄 방법, 진짜 없나요?"

이미 몇 번이고 반복된 대화였다. 그럼에도 모미는 향랑에게 계속 같은 질문을 할 수밖에 없었다. 향랑 이외에는 도움을 청할 상대가 없었으니까. 모미가 재차 묻자, 향랑은 모미를 빤히 응시했다.

"궁금한 건 그것뿐?"

"아, 하나 더요. 나다미…. 언니가 세상을 떠난 날이, 나경이가 여름 캠프에서 돌아온 날 맞죠?"

"세상을 떠났다는 표현은 좀 너무하다. 저승도 세상이야."

"…어쨌든요. 언니가 이승을 떠난 게 그날이 맞죠?"

향랑은 맞다고 대답하고는 다시 모미를 뚫어져라 바라보았다. 모미는 도리아에 숟가락을 꽂으며 애써 그 눈빛을 외면했다. 하지만 모미가 도리아를 절반 넘게 먹을 때까지도 향랑은 시선을 거두지 않았고, 체할 것 같은 부담스러움에 모미는 결국 손을 멈췄다.

"대체 뭔데요? 하고 싶은 말 있으면 해요."

"게스트하우스에 대해 궁금한 건 없니?"

"그다지."

모미는 다시 숟가락을 움직여 도리아를 입에 넣었다. 눅진하게 녹은 치즈의 맛이 전혀 느껴지지 않았다. 향랑이 채근하듯 다시 물었다.

"그럼 나경이에 대해선? 나경이가 전학 간다고 한 거 알고 있어? 김 변호사에게 전화해서 원래 학교가 불편하다고, 옮겨달라고 했대. 내가 이유를 물어도 아무 말을 안 해."

모미는 어떤 대답을 해야 할지 알 수가 없어서 묵묵히 도리아만 먹었다.

"넌 이곳에 마음이 없구나."

모미가 그릇을 다 비웠을 즈음 향랑이 한숨을 쉬며 말하고는 자리를 떴다. 벽이 세게 몇 번이고 울렸고, 그릇에 얼굴을 박고 있던 솔태가 고개를 들고 주변을 두리번거렸다. 입가가 밥풀과 침으로 범벅이었다. 모미는 식탁 한쪽에 놓인 휴지를 뽑아 솔태의 입가를 닦아주었다.

"평생 모르고 살던 스물일곱 살과 열네 살은, 서로에게 요괴보다 더 낯선 존재야. 그렇게 생각하지 않니?"

솔태는 그저 고개만 흔들 뿐이었다. 모미는 그릇을 치우고 설거지를 한 뒤, 벽에 걸린 달력에 손을 뻗었다.

윤회가 결정된다는 사십구재.

사십구재 제사 때는 죽은 이가 저승에서의 심판을 모두 거치고 마지막으로 이승에 나와 그리운 이를 만난다고 했다. 그렇게 미련을 끊어야 윤회에 들어갈 수 있다고, 김수빈의 빈소에서 마주친 스님이 일러주었다. 진짜인지 아닌지는 알 수 없으나, 모미는 그 말에 매달렸다.

너에게도 매달릴 줄 하나쯤은 필요하겠지.

모미는 달력에 빨간 동그라미를 쳤다.

정현정은 산길에 멈춰 서서 숨을 골랐다. 정말로 이런 산 위에 집이 있을까 싶었다. 외근은 언제나 힘들지만 오늘은 더욱 몸이 축축 처졌다. 일이 많기 때문만은 아니다. 몇 달간, 또다시 몸을 빼앗기면 어쩌나 긴장한 탓이다. 졸음이 몰려오는 걸 막으려고 카페인 함량이 높은 음료를 하루에도 몇 잔이나 마셨고 기면증 상담도 받았다. 의사는 정현정의 이야기를 듣더니 각성제보다는 꾸준한 상담을 권한다고 했다. 절박함을 이해하지 못하는 의사에게 화가 나서 그 뒤로 다시는 병원에 가지 않았다. 이렇게 계속될 줄 알았다면 의사에게 진짜 이유를 밝힐 걸 그랬나 하고 잠깐 후회가 되었다.

언니에게 잡아먹히지 않기 위해.

아무에게도 밝히지 못한, 각성제라도 먹어볼까 했던 이유다. 정현정이 다시 걸음을 옮기려는데 휴대전화가 울렸다. 발신인을 확인한 정현정은 쉬이 통화 버튼을 누르지 못했다. 받고 싶지 않았다. 그러나 받아야만 했다. 받을 때까지 울릴 게 뻔했으니까.

─유정아, 우리 딸. 왜 이리 전화를 늦게 받아?

부드러운 질책이 수화기 너머에서 날아들었다.

"일하는 중이라서요."

─여섯 시인데 아직 퇴근 안 했어? 하긴. 대기업이니 일이 많겠지. 퇴근했으면 아빠 식당 들러서 밥 먹고 가라고 전화했어.

"또 딸 대기업 다닌다고 친구들에게 자랑하려고요?"

─우리 큰딸 자랑이 아빠 유일한 낙이잖아.

"바빠서 끊을게요."

더 이상 천연덕스럽게 대꾸할 수가 없어서 정현정은 급히 전화를 끊었다. 걸음을 옮기자 신발 아래 마른 흙이 버석하게 밟혔다.

아빠, 난 첫째가 아니라 둘째야. 유정이가 아니라 현정이라고. 아빠에겐 대기업 다니는 딸은 없어. 9급 사회 복지사로 근무하는 딸만 있어.

오랫동안 전하지 못한 진실을 꾹꾹 밟아 눌렀다. 붉은 단풍잎이 정현정의 눈앞에 하늘거리며 떨어졌다. 정현정은 손을 뻗어 떨어지는 단풍잎을 낚아챘다. 10월 초, 아직 단풍이 지기에는 이른 시기였다.

"왜 이렇게 일찍 떨어졌니, 너."

단풍잎이 정현정의 손가락 사이에서 바람개비처럼 빙글거리며 돌았다. 흔들리며 회전하는 붉은색이 정현정을 어릴 적 그날로 데려갔다.

열 살. 가족여행을 가던 중에 교통사고가 났다. 왜 사고가 났는지, 어떤 일이 벌어진 건지 정현정은 확실히 알지 못한다. 기억하는 건 지구 밖으로 튕겨 나가는 건가 싶던 충격과 눈꺼풀 안쪽에서 번쩍거리며 튀어 오르던 불꽃, 그리고 몸을 밀어내던 언니의 손뿐이다. "나가. 빨리 나가!" 언니가 악을 썼다. 정현정은 차 밖으로 빠져나오자마자 정신을 잃었다. 눈을 떴을 때는 병원 침대였다. 눈을 뜨자마자 습관처럼 옆자리를 더듬었다. 아무도 없었다. 고개를 돌려 옆을 봤다. 반쯤 가려진 커튼 틈새로 보인 옆 침대에는 낯선 할머니만 누워 있었다. 병원 문이 열리고 아빠와 엄마가 다급히 들어와 괜찮냐고 물었다. 정현정은 하루 동안 의식불명 상태였다고 했다. 언니는 어디 있냐고 물었다.

믿지만 함께인 게 당연한, 너무 닮은 타인.

정현정에게 쌍둥이 언니인 정유정은 그런 존재였다. 자거나 먹거나 놀거나 늘 함께였고 똑 닮은 외모로 주변 사람들을 헷갈리게 하는 장난을 치기도 했지만, 닮은 만큼 비교를 당하는 일도 많았다. 비교에는 우등과 열등이 있게 마련인데, 낯가림이 심하고 소극적인 정현정은 열등의 위치에 놓이곤 했다. "현정이는 언니보다 말이 없네. 현정이는 언니만큼 적극적이지가 않구나"라며 주변에서 떠들 때마다 정현정은 그래서 어쩌라는 거냐고 대꾸하고 싶었지만, 쭈뼛거리다가 결국 정유정의 등 뒤에 숨곤 했다. 그러면 정유정이 정현정의 마음을 읽기라도 한 듯 "그게 뭐 어때서요?"라고 상대에게 쏘아붙였다.

하느님, 부처님, 요정님! 언니랑 비교당하는 일이 없게 해주세요.

정현정은 가끔 비밀스럽게 소원을 빌었다. 정유정이 영어 스피킹 대회에서 상을 타거나 학원 입학 상담에서 혼자 우등반에 들었을 때, 아빠가 우리 딸은 공부를 잘해서 크게 될 거라며 다른 사람들에게 정유정을 자랑할 때마다 소원을 빌며 미움을 억눌렀다. 억누른 마음을 숨기려 더욱더 정유정의 등 뒤에 숨게 되었다. "넌 나 없으면 할 말도 제대로 못 하고, 어쩔 거니?"라고 정유정이 볼을 찌르며 장난기 섞인 잔소리를 할 때면 정현정은 사납게 그 손을 쳐냈다.

언니는 어디 있냐는 질문에 돌아온 건 울음이었다. 아빠도 엄마도 도저히 버틸 수 없다는 듯 입을 막고 오열했다. 그게 곧 대답이었다. 정현정은 마취약 때문에 잘 움직이지 않는 눈꺼풀을 천천히 깜빡거렸다.

아닌데. 하느님. 부처님. 요정님. 누구인지 몰라도 아니에요. 내 소원은 이런 게 아니었다고요.

후회가 눈물과 함께 일렁거리며 밀려 나왔다.

정현정은 퇴원한 뒤 집에서도 계속 밤낮으로 울었다. 정유정의 장례식이 치러지는 동안에도 울고 또 울었다. 우느라 눈이 퉁퉁 부어 제대로 뜨고 감기 힘들 정도였던 정현정이 울음을 멈춘 건 장례식 다음 날이었다. "유정아, 밥 먹자"라며 아빠가 자신을 죽은 언니의 이름으로 불렀을 때 정현정은 앞으로 무언가 잘못될 것임을 직감했다.

일찍 떨어진 것들은 애달프다.

정현정의 부모는 지키지 못한 딸에 대한 죄책감에 집어삼켜졌다. 그들은 계속해서 정현정을 정유정이라고 불렀다. 정유정이 이루었을 법한 성취를 입에 올리며, 정유정의 이름으로 불린 정현정이 정말로 그걸 해냈다고 믿었다. 단짝 한 명도 만들지 못한 정현정에게 "유정이는 인기가 많으니 반장이 되는 게 당연하다"고 말했고, 그저 그런 모의고사 성적을 받은 정현정을 앞에 두고 "유정이니까 모의고사 상위 4%쯤은 당연하다"며 웃었다.

정현정은 현실의 딸보다 환영 속 딸과의 대화가 즐거운 듯 보이는 부모에게 차마 그만두라 말할 수가 없었다. 그들이 환영을 만들어낸 이유를 짐작했기에 더욱 그랬다. 그렇게 17년 동안 정현정은 집 밖에서는 정현정이, 집 안에서는 정유정이 되었다. 점점 정유정인 척하는 데 익숙해졌고, 대학 진학 후에는 정유정에게 어울린다 싶어 마케팅 수업을 듣기도 했다. 지루한 수험 기간을 거쳐 공무원 시험에 붙은 날, 정현정은 혼자 케이크를 사서 축하 파티를 했다. 그러고는 다음 날, 정유정이 되어 대기업에 붙었다고 부모에게 거짓말을 했다.

"그만둬야지. 이제는, 정말로."

손가락 사이에서 돌던 단풍잎이 멈췄다. 정현정은 단풍잎을 바닥에 버리려다가, 가방을 열어 안에 든 책을 꺼냈다.《첫 독립 집 구하기》. 점심을 먹고 잠깐 들렀던 서점에서 보자마자 집어 들었다. 몇 장 넘겨보지도 않고 사 버린 건, 좀처럼 결심을 행동으로 옮기지 못하고 있기 때문이었다.

취직하면 독립하고, 유정의 흉내 내는 걸 그만두리라.

공무원처럼 안정적인 직업을 가져야겠다고 결정한 것도, 빨리 합격하려고 필사적으로 공부한 것도, 신설된 아동보호팀에 배정받았는데도 싫은 티 한 번 내지 않았던 것도 모두 부모님으로부터 벗어나기 위해서였다. 돈도 착실히 모아서 회사 근처 원룸을 얻을 정도는 되었다. 그러나 지금까지 독립의 '독' 자도 꺼내지 못하고 있다. 정현정이 집을 나가면 정유정은, 부모님의 환영 속 딸은 영원히 사라진다. 오랫동안 계속해 온 역할놀이에서 일방적으로 이탈하겠다고 하면 어떤 반응이 돌아올까. 유정의 대역이 아닌 너는 필요 없다는 말을 듣는 건 아닐지 겁이 났다.

하지만 이제는 더 이상 미룰 수 없다. 정현정은 단풍잎을 책 사이에 끼워 넣었다. 더 이상 미루었다가는 정말로 언니에게 몸을 빼앗기고 말 거다.

"아, 저 집인가 보네."

비좁은 산길 옆으로 더 좁게 빠진 샛길과 기와를 올린 집이 보였다. 정현정은 거칠어진 숨을 고르고 샛길로 들어섰다. 몇 번을 찾아갔지만 집을 발견할 수가 없다던 동료의 하소연이 떠올랐다.

역시 그건 거짓말이었나. 산기슭에 있어 올라오는 게 힘들긴 해도, 지붕에서 벽까지 온통 새까만 특이한 집이 눈에 띄지 않을 리가 없다. 정현정은 현관문 위로 길게 늘어진 도어벨의 줄을 잡았다. 쉬이 당길 용기가 나지 않았다. 이전에도 몇 번이나 외근을 나갔었지만 사수 없이 혼자 나온 건 처음이었다.

"여보세요. 구청에서 나왔습니다."

조심스럽게 줄을 당기고 외치자, 현관문이 걸쇠가 걸린 채 조금 열렸다.

"구청이요?"

"예. 확인할 게 있으니 문 좀 열어 주시겠어요?"

정현정은 문틈으로 신분증을 내보였다. 금속이 덜그럭거리는 소리가 나더니 문이 조금 더 열렸다. 문 너머로 모습을 드러낸 사람은 젊은 여자였다. 정현정은 목청을 다듬었다.

여기서부터는 기세다. 밀려서는 안 된다.

"신고 확인을 위해 방문했습니다. 나나경 학생의 보호자를 만날 수 있을까요?"

"보호자…."

"서류상으로는 나모미 씨로 되어 있는데요."

"접니다. 나모미."

이 말과 동시에 나모미의 눈썹 끝이 놀란 듯 위로 솟았다가 내려앉았다.

"아동 학대가 의심된다는 신고가 반복 접수되었습니다. 정확히는 방임이 의심된다는 내용입니다. 신고가 반복되면 아동이 거주하는 환경을 살펴보는 게 지침이라서요. 집 안을 좀 볼 수 있을까요?”

몇 번이고 연습한 말을 단번에 뱉어냈다. 아동 학대란 단어가 나오면 공격적인 반응을 보이는 보호자를 몇 번이나 만나본 터라 바짝 긴장됐다. 사수와 함께 나갔을 때는 얼굴에 소금을 맞은 적도 있었다.

“들어오세요.”

문이 활짝 열렸다. 정현정은 “실례합니다”라는 인사와 함께 집 안으로 들어갔다. 신발을 벗고 복도에 올라서자, 나무 바닥이 삐걱거렸다. 멀리서 누군가 휘파람을 부는 듯한 소리를 듣자 어쩐지 견딜 수 없게 졸음이 몰려왔다.

자고 싶다. 당장. 아니다. 그래야만 한다.

이곳에서. 이 집에서.

강렬한 욕망이 정현정의 발등에서 조금씩 기어올랐다.

아동 학대라니.

모미는 벽에 기대어 집 안의 사진을 찍는 정현정을 복잡한 심경으로 지켜보았다. 구청 아동보호팀에서 나왔다는 정현정의 설명인즉슨, 근처 슈퍼마켓 주인이 몇 달 전부터 중학생이 방임

상태로 지내는 것 같다고 신고했단다. 점심과 저녁 모두 빵이며 삼각김밥으로 끼니를 때우는 듯하고 아이가 이전과 달리 영 침울해 보인다는 게 그 이유였다.

"일단 학교에 연락해서 상황을 파악했습니다. 담임 선생님이 최근에 나나경 학생에게 보호자 면담을 할 수 있냐고 물었더니, 이모를 귀찮게 하기 싫다고 나모미 씨 휴대폰 번호도 알려주지 않아서 난처하다고 하시더라고요. 구청에는 집 전화번호만 등록되어 있어서 몇 번 전화드렸는데, 받지 않으시더군요."

"그게… 전화가 고장 난 모양입니다. 살펴볼게요."

"여기 게스트하우스 아닌가요? 전화가 안 되면 곤란하지 않아요?"

모미의 변명에, 사진을 찍던 정현정이 돌아서며 의아한 듯 물었다.

"그렇긴 한데요. 그, 음료 좀 드릴까요?"

모미와 정현정은 1층으로 내려가 식탁에 마주 앉았다. 모미는 신중하게 말을 골라 사정을 설명했다. 실수로라도 요괴 이야기가 섞여 들어가서는 안 되었다. 그랬다가는 한층 더 수상해 보일 게 뻔했다. 해서는 안 될 말과 하고 싶지 않은 말을 몽땅 가지치기하니 '언니의 부탁으로 조카와 함께 살게 되었는데 아직 서로에게 적응 중이다'라는 짧은 문장만 남았다.

"1년 전에 이 근처 아파트에서 아동 학대 사건이 있었거든요.

부친의 폭력으로 사망한 아이의 시신이 냉장고에서 발견된 사건이요. 뉴스에서 보셨을 수도 있겠네요. 그 사건 이후 신고가 부쩍 늘었어요. 원래 사전 조사는 외부 기관에만 맡겼지만, 전담팀이 신설된 것도 그 때문이고요. 불쾌하실 수 있겠지만, 차후 나나경 학생을 만나 이야기를 듣게 될 수도 있습니다. 절차니까 이해해 주세요.”

“당황하긴 했지만 불편하진 않아요.”

“그런가요?”

“그렇죠. 정현정 씨는 자기 일을 하고 있는 거잖아요.”

모미의 대답에 잔뜩 굳어 있던 정현정의 어깨에 슬그머니 힘이 빠졌다.

“이후에는 아까 알려주신 휴대전화 번호로 연락드리겠습니다. 그럼 전 이만 가볼게요.”

정현정이 자리에서 일어나 복도로 나갔다. 모미는 정현정을 뒤따라 현관으로 향하며, 귀찮게 하기 싫다고 했다던 나경의 말을 곱씹었다. 인간과 요괴만큼 이해할 수 없는 사이. 찬란할 만큼 예민한 십 대의 감성이 이제는 잘 기억나지 않았다. 지나간 시간은 너무 빨리 잊힌다. 그러나 바짝 몸을 웅크려 누구에게도 닿지 않으려 했던 기억이라면 선명했다. 보호자 없는 어린아이의 생존법이란 아주 시끄럽게 굴어 존재를 알리거나 아예 숨을 죽여 존재를 지우는 것뿐이었고 모미는 후자를 택했다. 모미는 보육원에서 가장 얌전하고 눈에 띄지 않는 아이였다.

그렇기에 알았다. 귀찮게 하고 싶지 않다는 말을 더듬어 파헤치면 그 뿌리에는 결국 불안이 있다는 것을. 끼익. 끼익. 휘파람 소리와 함께 후회가 이어졌다. 꼬리에 꼬리를 물던 생각이 멈춘 건, 복도의 휘파람 소리가 끊어져서였다. 갑자기 복도 한가운데에 멈춰 선 정현정이 계단 위를 뚫어져라 올려다보았다.

"자야만 해. 자고 싶어."

혼잣말을 중얼거리는 정현정의 눈에 붉은 핏발이 섰다.

"여기 게스트하우스니까 자고 가도 되죠?"

"예? 그게…."

모미는 망설였다. 사람을 재웠다가 자칫 요괴의 존재를 들키기라도 하면 어쩌나 싶었다. 나경이 이곳의 방은 비었으나 비어 있는 게 아니라고 했던 것도 마음에 걸렸다.

"제발요. 너무 피곤해서 그래요."

핏발 선 눈이 모미를 노려보았다. 방금 전과는 완전히 다른 사람 같은 공격적인 기세에, 모미는 결국 고개를 끄덕거렸다.

"알겠습니다. 잠깐만 기다리세요."

모미는 계단 아래 카운터에 놓인 숙박부와 만년필을 집어 들었다. 향랑에게 업무에 대해 들어놓기를 잘했지 싶었다.

"보자, 숙박하시는 분 이름은 정현정. 여기 사인해주세요."

모미가 이름을 적고 숙박부를 내밀자, 정현정은 서둘러 사인을 하고는 숙박부를 던지듯 모미에게 돌려주었다. 그러곤 모미가 무어라 말할 틈도 없이 계단을 뛰어 올라갔다.

"어느 방에 묵을지 안내를…."

쾅. 방문 닫는 소리가 거칠게 울렸다. 모미는 2층으로 올라가 객실을 하나씩 열어보았다. 계단에서 가장 가까운 방, 2층 침대 아래쪽에 정현정이 엎드려 잠들어 있었다. 새근거리는 숨소리에 맞추어 등이 약하게 들썩거렸다.

"진짜 피곤했나 보네."

모미는 조용히 방문을 닫고 나와 계단을 내려왔다. 숙박부에 적힌 '정현정'이라는 이름 옆에 입실 시간을 적어 넣고, 숙박부를 다시 카운터에 가져다 두었다. 갑작스러운 정현정의 방문에 하다가 만 일을 계속해야 했다.

주방으로 돌아가자, 만지다 만 반죽이 볼 안에 둥글게 뭉쳐져 있었다. 모미는 반죽에 버터를 마저 넣고 치댔다. 탄력이 생길 때까지 치댄 반죽 위에 랩을 씌웠다. 다음은 팥을 삶을 차례다. 냉장고에서 어제 불려둔 팥을 꺼냈다. 냄비에 물을 붓고 팥을 넣자 동그란 알맹이들이 하나씩 물 위로 솟아올랐다. 모미의 머릿속에 가라앉아 있던 생각들도 툭, 툭 끓는 물의 기포처럼 떠올라 터졌다.

"보호자라."

모미는 주걱으로 냄비 안을 천천히 저었다.

“맞지. 지금은 내가 보호자지. 그걸 부정해선 안 돼.”

모미는 가스레인지의 불을 한 단계 낮추고 식탁 의자에 앉았다. 한 시간쯤 기다려야 한다. 이제부터는 밀가루와 팥의 몫이다. 만드는 쪽이 제아무리 노력해도 결과가 늘 잘 나오라는 법은 없다. 요리를 배우던 초반에는 그 사실이 좀처럼 이해가 되지 않아 애를 끓였다.

“귀찮게 하기 싫지만 어쩔 수 없지.”

타인과 함께 사는 건 원래 귀찮은 거야.

마음속으로 중얼거린 건 김수빈이 했던 말이었다. 김수빈과 함께 살기 시작하고 얼마 지나지 않아 모미는 감기에 걸렸다. 아르바이트를 조퇴하고 집에 돌아와 이불을 뒤집어썼다. 땀 때문에 옷이 피부에 달라붙어 찝찝했고 목이 말랐지만 참았다. 약을 먹었으니 조금만 기다리면 괜찮아질 거라고 되뇌며 억지로 잠을 청했다. 열에 들뜬 잠은 불쾌했다. 그 불쾌함을 지운 건 목덜미에 닿은 시원함이었다.

눈을 뜨니 김수빈이 젖은 수건으로 목의 땀을 닦아주고 있었다. “아프면 말해야지. 혼자 틀어박혀 있으면 어쩌니.” 김수빈의 질책은 손길처럼 부드러웠다. “귀찮게 하기 싫었어” 하고 답하자 김수빈은 웃었다. “타인과 함께 사는 건 원래 귀찮은 거야.” 그다음에 김수빈이 뭐라고 말했더라. 좀처럼 기억나지 않았다. 새벽에 응급실에 갔을 정도였으니, 그럴 만도 했다.

그날의 열이 되살아나는 듯해, 모미는 식탁 위에 팔을 베고
엎드렸다.

🔥

모미가 김수빈과 함께 살게 된 건 우연과 우연이 겹친 결과
였다. 당시 모미는 배달 라이더 일을 하고 있었다. 그날 모미는
유독 기분이 좋지 않았는데, 다음 계약부터 보증금을 1000만 원
으로 올리든가 월세를 20만 원 올리든가 아니면 나가라는 집주
인의 통보를 받아서였다. 대학 진학을 위해 모아놓은 저금을 깨
거나 다른 집을 찾아야 했다. 아무리 청소해도 벽지의 곰팡이는
사라지지 않았고 가끔 술 취한 사람들의 오줌 누는 소리가 새벽
잠을 깨웠지만, 한 달 40만 원으로 욕실이 붙어 있는 집을 또 구
하기는 쉽지 않을 거였다. 게다가 보육원을 나와 1년간 온갖 곳
을 전전하다 얻은 집이라 나름대로 애착도 있었다. 그러나 집주
인이 모미의 사정이나 애정을 참작해 줄 리 없었다. 배달하다가
도 눈에 보이는 부동산에 들어가 이사 갈 집을 찾았지만, 그 가
격에는 힘들다는 답변만 돌아왔다.

저금을 깨면 대학 입학이 더 늦춰질 거다. 스물다섯 살 이전
에 돈을 모아 조리학과가 있는 전문대에 입학하는 게 모미의 목
표였다. 하지만 또다시 고시원을 전전하기는 싫었다. 주문이 들

어온 빌라 앞에 오토바이를 세우고 내렸다. 배달할 음식을 들고 안으로 들어가면서도 머릿속이 복잡했다. 빌라 안으로 들어서자 계단 앞에 서 있던 남자가 모미를 보더니 주문한 집의 호수를 대며 받으러 나왔다고 했다. 요청 사항에는 문 앞에 놓아 달라고 되어 있었지만 가끔 있는 일이라 크게 신경 쓰지 않았다. 뒤돌아 건물을 나오려는데 등 뒤에서 남자가 말했다.

"배달 왔습니다."

왜 배달원인 척을 하는 걸까. 의아해서 뒤돌아보자, 남자가 문을 열고 나온 여자와 실랑이를 벌이며 억지로 집 안으로 들어가려 하고 있었다. 남자가 여자의 얼굴을 뭉개듯 누른 탓에 여자는 비명도 지르지 못했다. 그 순간 남자의 손가락 틈으로 여자의 절박한 시선이 삐져나왔다.

"신고해 드릴까요?"

모미의 외침에 남자는 당황한 듯 여자를 밀치고는 허둥지둥 건물 밖으로 뛰쳐나갔다. 여자가 제자리에 주저앉자 열려 있던 문이 스르륵 닫혔다. 모미는 자리를 떴다. 일순 참견을 하긴 했지만 더 이상 귀찮은 일에 얽히고 싶지는 않았다.

이틀 후, 모미는 우연히 그 여자를 다시 만났다. 배달 중에 혹시나 괜찮은 집이 있을지 물어보자 싶어서 들른 부동산에서였다. 여자는 부동산 주인과 대화를 나누고 있었다.

"계약 기간 1년 넘게 남았잖아. 무슨 이사를 그렇게 자주 다녀? 이전에 살던 데서도 기간 다 못 채우고 나왔다며. 세입자 맞춰주고 가든가."

"그게, 귀찮게 따라다니는 사람이 있어서….."

"어휴. 젊고 예쁜 아가씨한테 남자 붙는 건 당연한 거지. 뭐 그런 걸로 이사까지 해?"

여자는 웃었다. 억지로 만든 미소인 게 모미에게는 빤히 보였지만, 부동산 사장은 눈치채지 못한 듯 계속 비슷한 말을 늘어놓았다.

"저기요."

모미가 부르자 부동산 사장과 여자가 동시에 모미 쪽을 봤다. 어머, 여자가 작게 탄성을 질렀다. 집을 구하고 있다며 모미가 제시한 금액에, 부동산 사장은 바로 고개를 내저었다. 모미가 부동산을 나오는데, 여자가 모미를 쫓아 나와 불러 세웠다.

"저기요. 저랑 같이 살지 않으실래요?"

"저요?"

"네, 그쪽이요."

"처음 만난 사람에게 같이 살자고요?"

모미가 되묻자, 여자는 꽃봉오리가 피듯이 웃었다. 모미는 억지로 입꼬리를 끌어올린 표정보다 그 환한 웃음이 여자에게 훨씬 잘 어울린다고 생각했다.

"우리 초면 아니에요. 그쪽이 나 도와줬잖아요. 고맙다고 인사도 못 해서 계속 마음에 걸렸는데, 이렇게 만나다니 운명이지 싶어요."

"아, 그때. 어… 그런데 날 어떻게 알아봤어요?"

도와줬다고 해도 소리를 질렀을 뿐이다. 얼굴을 마주한 적도 없는데 어떻게 알아본 건가 싶었다.

"정신 차리자마자 감사 인사를 드려야 할 것 같아서 뛰어나갔거든요."

여자가 양손으로 헬멧 쓰는 시늉을 해 보였다.

"다음에는 오토바이 탈 때 헬멧, 꼭 쓰세요."

평소의 모미였다면 여자를 무시했을 거다. 배달 콜이 계속 울리고 있었으니까. 하지만 거주에 대한 불안이 일당을 향한 욕망을 눌렀다. 모미는 여자의 이름이 김수빈이라는 것과 배달원인 척했던 그 남자에게 4년 가까이 스토킹을 당해 왔으며 그 때문에 이사를 세 번이나 했다는 사연을 들었다.

"그 사람, 대학교 선배거든요. 학교에서 인망이 높은 데다 조교도 하고 있어요. 그래서 아무도 내 말을 안 믿어요. 선배가 나를 자기 여자 친구라고 소문을 냈거든요. 사귀는 사이에 집에 찾아가는 게 뭐 어때서 난리냐, 다들 그런 반응이에요. 경찰에 신고도 했는데 들어가려고 시도한 거지 진짜 무단침입이 아니라 조치해 줄 수 있는 게 없대요."

말이 이사지 도망이었다며 김수빈은 쓰게 웃었다.

“그쪽이 소리치니까 도망갔잖아요. 같이 사는 사람이 있으면 적어도 집에 들어오려고 하지는 않겠구나 싶더라고요. 그러니까 같이 살아요. 집세랑 공동 생활비는 내가 낼게요.”

“너무 파격적인 조건인데요.”

“그만큼 내가 좀 절실해요. 부담스러우면 은혜 갚으러 온 까치 정도로 생각하세요.”

우연이었다. 두 사람의 필요가 맞아떨어진 우연. 그렇기에 모미는 김수빈의 집으로 이사를 가면서도 필요 이상을 기대하지 않았다. 보육원에서 다른 사람과 함께 산다는 게 얼마나 지긋지긋한 일인지 이미 겪을 대로 겪었다. 눈치를 보고 자기를 깎아가며 억지로 타인과 맞추는 게 싫어서 반지하라도 온전한 혼자만의 집을 원했던 건데, 다시 원점이구나 싶었다.

몰랐다. 깎이는 게 아니라 타인이 있어 채워지는 삶도 있다는 것을. 김수빈은 모미가 일을 하고 돌아오면 아무리 늦은 시간이라도 잘 다녀왔냐고 인사를 건넸다. 자다가 깬 티가 역력한 얼굴의 김수빈을 마주하면 모미는 뭘 이렇게까지 할까 싶어 의아해했다. 김수빈이 밖에서 먹은 음식이 맛있었다며 포장해 와 먹어보라 권하는 것도, 피곤하지 않냐며 발을 주물러 주는 것도 이해할 수가 없었다. 그러나 한 달, 두 달, 세 달. 점점 시간이 지나면서 모미도 배달을 하다가 김수빈이 좋아할 만한 음식을 보면 사서 들어가게 되었다. 김수빈이 연락 없이 늦으면 혹시 스토킹한다는 선배에게 무슨 일을 당한 건 아닌지 걱정이 되어 먼저 연락하게 되었고, 집에 들어오면 다녀왔다고 인사하게 되었다.

반년쯤 지났을 때 아르바이트하는 식당의 동료가 말했다. "모미 씨, 둥그래졌어요"라고.

둥그렇게 원이 되어가는 것.

어쩌면 그게 같이 산다는 것일까.

모미는 그 주 일요일에 둥그런 모닝빵을 잔뜩 구웠다.

빵이다. 빵을 만들 것이다.

모미는 다시 싱크대 앞에 섰다. 반죽은 그사이 충실하게 부풀어 올랐다. 냄비 속 팥알을 하나 꺼내 손가락으로 누르니 부드럽게 뭉개졌다. 설탕과 소금을 넣고 다시 불을 켰다. 졸이는 동안 반죽 성형을 하면 된다. 모미는 반죽을 주먹만 한 크기로 떼어내 둥글게 뭉쳤다. 감기에 걸렸던 그날, 김수빈이 무어라 했는지는 여전히 기억나지 않았다.

"하긴. 그걸 떠올린다고 뾰족한 수가 생기는 건 아니지만."

나경은 나경이다. 자신이 들어서 기뻤던 말이라고 나경에게도 그러리란 법은 없다. 고민하는 사이 팥이 다 졸여졌다. 팥을 냄비에서 꺼내 채에 넣고 물기를 뺐다. 팥을 조금 떼어내 간을 보는데 우당탕 문 열리는 소리가 났다. 솔태가 뛰어 들어오겠거니 했는데 요란한 발소리만 이어지고 아무도 거실에 모습을 드러내지 않았다. 모미는 손을 닦고 복도로 나갔다. 솔태가 계단을 뛰어 올라가고 있었다. 짧은 다리로 껑충껑충 뛰어 올라가는 모양이 다급해 보였다. 이제까지 솔태가 2층에 올라간 적은 한 번도 없었다. 적어도 모미가 알기로는 그랬다. 무슨 일인가 싶어 바라보는 사이, 솔태의 모습은 이내 사라졌다.

"식사 준비가 안 된 걸 아는 건가."

빵을 구우면 내려오겠지 싶었다. 모미가 부엌으로 돌아가려고 뒤돌아서는데, 현관문이 조심스럽게 열렸다. 신발을 벗던 나경과 뒤돌아본 모미의 눈이 마주쳤다. 나경은 재빨리 고개를 돌렸다.

"어서 와. 잘됐다, 물어볼 게 있어."

"저녁 먹었어요."

모미는 빠르게 계단을 오르려는 나경의 팔을 잡았다.

"구청에서 사람이 나왔는데… 아니다. 그보다 먼저 물어봐야 할 게 있구나."

"이거 무슨 냄새예요?"

나경이 콧등을 찌푸렸다.

"냄새?"

“약간 달짝지근한 냄새가 나요. 젖은 흙에 단내 섞인 냄새.”

“아, 팥 냄새인가?”

“팥?”

나경의 말끝이 날카롭게 올라갔다. 나경은 모미의 손을 뿌리치고 거실로 뛰어 들어갔다. 모미가 영문도 모른 채 나경을 뒤쫓아 부엌에 섰을 때 나경은 그릇에 든 팥을 하수구에 쏟아 버리고 있었다.

“뭐 하는 거야!”

모미는 번개처럼 달려가 나경이 든 그릇 한쪽을 움켜쥐었다. 빼앗으려는 사람과 빼앗기지 않으려는 사람. 두 사람 사이에서 아슬아슬하게 평형을 유지하던 그릇은 모미가 손에서 힘을 약간 빼자마자 나경 쪽으로 쏠렸다. 힘의 균형을 잃은 나경이 바닥에 넘어지며 엉덩방아를 찧었고 그릇 안에 남아 있던 졸인 팥배기가 사방으로 흩날리며 바닥에 갈색 점을 만들었다.

“왜 팥을 삶아요?”

질문이라기보다는 억눌린 비명이 나경의 입술 사이에서 터져 나왔다.

“곧 있으면 사십구재….”

한 번도 본 적 없는 격양된 나경의 모습에 당황한 모미는 말끝을 흐렸다.

“그걸 알면서 왜! 팥은 귀신을 몰아낸다는 거, 몰라요?”

“뭐? 내가 그런 걸 어떻게 알아?”

“모르면 다예요? 왜 그런 것도 모르는데요! 동짓날 팥죽을 왜 쑤는지도 몰라요?”

나경이 손에 쥐고 있던 그릇을 바닥에 집어 던졌다.

“이거, 이 팥 냄새가 집에 배어서 엄마가 돌아오지 못하면 책임질 거냐고요!”

그릇이 바닥에 부딪혀 서너 번 튀어 올랐다가 모미의 발치에 와 멈췄다. 텅 빈 그릇을 본 순간 모미의 인내심이 뚝 끊겼다.

“그럼, 네가 뭘 어떻게 하고 싶은지 제대로 말하든가!”

모미의 고함이 달디단 냄새에 뒤섞였다.

“곧 사십구재라서 어떻게 할 건지 물어보려고 해도 계속 날 피한 건 너야! 그러니 내 멋대로 할 수밖에 없잖아!”

고함과 함께 순간적으로 치밀었던 화가 빠져나갔다. 짧고 거칠게 숨을 몰아쉬는 소리와 놀란 숨을 집어삼키는 소리가 뒤엉켰다. 모미는 고개 숙인 나경의 정수리를 내려다보며 후회했다. 저질렀다. 열세 살이나 어린, 저 작은 아이에게 소리를 질렀다. 진한 자기혐오가 몰려왔다.

“저기, 소리 지른 건.”

모미가 머뭇거리며 입을 열었을 때였다.

“왜 깨우지 않은 거야!”

쩌렁쩌렁한 목소리가 거실 문지방을 넘어 울려 퍼졌다. 모미가 뒤돌아보니 어느새 정현정이 복도에 서 있었다. 미간을 잔뜩 찌푸린 채 한쪽 발로 계속 복도를 내리치는 걸 보니 잔뜩 화가 난 기색이었다. 정현정은 손에 쥔 휴대전화를 확인하더니 쯧, 혀를 찼다.

"미친놈들. 전화를 왜 이리 걸어대는 건데? 일 다 떠맡긴 주제에 양심도 없지. 야, 체크아웃해 줘. 빨리!"

고작 몇 시간 전과 완전히 다른 사람처럼 무례하게 구는 정현정에게 모미의 신경이 팔린 사이, 나경은 재빨리 몸을 일으켜 거실을 뛰쳐나갔다. 나경을 붙잡으려던 모미의 손이 허무하게 허공을 더듬었다.

"이봐, 못 들었어? 체크아웃! 돈 안 받을 거야?"

"잠시만 기다리세요."

거듭되는 재촉에 모미는 복도로 나가 카운터에서 숙박부를 들고 정현정의 이름이 쓰인 부분을 펼쳤다.

"입실 시간이 여섯 시고, 대실 대금이 여기, 표를 보시면…."

"내놔."

정현정은 모미의 손에서 난폭하게 숙박부를 빼앗아 가더니, 손을 내밀었다.

"펜."

모미가 펜을 건네주자, 정현정은 숙박부에 거침없이 뭔가 쓰고는 돈을 꺼내 장부 사이에 끼웠다.

“됐지? 잠깐 자는 게 뭐 이리 비싸.”

정현정은 모미에게 장부를 던지듯 돌려주었다. 참다못한 모미가 한마디 하려는데 2층에서 솔태가 뛰어 내려오더니, 쓰고 있던 바구니를 벗어 정현정의 머리를 향해 던졌다. 바구니는 허공을 날아 정확하게 정현정의 정수리 위에 안착했다.

“저기, 머리.”

“내 머리가 뭐? 별꼴이야.”

솔태가 손뼉을 치며 정현정을 향해 뛰어올랐지만, 정현정은 자기 머리 위에 얹힌 바구니도 솔태도 보이지 않는 듯 모미에게 쏘아붙이고는 신발을 꿰어 신었다. 정현정은 거칠게 현관문을 열고 밖으로 나갔고, 솔태도 계속 점프하며 그 뒤를 따라 사라졌다. 모미가 장부를 펼쳐 보니 ‘정현정’이라 적힌 이름 위에 줄이 그어져 있었고 ‘정유정’이란 이름이 새로 적혀 있었다. 낮도깨비에게 홀린 기분이었다. 모미는 장부를 다시 카운터 위에 놓고 부엌으로 돌아가 바닥에 흩어진 팥을 닦았다.

“똥 같다, 진짜.”

모미는 걸레를 꽉 움켜쥐었다. 억박지르고 싶지 않았다. 어른들이 휘두르던 폭력 아래에서 얼룩진 십 대를 보냈기에, 정말로 그런 어른만은 되고 싶지 않았다. 까맣게 더러워진 걸레를 빨래 바구니에 던져 넣는데, 퍼뜩 떠올랐다. 그렇게나 기억나지 않던 수빈의 말. 모미는 마구 머리를 헝클었다. 그러고는 망설임

없이 3층까지 걸어 올라가 나경의 방문을 노크했다. 대답이 없었다. 슬쩍 손잡이를 돌려봤지만 안에서 잠근 듯 열리지 않았다.

"나나경. 나경아."

모미는 나경의 방문에 바짝 붙어 서서 나경의 이름을 불렀다.

"팥 끓인 이유가 있어. 네 엄마가… 그러니까 언니가 좋아하던 게 단팥빵이라고 향랑이 가르쳐 줬거든. 그래서 만든 거야."

모미는 잠시 말을 끊었다가 느릿하게, 아주 천천히 말을 길어 올렸다.

"올해 여름에 내 친구가 죽었어."

6월의 그날이 음절과 음절 사이에서 선명하게 되살아났다. 정직원이 되었다던 김수빈의 전화. 파티를 하자던 들뜬 목소리. 여름이 끝나고 다음 학기부터는 인턴 실습이라던 공지. 케이크를 굽고 싶었다. 김수빈과 함께 생활했던 1년이 아니었다면 전문대 입학이 몇 년은 늦어졌을 거다. 졸업하면 다시 같이 살자. 김수빈의 제안이 그저 기뻤다. 고마웠다. 그 마음을 전하고 싶어 아침부터 열심히 만들었다. 조금 늦게 완성한 케이크. 눈앞에서 놓친 버스. 갑자기 내린 비. 편의점에서 산 우산. 케이크가 망가지지 않게 평소보다 천천히 걸었다. 빌라 앞에 도착했을 때 안에서 모자를 눌러쓴 남자가 뛰쳐나와 어깨를 부딪쳤다. 케이크가 망가질까 봐 인상을 썼다.

후회했다. 왜 그랬을까. 약속 시간에 늦지 않았다면. 좀 더 일찍 도착했다면. 그 수상한 남자를 붙잡고 얼굴이라도 확인했더라면.

초인종을 눌렀지만 김수빈은 나오지 않았다. 비밀번호를 입력하고 집으로 들어갔다. 엉망이 된 거실과 쓰러져 있던 김수빈. 작은 몸에서 나왔다고는 믿기 힘들 정도로 흥건했던 피. 축축하게 내려앉아 있던 죽음의 냄새. 케이크가 손에서 떨어졌다.

"사십구재란 게 있단 걸 친구의 죽음으로 알았어. 엄마가 죽었을 때는… 아, 혹시 들었니? 내 엄마, 그러니까 네 할머니는 내가 열네 살 때 세상을 떠났어. 그때는 그런 거 잘 몰랐거든."

정확히는 알고 싶지도 않았다. 형식적인 보호자였던 엄마에게 별다른 애정도 없었다.

"영혼이 돌아오는 날이라기에 그날 친구가 좋아했던 음식을 잔뜩 만들었었어. 다른 데 가지 말고 나한테 오라고. 그래서 오늘 팥빵을 만들려고 한 거야. 네 엄마를 쫓아내려고 한 게 아니라."

여전히 문 안은 조용했다. 그래도 모미는 계속 말을 이었다. 그건 나경을 향한 변명이라기보다는 자신을 향한 다짐이었다.

"타인과 함께 하는 건 원래 귀찮은 거야."

하지만 연은 스치는 게 아니라 묶는 거지. 김수빈은 그렇게 말했었다. 묶기를 선택했으니 책임이 있다고. 열에 들뜬 와중에도 기뻤다. 그때 모미는 유치원에서 했던 카드 꾸미기 수업을 떠올렸다. 리본을 묶어서 카드에 붙이는 시간이었는데, 모미는 리본을 하나도 묶지 못했다. 그렇다고 다른 사람에게 도와달라는 말도 하지 못해 기다란 리본 끈을 그저 손바닥에 쥐고만 있었다. 집에 돌아와 엄마에게 묶어달라고 했지만, 술에 취한 엄마는 끈을 가져가서는 가위로 잘라 버렸다. 모미는 조각난 끈의 잔재를 손바닥으로 쓸어 담으며, 나는 리본 같은 건 가질 수 없다고 생각했었다. 그러나 김수빈의 말을 듣는 순간, 텅 빈 손에 예쁜 리본이 가득 찬 듯했다.

다시는 누구와도 엮이고 싶지 않았다.

김수빈의 죽음이 자신의 탓인 것만 같았다. 비 오는 날을 곱씹을수록 후회는 점점 그 농도를 더해 가기만 했다. 다시 비어 버린 손이 허무해 견딜 수가 없었다. 아예 가져 본 적 없다면 이런 기분을 느끼지도 않았을 텐데. 그러나 나경의 까만 정수리를 봤을 때 깨달았다.

이 아이의 손에, 서툴러도 열심히 묶은 리본을 쥐여주고 싶다는 걸.

"그러니까 귀찮게 해도 돼. 하긴, 이대로 손님이 없으면 네가 귀찮게 할 새도 없이 내가 여기서 쫓겨날 수도 있겠지만."

방백은 끝났다. 방문에 기대었던 몸을 떼고 돌아서는데, 모미의 등 뒤에서 방문이 열렸다.

"저기요."

머뭇거림이 묻어난 목소리가 모미를 불렀다.

“여기… 가보세요.”

빼꼼히 열린 문 사이로 나경의 손이 뻗어 나왔다. 모미가 건네받은 건 전시회 티켓이었다. 나경은 티켓을 건네주자마자 재빨리, 다시 방문을 닫았다.

전국 고미술 특별전.

여기를 왜 가보라는 걸까. 모미는 고개를 갸웃거렸다.

평일 오후의 미술관은 의외로 붐볐다. 모미는 모자를 한층 더 푹 눌러썼다. 누군가 옆을 지나갈 때마다 긴장으로 등이 뻣뻣해졌다. 눈앞을 어지럽히던 댓글과 코앞까지 밀려들던 카메라가 사람들 틈에 숨어 있다가 다시 덤벼들 것만 같았다.

그럴 일은 없어.

모미는 몇 번이고 자신을 타이르며 애써 벽에 걸린 그림을 노려보았다.

“여러분의 왼쪽에 걸린 그림은 우리나라 고려시대 작품으로 추정됩니다. 전해지는 작품의 수가 적은 고려 회화 중에서도 불화가 아닌 일상을 그린 민화는 매우 귀중합니다.”

미술관 한쪽에서 도슨트 프로그램이 진행되고 있었다. 모두 큐레이터의 설명에 귀를 기울이는 사이 모미는 사람들 틈에 섞여들었다. 차라리 무언가에 집중하고 있는 사람들 사이에 있는 편이 나았다.

"가운데 그림을 볼까요? 드물게도 같은 장면을 그린 여러 버전의 그림이 전국 곳곳에서 발견되었습니다. 당시 유행했던 소재인지, 아니면 한 사람이 그린 작품인지 학계에서도 의견이 분분했습니다. 최근 종이와 물감을 분석한 결과, 동일인의 작품일 확률이 높다는 쪽으로 기울었지요. 그로 인해 그림 뒤에 적힌 글들이 하나의 연속성을 지닌 화공의 일대기일 확률 역시 높아졌습니다. 그중에서도 이 그림은 가장 훼손이 심해 최근에 복구된 작품입니다."

벽에 걸린 그림을 본 모미는 작게 탄성을 질렀다. 복숭아나무 아래에 서 있는 미인을 그린 그림은 게스트하우스에 걸린 것과 똑같았다. 그러나 모미가 탄성을 지른 건 그 때문이 아니라, 화도를 처음 봤을 때 왜 기시감을 느꼈었는지 떠올랐기 때문이었다. 분명히 이전에 김수빈과 함께 간 미술관에서 이 그림을 봤었다.

"그림 뒤에 쓰인 글은 누군가에게 보내는 연서가 아닐까 추측됩니다. 어떤 내용인지 팸플릿을 함께 볼까요?"

그때 김수빈이 그림 뒤에 글이 남아 있다며, 이야기를 들려주었었다. 아직 발견되지 않은 작품도 있으니 이건 반쯤은 창작이라며 운을 떼던 김수빈의 옆얼굴이 그림 위에 아스라이 떠올랐다.

　…이 그림을 그린 화공은 사랑하는 사람과 함께 전국을 돌아다니며 그림을 그렸어. 화공은 점점 늙었지만, 연인은 늙지 않았어. 그의 연인은 사람이 아니었던 거지. 귀신이거나 요괴였거나. 그런 건 중요하지 않아. 화공은 어느 날 연인을 떠났어. 왜일까. 그 이유는 아직 아무도 몰라. 확실한 건 그 후로도 화공이 계속 연인을 그렸다는 거야. 어쩌면 화공은 지쳤을지도 몰라. 인간 아닌 존재를 사랑하는 게. 주변에 인정받지 못하는 사랑을 한다는 게. 아니다. 역시 그런 이유는 아니었으면 해. 모미야. 나는….

　"거기 키 큰 여성분. 팸플릿에 한자 뜻을 풀이한 부분을 한 번 읽어봐 주시겠어요?"

　옆에 서 있던 사람이 건넨 팸플릿이 모미를 회상에서 깨웠다. 얼결에 팸플릿을 받아 든 모미에게 여기, 이 부분이라고 옆 사람이 알려주었다.

　"어… 음. '나는 이젠 노쇠한 당나귀입니다. 점점 추레해지는 모습을 보이기 싫어 그대 곁을 떠난 걸 이제 와 후회합니다. 그대 곁에서 달처럼 저물어 갈 것을. 이 그림이 아마도 마지막 한 점이 되겠지요. 그대가 주었던 붓으로 그렸던 첫 그림만큼의 설렘을 담을 순 없었으나 진심만큼은 충분하다 믿습니다.'"

　이 화공은 알까. 화도가 얼마나 행복한 표정으로 화공과 함께

한 날들을 추억했는지. 어물거리며 팸플릿을 읽던 모미는 점차 한 음절 한 음절 또박또박 힘을 주어 읽었다. 그래야만 할 것 같았다. 홍조를 띠었던 화도의 표정과 미술관에서 김수빈이 나지막하게 중얼거리던 말이 떠오르면 떠오를수록 목청을 높였다.

"같은 시간을 걷지 못해도."

모미야, 나는 사랑만큼은 인정이나 이해가 아닌 그저 기쁨이었으면 해.

"나는 그대를 사랑합니다."

모미는 미술관을 나오다가 입구 옆에 있는 아트숍 앞에서 멈췄다. '특별전 굿즈'라는 팻말이 붙은 코너에 아까 그 그림이 인쇄된 엽서가 있었다. 엽서 뒤쪽에는 모미가 읽었던 글이 원문 그대로 실려 있었다.

"화도는 한자를 읽을 수 있겠지."

엽서를 사서 게스트하우스로 돌아온 모미를 기다리고 있던 건 정현정이었다. 현관문 앞을 서성거리던 정현정은 모미를 보자마자 대뜸 허리를 숙였다. 머리에는 솔태의 바구니를 쓴 채였다.

"어제는 죄송합니다."

모미가 무어라 할 새도 없이, 정현정은 속사포로 말을 이었다.

"제가 어제 예의 없이 행동했죠? 그런데 그게 제가 아니거든요. 무슨 말인가 싶겠지만 이야기를 들으면 아실 거예요. 그런데 여기, 이 게스트하우스. 혹시 특별한 기운이 흐르는 곳인가요?"

횡설수설하는 정현정의 얼굴이 새빨갰다.

"진정하세요. 일단 들어가서 이야기하는 게 좋겠네요."

모미가 현관문을 열자, 솔태가 안에서 구르듯 뛰어나왔다. 그 기세에 눌린 모미는 슬그머니 옆으로 비켜섰다. 정현정은 여전히 솔태가 보이지 않는 듯 곧장 집 안으로 들어갔다. 정현정과 부딪히기 직전, 모미가 솔태의 이마를 손으로 막아 멈춰 세우자 솔태는 짧고 통통한 팔다리를 버둥거렸다. 정현정을 식탁 의자에 안내한 모미는 품 안의 솔태에게 속삭였다.

"너 평소에는 밥 말고는 아무것도 관심이 없더니 왜 이렇게 난리니? 저 사람한테 던진 바구니는 어떻게 할 거야?"

모미는 한 팔로 솔태를 안은 채 다른 한 손으로 주스를 따랐다. 바구니가 걷혀 드러난 솔태의 얼굴에는 눈, 코, 입 없이 커다란 구멍 하나뿐이었지만 전혀 무섭거나 기괴하지는 않았다. 요괴라는 걸 알아서일까, 아니면 그동안 정이 들어서일까. 모미는 고개를 갸웃거리며 정현정 앞에 컵을 내려놓았다.

"드세요."

정현정은 단숨에 주스를 반쯤 들이켰다.

"어제저녁에 소동을 피운 건 내가 아니에요."

"그쪽 맞아요. 내가 귀신에게 홀렸던 게 아니라면."

정현정을 직접 상대했던 모미로서는 당연한 대답이었다.

"물론 믿지 못하시겠지만요."

정현정이 컵을 꽉 움켜쥐었다. 한참이나 머뭇거리던 정현정은 컵 안의 얼음이 녹아 표면에 물기가 맺힐 때에야 입을 열었다.

"언니가 저를 잡아먹으러 왔던 거예요."

컵의 주스가 줄어든 자리를 정현정의 고백이 채워나갔다. 어릴 적 세상을 떠난 쌍둥이 언니와 잃어버린 이름에 대한 고백이었다. 정현정의 손가락 끝으로 옮겨간 물기가 식탁으로 한 방울 떨어졌다.

"3개월쯤 전, 회사 회식 자리에서였어요. 팀장이 성과가 통 좋지 않다고 잔소리를 했는데, 그 순간 언니가 내 몸에 들어왔죠. 뭐랄까. 순간 나는 몸 밖으로 팅겨 나가버리고 허공에서 언니가 차지한 나를 보고 있는 거예요. 유체 이탈을 하면 그런 감각일까요. 내가 된 언니가 팀장에게 따지더군요. 하루에 신고가 몇십 건씩 들어오는데 전문 인력도 없이 뺑뺑이를 치니 당연한 거 아니냐고. 맞는 말이지만, 상사에게 그러면 눈 밖에 날 뿐이잖아요. 팀장이 화를 내면서 술상을 뒤집어엎으려 했다니까요. 언니는 다음 날 아침이 되어서야 나에게 몸을 돌려줬어요."

출근한 정현정은 팀장에게 술에 취해 실수했다고 사과해야 했다. 팀장은 그 후로 정현정의 보고서에 계속 트집을 잡았다.

"그게 끝이 아니었어요. 동기 중에 대장 격인 사람이 있거든요. 왜, 점심 메뉴 정할 때 다섯 명 중 네 명이 짜장면 먹고 싶어도 그 한 명이 스파게티 먹자고 하면 양식집에 가게 되는 그런 사람. 그 사람이 점심을 먹으면서 은근히 핀잔을 주더군요. 외근 나갈 때 화장을 좀 해야 사람들이 덜 우습게 본다고. 이전부터 나한테 계속 외모를 지적했거든요. 그래서 그냥 웃고 넘기려는데 그 느낌이 몰려왔어요. 유체 이탈 감각! 언니한테 또 몸을 빼앗겼죠. 언니가 화장해도 성격 나쁜 건 가려지지 않나 보지, 라고 쏘아붙였죠. 그 뒤부터 동기들 사이에서 은따가 되었어요. 그것도 싫었지만, 언니가 낮에도 나타났다는 공포가 더 컸죠.”

그 뒤에도 몇 번이고 비슷한 사건이 벌어졌다. “정현정 씨는 가끔 딴사람 같네” 하는 걱정 섞인 비아냥거림을 듣는 일도 많아졌다. 탕비실에서는 정현정에 대한 험담이 새어 나왔다.

“언니가 아닐 수도 있잖아요?”

모미의 물음에 정현정은 힘없이 고개를 가로저었다.

“언니가 확실해요. 어릴 때도 그랬어요. 나는 꾹 참고 넘기는 상황에서 언니는 할 말을 다 했죠. 조금만 기분이 나쁘면 신경질을 냈고요. 어릴 때 죽었으니 성격도 그대로겠죠.”

“그렇군요.”

모미는 대충 맞장구를 쳤다. 품 안의 솔태가 계속해서 몸부림치며 정현정을 향해 손을 뻗어대는 통에 대화에 집중할 수가 없었다. 솔태가 자기의 정수리를 탁탁 두드렸다. 모미가 작게

'모자? 바구니?'하고 속삭이자, 두드림은 더욱 격렬해졌다.

저 바구니를 돌려받고 싶은 거구나. 모미는 솔태의 몸짓을 그렇게 이해했다. 하지만 머리에 쓰고 있는 걸 어떻게 가져온단 말인가. 네가 던져놓고 왜 이러니. 모미는 바구니를 노려보며 속으로 중얼거렸다.

"어제 이곳에서 잠깐 자고 돌아갔잖아요. 그때부터 아무것도 기억나지 않아요. 부모님 말씀이, 내가 갑자기 울면서 소리쳤대요. 언제까지 나를 언니 이름으로 부를 거냐고. 언니가 죽은 지 이미 이십 년이 넘었다고. 그동안 나는 내 이름도, 나도 잃어버린 채 살았다고. 아빠 엄마만 우울하냐고."

정현정이 희미하게 미소 짓자 솔태의 버둥거림이 더욱 심해졌다.

"조금 기대했어요. 드디어 부모님이 환영에서 벗어났겠지 싶었죠. 하지만 웬걸요. 아빠는 유정이가 일이 많이 힘들었구나, 라고 하더군요. 이제까지 외면하고 있던 진실이 눈앞에 확 뛰어들었어요. 아빠도 엄마도 병이구나. 두 사람에게서 멀어지지 않으면 나도 저렇게 되겠구나."

목이 멘 듯 정현정의 목소리가 낮게 가라앉았다.

"여기 오는 길에 원룸 계약하고 왔어요."

"음료 좀 더 드릴게요."

모미는 몸을 일으켜 맞은편의 컵을 집어 드는 척하며, 손을 뻗어 재빨리 정현정의 머리에서 바구니를 벗겨냈다. 정현정이 무슨 일이냐는 듯 고개를 들어 모미를 봤다.

"가을인데 모기가 있네요."

모미는 황급히 둘러댔다.

"속이 시원했어요."

정현정은 다시 말을 이어 나갔다. 모미는 솔태를 품에서 내린 뒤, 정현정에게서 벗겨낸 바구니를 머리에 씌워주었다.

"이전에는 언니의 인격이 되어도 다 기억했는데 이번에는 왜 기억이 나지 않는 걸까 고민하다가… 혹시 여기서 잠을 잔 것 때문이 아닐까 싶더라고요. 이전에 무당 브이로그에서 봤는데, 산 아래 음기 강한 데서 자면 들러붙은 귀신의 기운이 강해진대요."

"나 아냐."

톤 높은 어린아이의 목소리가 정현정의 말허리를 잘랐다. 말을 한 건 솔태였다. 솔태의 입이 벌어지는 순간, 거실 바닥에 푸른 도깨비불이 생겨났다. 도깨비불에 비친 솔태의 모습이 언뜻언뜻 어린 여자아이로 변해 흔들렸다.

"나 아냐. 현정아."

"…언니?"

정현정의 얼굴이 경악으로 일그러졌다.

"왜, 왜 언니가 갑자기…"

“내 탓 하지 마. 네가 한 행동들, 전부 네가 하고 싶어서 한 거 잖아. 그걸 왜 내 탓을 해? 내가 널 지켜보고 있었던 건 맞아. 하지만 네 몸을 빼앗은 적은 단 한 번도 없어.”

“아냐. 나는. 그거는… 내가 아니야.”

정현정이 비틀거리며 의자에서 내려오더니 솔태 앞에 주저 앉았다.

“너야. 어릴 적에도 하고 싶은 말이 있을 때 툭하면 내게 대신해 달라고 했었지. 하지만 현정아.”

솔태가 정현정에게 다가가 손등을 가만히 붙잡았다.

“이젠 그러면 안 돼. 네 이름으로 불리고 싶으면, 네가 직접 화내고 외쳐. 어제처럼.”

“언니, 미안해.”

정현정의 눈가에 눈물이 고였다.

“나 혼자 살아남아서, 진짜 미안해.”

“그건 네 탓 아니야.”

솔태가 정현정의 손을 더 힘주어 꽉 움켜쥐었다.

“네 탓도 아닌 일로 자책하지 마. 그걸 핑계로 도망치지도 마.”

눈물이 정현정의 뺨을 타고 흘렀다. 정현정은 어린아이처럼 엉엉 소리 내 울었다.

“미안. 진짜 미안해. 나도 모르게 다시 언니 등 뒤에 숨고 싶었나 봐. 이젠 그러면 안 되는데. 그걸 아는데도.”

마리가 달려와 춤을 추듯 정현정의 주변을 빙빙 돌았다. 그러자 울던 정현정은 최면이라도 걸린 듯 제자리에 쓰러졌다. 솔태가 크게 입을 벌려 무언가 빨아들이는 시늉을 하더니 배를 탕탕 두드렸다.

"어머, 손님이 왔구나."

향랑이 거실 안으로 들어왔다. 눈앞에 일어난 일을 넋을 놓고 바라보던 모미는 그제야 정신을 차리고 바닥에 누운 정현정에게 다가가 코 아래에 손을 대 보았다. 숨결이 느껴졌다. 바로 그때 정현정이 코를 골며 몸을 뒤척거렸다.

"뭐야, 잠들었네."

"솔태, 오랜만에 배부른 밥 먹었구나."

향랑의 말에, 솔태는 자랑이라도 하듯 배를 앞으로 쑥 내밀더니 마리와 어울려 밖으로 달려 나갔다.

"솔태가 뭘 한 건가요?"

"응? 아무것도."

"하지만 저분이 솔태를 갑자기 언니라고 불렀어요. 그리고 배부른 밥은 뭔데요?"

"어머, 그동안 아무것도 궁금해하지 않더니 오늘은 다르네."

향랑은 후후 소리 내어 웃었다.

"솔태가 뭘 한 게 아니야. 이 손님과 솔태의 파장이 맞았을 뿐이지. 이 게스트하우스는 손님으로 온 요괴와 파장이 맞는 인간이 아니면 좀처럼 발견할 수 없어. 강한 음기에 뒤덮여 있으니까."

"파장?"

"요괴가 품은 한과 인간이 품은 어둠이 비등해야 한다는 소리야. 인간이 이 게스트하우스를 발견할 정도면 죽기 직전의 상태라 봐도 무방하지. 솔태가 그 기운을 먹어 치웠으니, 저 인간은 이제 괜찮아질 거야."

"솔태의 한이 뭔데요?"

"솔태의 본체는 머리에 쓰고 있는 바구니야. 오쟁이, 혹은 망태라고도 불리지. 이전에 몇몇 지역에서는 전염병으로 어린아이가 죽으면 저런 바구니에 아이의 시체를 넣어 소나무에 걸어놓았어."

"왜 그런 짓을?"

모미가 인상을 쓰자 향랑이 손을 내저었다.

"말했잖아. 인간과 요괴의 감각은 다르다고."

"그 지역 사람들이 전부 요괴였다는 건가요?"

"설마. 전염병이 도는 비일상적인 상황에서 사람들은 요괴와 비슷해지거든. 일상을 되찾기 위해 평소의 상식과는 어긋난 일을 저지르는 거야. 그것이 액을 가져간다 믿으면서."

그렇게 아이들이 담겼던 바구니에 혼이 깃들었다. 어린아이의 형체가 되어 음식 냄새가 나는 집을 찾아가 끼니를 조른다.

제대로 울지도 못하고 죽은 아이의 원한과 어미의 정을 갈망하는 마음이 뒤죽박죽 섞여 언제나 배고픈 존재. 그것이 솔태였다.

"솔태는 일찍 죽은 아이의 목소리를 전해. 그때만 본체를 드러내지."

목소리를 전할 방도를 잃어버린 어린아이의 울음. 그것이 솔태의 한이었다.

"그나저나 저 손님, 저대로 바닥에서 자게 둘 거니?"

"이불이라도 가져다가 덮어줄까요?"

"얘, 손님은 하늘이야. 객실로 데려가서 눕혀."

"…제가요?"

"그러면 다 늙은 내가 할까? 요괴라도 노인 공경은 해줘."

손바닥 한 번 치니까 식탁이 허공을 날던데 노인은 무슨. 모미는 투덜거리며 바닥에 누운 정현정의 등 아래로 한쪽 팔을 넣고 그대로 들어 올렸다. 묵직한 체중에 절로 기합이 들어갔다. 무릎을 구부린 채 늘어진 정현정의 몸을 안고 일어서며 중심을 잡았다. 엉덩이를 받친 팔에 힘을 주어 다시 한번 균형을 잡고 계단으로 향했다.

빈방에 가까스로 정현정을 눕히고 내려온 모미에게, 향랑이 엽서를 내밀었다.

"떨어뜨렸어, 이거."

미술관에서 사 주머니에 넣어두었던 엽서였다. 정현정을 업

다가 떨어진 모양이었다. 향랑은 모미에게 엽서를 주며 바짝 몸
을 붙여오더니 속삭였다.

"복숭아 사탕. 화도는 그거면 대충 달래질 거야."

"이전에는 모른다고 하더니."

모미가 불퉁하게 대꾸하며 거리를 벌리자, 향랑은 웃으며 모
미의 등을 툭툭 쳤다.

"그때의 너와 지금의 너는 다르니까."

향랑이 거실을 나가고 나서 모미는 식탁을 정리했다. 컵 안
의 얼음이 녹아 식탁에 맞닿은 부분에 둥그런 물 자국이 생겨나
있었다.

"그래, 핑계 삼아서는 안 되지."

모미는 식탁 위 물 자국을 손가락 끝으로 쭉 그어 내렸다. 김
수빈의 죽음 이후 누구와도 얽히지 않겠다던 다짐이 물과 함께
어그러졌다. 모미는 물기를 깨끗하게 닦아냈다. 싱크대에 컵을
담그고 뒤돌아보니, 오르골 안 푸른 불꽃이 어느새 절반 넘게
채워져 있었다. 소원을 이루어 줄 마법의 불꽃. 채워진 불꽃이
모미의 불안을 태워 잠재웠다. 불안이 사그라든 만큼, 모미의
마음에 여유가 생겨났다. 모미는 구부정하게 숙였던 허리를 쭉
펴고 설핏 웃었다.

그날 밤, 복숭아나무와 미인이 그려진 그림 앞에 엽서 한 장
과 복숭아 사탕이 나란히 놓였다.

나다미의 사십구재 날 아침, 모미는 달걀 프라이를 부치며 사십구재 상을 차려야 할지 말지 고민했다. 결국 나경에게 어떻게 하고 싶은지 묻지 못했다. 그나마 다행이라면 솔태의 사건 이후, 집의 소음과 진동이 멈췄다는 거였다. 화도가 화를 푼 게 분명했다. 몇몇 요괴가 숙박을 청했고 도깨비불도 두 번이나 더 나타났다. 복숭아 사탕의 효과는 제법 확실했다.

모미는 솜씨 좋게 달걀 프라이를 뒤집고 토스트와 함께 접시에 담아 식탁에 놓았다. 언제나처럼 접시는 두 개다. 어차피 하나는 버리게 될 걸 알았지만 그렇다고 만들지 않을 이유는 없었다. 모미가 탁자에 앉아 식빵을 베어 무는데, 나경이 거실로 들어왔다. 나경은 냉장고에서 우유를 꺼내는 대신 모미의 맞은편에 앉았다. 모미는 하마터면 빵과 함께 혀를 깨물 뻔했다. 나경은 머뭇거리다가 식빵에 달걀 프라이를 올려 먹기 시작했다. 잠시 동안 식탁 주변에는 음식 씹는 소리만 흘렀다.

"저기, 이모."

나경이 반쯤 남은 식빵을 접시에 내려놓으며 어색하게 모미를 불렀다. 이모라는 호칭이 모미의 귓가를 부드럽게 간지럽혔다.

"그… 빵이요. 단팥빵. 오늘 같이 만들어요. 그러고 싶어요."

모미는 복숭아색으로 물든 나경의 뺨과 상기된 표정이 어쩐지 낯설지 않다고 느꼈다.

“그래, 그러자.”

“학교가 좀 늦게 끝날지도 몰라요. 그래도 여섯 시 전에는 올게요.”

“알았어.”

“꼭 기다려야 해요.”

나경의 당부에 모미는 나다미와 헤어지던 날의 기억을 떠올렸다. 사탕을 입에 넣어주며 기다리라고 말하던 언니. 그 뺨도 나경처럼 옅은 분홍색 열기를 띠고 있었다.

그때 대답을 했던가.

“그래. 기다릴게.”

입안에서 잘그락거리던 사탕의 단맛이 되살아나는 듯했다.

| 세 번째 장 |

늦가을 : 거울을 가진 소녀와 냥돌

열네 살은 왜 이렇게 잔혹할 만큼 무력한 걸까.

나경은 점심시간이 되자마자 교실을 나오며 새삼 그런 생각을 했다. 2학기가 되고부터 급식실로 뛰어가는 일도, 친구들과 모여 앉아 이 반찬은 싫다고 수다를 떠는 일도 전부 나경과는 관계 없는 일이 되어버렸다.

"야! 귀신 눈깔! 귀신이랑 밥 먹으러 가냐?"

뒤에서 들려오는 조두형의 낄낄거리는 웃음소리가 나경의 등을 떠밀었다.

절대 뛰면 안 된다. 뛰면 도망치는 것처럼 보일 거다. 나경은 발가락 끝에 있는 대로 힘을 주고 계단을 걸어 내려갔다. 조두형이 뒤쫓아오지 않아 그나마 다행이었다. 뒤쫓아올 리가 없다. 그날 이후, 조두형은 나경과 절대 눈을 마주치지 않았다.

나경은 학교 뒤 화단 한쪽에 자리 잡고 앉아 사납게 빵 봉지를 뜯었다.

"유치해. 다들 바보 같아."

여름방학 때까지만 해도 기대했던 2학기는 이렇지 않았다.

중학교 1학년의 가을은 특별하다. 불편했던 교복이 익숙해지고 반에서 각자의 역할이 굳어져, 드디어 학교생활이 조금은 즐겁게 느껴지는 시기다. 나경은 '그다지 눈에 띄지 않는 평범한 반 친구'라는 역할에 만족했다. 친구 중에는 평범한 건 지겹다며 초능력자가 되는 상상을 펼치는 아이도 있었다. 나경은 그때마다 "진짜 그랬으면 좋겠다" 하고 맞장구를 쳤지만, 속으로는 절대 싫다고 고개를 내저었다.

평범해지고 싶다.

아니지. 평범해져야 한다.

처음 그런 압박감을 느낀 건 초등학교에 입학한 다음이었다. 유치원에 다니지 않았기에 일곱 살 이전의 나경에게는 게스트하우스가 세상의 전부였다. 그야말로 완벽한 세상이었다. 엄마와 향랑이 있었으며, 게스트하우스에 드나드는 수많은 요괴가 나경을 안고 어르며 재미있는 이야기를 들려주었다. 마리와 함께 1층부터 3층까지 온 집 안을 뛰어다녔고, 생일이면 향랑의 등에 올라타 산속을 누볐다. 가끔 엄마가 나경을 산 아래 놀이터에 데리고 갔는데, 나경이 숲속 동굴을 탐험했다는 모험담이

나 벽장 요괴와 숨바꼭질한 이야기를 들려주면 아이들은 연신 부러워하며 감탄했다.

그 찬사가 "이상해"로 바뀌었을 때, 나경의 완벽한 세상이 흔들렸다. 너 아빠 없는 거 이상해. 귀신 이야기만 하는 거 이상해. 산속에서 사는 거 이상해. 나경의 초등학교 6년은 내내 전쟁이었다. 몇 번의 싸움과 따돌림, 밤마다 혼자 몰래 울던 날들을 지나 나경은 점점 알게 되었다. 세상은 아무리 성능 좋은 망원경으로 보아도 끝을 알 수 없을 만큼 넓고 다양하지만, 대부분의 사람은 자기와 닮은 삶의 모습만을 만화경처럼 들여다본다는 것을. 제아무리 멋진 무늬라도 그들의 만화경 속에서 반복되는 패턴을 벗어나면 이상하게 여긴다. 평범함은 다수와의 비교로 만들어진다. 나경의 일상은 다른 친구들과 확연히 달랐다. 나경은 빙글빙글 돌아가는 만화경 속에서 몇 번이고 내쳐졌다.

중학교에 가면 다른 친구들처럼 지내고 싶었다.

이상하다는 말을 듣는 일이나 교실에서 신경을 곤두세우는 일에는 진절머리가 났다. 귀신 보는 척한다는 놀림도 그만 받고 싶었다. 친구들과 별거 아닌 수다를 떨고, 주말에는 함께 쇼핑을 하거나 영화를 보러 가고 싶었다. 게스트하우스를 오가는 요괴들도 짜증 났고 향랑의 옛날이야기도 지겨웠다. 이전에는 엄마와 함께라면 가만히 누워 햇볕만 쬐어도 즐거웠는데, 언제부터인가 엄마가 말만 걸어도 짜증이 났다. 나경에게는 밤마다 전화기를 붙잡고 하루를 나눌 친구가 필요했다.

그래서 나경은 입을 다물기로 했다. 초등학생 때 사이가 좋지 않던 아이들과 다른 중학교에 배정된 것이 신의 뜻처럼 여겨졌다. 부모님은 뭐 하냐는 질문에는 그냥 직장인이라고 얼버무리면 그만이었다. 열네 살 여자아이들은 자신들이 어린이보다 어른에 가까워졌음을 부모에 대한 무관심으로 드러냈다. 초등학생 때는 통과의례 같던 질문들─너희 아빠 뭐 해? 엄마는? 어디 살아?─이 촌스러운 취급을 받게 된 게 나경에게는 행운이었다.

긴장과 약간의 실수가 버무려진 봄을 보내며 나경은 무난히 반에 녹아들었다. 방과 후에 친구들과 마라탕을 먹었고, 일요일에는 영화도 봤다. 도서관 벤치에 앉아 친구가 좋아하는 상대가 누구인지도 들었다. 십 대에게 비밀이란 주고받아야 하는 우정의 징표였다. 나경에게는 돌려줄 비밀이 없었다. 나경의 비밀은 입 밖에 내서는 안 되는 것이었으니까. "나경이 넌, 우릴 못 믿는 것 같아." 친구들은 섭섭함을 드러냈다. 나경은 그렇지 않다고, 정말 털어놓을 게 없다고 변명을 하고 집에 돌아와 엄마에게 우리 집은 왜 이렇게 이상하냐고 화를 냈다. 엄마는 뭐가 이상하냐고 태평하게 되물었다. 나경은 엄마의 느긋함이 얄미웠다. 결국 여름방학 캠프를 가기 직전에 엄마와 크게 싸웠다. 아니다. 싸웠다기보다는 일방적으로 화를 냈다. 그 때문에 일주일

간의 캠프도 제대로 즐기지 못했다. 화내지 말걸. 아니지, 그보
다는….

"가지 말 걸 그랬어."

나경은 깨작거리던 빵을 내려놓고 주머니에서 돌을 꺼냈다.
고양이를 닮은 작고 까만 돌이다. 한 달 전에 화단에서 우연히
주운 돌에 나경은 '냥돌'이라는 이름을 붙였다. 냥돌은 좋은 대
화 상대였다. 돌이라 아무 반응도 없었으나 오히려 그 덕분에
속마음을 쉬이 털어놓을 수 있었다.

"그랬으면 엄마를 한 번 더 볼 수 있었을 텐데."

나경은 고양이 귀처럼 솟아오른 돌의 뿔과 뿔 사이를 쓰다듬
었다. 주머니 안에 넣어두어서인지 돌은 따뜻했다. 여름 캠프를
마치고 오던 날, 꾸벅꾸벅 앉아 졸던 버스 안으로 새어 들어오
던 햇살도 따뜻했다. 가방 안에는 엄마에게 줄 선물이 들어 있
었다. 엄마와 오래 떨어져 지낸 게 처음이었고, 화를 내고 나온
게 쑥스러워 통화도 피해 온 터라 돌아가는 길이 어색했다. 그
래도 선물을 건네면 엄마는 분명 웃을 테고 내가 화를 냈던 것
도 까맣게 잊어버렸을 거라 생각하며, 머릿속으로 다녀왔다는
인사를 수도 없이 연습했다.

하지만 오늘까지도 그 인사는 전하지 못한 채다.

"엄마가 돌아오지 않으면 어쩌지?"

나경은 냥돌을 꽉 움켜쥐었다. 그날 이후 마음 한쪽에 똬리

를 틀고 점점 몸집을 불리고 있는 불안의 정체는 명확했다.

엄마는 정말로 돌아오는 걸까? 돌아오지 않으면?

엄마는 떠났다. 나경이 버스에 타고 있던 그 순간, 엄마는 뺑소니를 당했다. 엄마를 치고 달아난 범인은 체포되었다. 하지만 그게 무슨 의미가 있을까. 향랑은 그 사고로 저승문이 예상보다 빨리 열렸다고 했고 변호사는 나경을 병원에 데려갔다. 엄마는 집중 치료실에 호흡기를 달고 누워 있었다. 변호사는 언제나처럼 사무적인 태도로 나경 혼자 면회를 오는 건 불가능하니 면회를 오고 싶으면 연락하라고 했다. 그러나 나경은 그날 이후 한 번도 변호사에게 연락하지 않았다. 병원 침대에 누운 엄마에게서는 아무것도 느껴지지 않았다. 혼이 떠난 육체는 그저 빈껍데기였다. 그걸 느낀 순간 무서워졌다.

그렇다면 엄마는 어디로 간 거지? 정말로 저승에 간 거라고? 대체 왜?

누구도 나경의 의문에 답해주지 않았다. 향랑은 "예전부터 다미 님이 말씀하셨잖아. 예정된 일이야"라고 말할 뿐이었다. 당연히 벌어질 일이 벌어졌다는 듯 태연한 태도에 나경은 그 이상 캐물을 수가 없었다. 어떻게, 무엇을 물어야 할지도 몰랐다.

향랑의 말대로다. 엄마는 떠날 것을 예언했었다. 나경이 요괴와 인간의 차이를 제대로 인지하지 못했던 어릴 때부터 엄마는 자장가처럼 나경의 귓가에 "나경아. 엄마는 네가 스무 살이 되기 전에 한 번 네 곁을 떠날 거야. 잠깐 저승에 다녀와야 할 것 같거든." 하고 속삭이곤 했다. 엄마는 때때로 뜬금없는 말을 했는데, 시간이 지나면 대부분 현실이 되었다. 엄마는 미래의 한 장면을 본다고 했다. 빠르게 달려 지나가는 자동차처럼 순간적으로 휙 지나가기에 자세한 상황까지는 알 수 없지만 결말은 그럭저럭 선명히 보이는 모양이었다.

조마경. 엄마는 눈 안에 박힌 거울의 파편 때문에 그런 능력이 생겼다고 했다. 염라대왕이 사자를 심판할 때 쓰는 거울인데, 앞에 선 이의 과거를 몽땅 비추는 특별한 물건이라나. 아주 먼 옛날에 인간세계와 저승의 경계가 불분명했던 때에 조마경이 깨진 적이 있는데, 그 후로 종종 인간들 사이에 그 파편을 가진 이가 태어난다는 거였다.

어떤 이는 그 힘 때문에 무당이 되기도 하고, 어떤 이는 평생 그 사실을 모른 채 눈에 보이는 귀신에 홀려 미친 사람처럼 살게 된다. 어떤 파편을 가졌느냐에 따라 엄마처럼 신기한 능력을 가지기도 한다. 엄마는 옛날이야기라도 하듯 가벼운 어투로 말했지만, 이야기를 듣는 내내 나경의 마음은 전혀 가볍지 않았다. 나경은 그 예언이 싫었다. 핥지 않아도 쓴맛이 느껴지는 검붉은 사탕처럼, 떠난다는 엄마의 예언이 그리 가벼운 외출이 아님을 감지했기 때문이었다. 그 외출은 아주 길고 고통스러울 것만 같았다. 그럼에도 나경이 이야기를 끝까지 들은 이유는, 이어질 말을 알았기 때문이다.

걱정하지 마. 엄마는 돌아올 거야, 라는 그 말.

"물어볼 걸 그랬어. 대체 어떻게 돌아온다는 건지."

나경은 낭돌을 다시 한번 쓰다듬었다.

"이제 와서 향랑한테 물어보기도 무서워. 혹시라도 돌아오지 않는다는 말을 들을까 봐."

나경은 크게 한숨을 쉬고 남은 빵을 입안에 욱여넣었다. 엄마는 뭐든 알았지만, 아무것도 몰랐다. 남은 이의 불안도, 나경에게 벌어질 일도.

나경은 낭돌을 주머니에 넣고 자리에서 일어났다.

남자는 게스트하우스 현관문 앞을 서성거리고 있었다. 거뭇하게 눈 아래 내려온 다크서클과 새집처럼 헝클어진 머리카락. 나경은 남자를 보자마자 직감했다. 손님이다. 한에 이끌려 온 이다. 나경은 남자와 시선을 마주치지 않으려 의식하며 현관문을 열었다.

"저기, 애야. 여기 뭐 하는 곳이니?"

남자가 등 뒤에서 나경을 불렀다.

"등산하러 왔는데 길을 잃었어. 너무 목이 말라서 그러는데

물 한 잔 줄 수 있니?"

나경이 손잡이를 잡은 채 머뭇거리자, 남자는 주머니 안에서 명함을 꺼내 내밀었다.

"나 수상한 사람 아니야. 유명한 트레이너야. 개인 채널 구독자가 200만 명이야. 방송에도 나온 적 있어. 본 적 없니? 사람들 살 빼주는 프로그램. 시청률도 잘 나왔는데. 그래도 못 믿겠으면 주민등록증 보여줄까?"

나경은 남자가 내민 명함을 들여다봤다. '이단지'란 이름 옆에 팬티만 입은 남자가 근육이 빵빵하게 나오도록 자세를 취한 사진이 인쇄되어 있었다. 나경이 명함을 받지 않자 이단지는 거듭 사정했다.

"제발 안에 들어가게 해줘."

"들어오세요."

이단지는 현관문이 열리자마자 안으로 뛰어 들어갔다. 만약 할 수 있었다면 잠긴 문이라도 따고 들어왔을 기세였다. 게스트하우스를 발견한 이들은 기본적으로 어둠에 홀린 인간들로, 이들에게 게스트하우스의 음기는 견딜 수 없이 유혹적이다. 그러나 게스트하우스 안으로 들어가려면 주인의 초대가 있어야 한다. 가마구가 걸어둔 강력한 조건은 산 자가 쉬이 어길 수 없다. 그걸 깬다면 이미 인간이 아닌 악귀에 가까운 존재일 것이다.

"다녀왔습니다."

나경이 집에 들어가며 인사를 했지만 대답은 없었다. 모미와 지내게 된 뒤로 집에 돌아오면 기대하게 된 맛있는 냄새도 나지 않았다. 나경은 그제야 아침 식탁에서 모미가 오늘 구청에 다녀와야 해서 좀 늦을 수도 있다고 했던 말을 기억해냈다. 향랑은 아마도 자기 산을 보살피러 갔을 것이다. 혼자 있을 때는 절대 아무도 집 안에 들이지 말라던 엄마의 충고가 머릿속을 스친 순간, 거실 안쪽에서 우당탕탕 요란한 소리가 났다. 깜짝 놀란 나경이 거실로 뛰어가자 싱크대 앞에 선 이단지의 발치에 냄비며 프라이팬이 뒹굴고 있었다.

"배가 고파서 라면 하나 먹으려고 냄비 좀 찾고 있었어."

"집 안의 물건을 함부로 만지면 안 돼요."

"왜? 들어오다가 카운터 봤어. 여기 게스트하우스지? 하룻밤 묵어갈 테니까 라면쯤은 서비스로 줘."

그야, 주인의 허가 없이 집 안 물건을 만지는 인간을 요괴들이 좋아할 리가 없으니까요.

나경은 차마 그렇게 말할 수 없어 바닥만 살폈다. 이단지의 눈에는 보이지 않겠지만 이미 검고 흰 신병 대여섯이 바닥에 떨어진 그릇 주변에 모여들어 인상을 쓰고 있었다. 집 안 곳곳에 머무는 수십 명의 신병은 새끼손가락 한 마디쯤 되는 작은 인간 형태의 요괴로, 검은콩과 흰콩이 둔갑한 존재다. 원래는 전쟁에서 병사로 활약한다지만 게스트하우스에서는 집을 관리하는 충실한 일꾼이다. 게스트하우스가 지어진 직후부터 머문 터줏대감이라, 주인 아닌 객이 게스트하우스의 물건에 손대는 걸 무척이나 싫어했다. 이전에도 결벽증을 앓던 인간이 게스트하우스를 찾아온 적이 있었는데, 멋대로 커튼을 빨려고 하다가 화가 난 신병에 의해 세탁기 안에 처박히는 일이 있었다.

"그래! 학생이 끓여주면 되겠네."

이단지가 냄비 하나를 집어 들더니 나경에게 내밀었다. 나경이 인상을 쓴 채 냄비를 받지 않자 냄비 끝으로 꾹, 나경의 배를 찔렀다.

"뭐 해? 빨리 받아. 원래 라면 같은 건 여자가 끓이는 거야. 여동생이 오빠한테 끓여주는 셈 치면 되겠네."

들여보내지 말 걸 그랬다. 나경이 후회하며 냄비를 밀어내는데 교복 조끼 주머니에서 툭, 냥돌이 떨어졌다. 나경이 주우려고 했지만 이단지가 한 발 빨랐다. 이단지는 냥돌을 주워 들고 이리저리 살폈다.

"이거 돌 모양이 꼭 고양이 같네."

"돌려주세요."

냥돌이 낯선 사람의 손에 들어간 게 마음에 들지 않은 나경이 인상을 쓰며 손을 내밀었지만, 이단지는 히죽 웃으며 주먹을 쥐어 냥돌을 손바닥 안에 감췄다.

"라면 맛있게 끓이면 돌려줄게."

　능글거리는 이단지의 태도에 나경의 미간이 한층 더 찌푸려졌다.

　냥돌을 돌려받으면 신병에게 부탁해서라도 쫓아내리라. 나경은 속으로 이를 갈며 냄비를 낚아챘다.

　"이 돌, 우리 집 고양이랑 좀 닮았네. 여기가 얼룩덜룩한 게."

　이단지는 식탁 의자에 털썩 앉더니 주절주절 떠들었다.

　"고양이란 게 참 요물이야. 내가 요즘 계속 우울하고 잠도 잘 못 자거든. 오늘 산속을 헤맨 것도, 근처에 촬영 때문에 왔다가 등산으로 땀 좀 내면 밤에 잠이 잘 올까 싶어서 산길 오르다 그런 거야. 불면증 같은 건 운동도 안 하는, 몸도 정신도 나약한 사람들이나 걸리는 건데 왜 내가 이렇게 된 건지 이해가 안 돼. 죽은 고양이가 저주라도 걸었나 싶다니까."

　냄비에 물을 받던 나경의 손이 멈췄다. 그다지 말을 섞고 싶지 않은 상대였으나 이단지의 말 중 '죽은 고양이'라는 부분이 마음에 걸렸다.

　혹시 길고양이를 죽이거나 한 건 아닐까. 결국 나경은 이단지를 향해 고개를 돌렸다.

　"죽은 고양이요?"

　"어. 내가 기르던 고양이가 얼마 전에 죽었어. 7년쯤 길렀나. 백반이는 데려올 때부터 골골거렸어. 아, 고양이 이름이 백반이야."

이단지가 휴대전화를 꺼내 고양이 사진을 보여주었다. 눈가에 큰 반점이 있는 검은 고양이였다.

"그때 썸 타던 여자가 백반집 앞에서 주웠거든. 자기가 보살필 상황이 안 된다고 안타까워하길래 점수 따려고 내가 키우겠다고 나선 게 잘못이었지. 결국 그 여자하곤 잘 안 됐어. 괜히 고양이만 떠맡았으니 손해지. 폐가 안 좋아서 약값만 한 달에 20만 원 넘게 깨졌어."

이단지는 투덜거리며 사진을 손가락으로 쓸어 옆으로 넘겼다. 고양이 사진이 연달아 액정에 떠올랐다. 나경은 식탁 쪽으로 한 발 더 다가가, 액정 속 고양이 사진을 들여다봤다. 상자 안에 들어앉은 고양이의 귀여움이, 최악이었던 이단지의 첫인상을 살짝 누그러뜨렸다.

"난 고양이 별로 좋아하지도 않거든. 남자는 자고로 고양이보다는 개지. 개가 최고야."

"그렇게 싫어하면서 잘 돌봤네요."

한 장씩 넘어가는 사진 속 고양이의 털에는 자르르 윤기가 흘렀다. 앉아 있는 쿠션도 고급스러워 보였고 심지어 캣타워까지 있었다.

"그야 난 남자니까. 남자는 원래 책임감이 강해. 변덕스러운 여자들이랑은 다르지."

이단지가 어깨를 으쓱거리는 모습에, 나경은 질색하며 다시 한 발 뒤로 물러섰다.

"근데 역시 고양이보다는 개야. 개는 충성스럽잖아. 그야말로 남자를 위한 반려동물이지! 경찰견이나 마약 탐지견을 봐. 얼마나 멋있어. 근데 이 사진은 다시 봐도 잘 찍었네. 백반이 졸 때가 진짜 귀여웠지."

물 끓는 소리에 나경은 싱크대 앞으로 돌아가 섰다.

"백반이 죽던 날 거래처 회식 때문에 집을 비웠거든. 분명 그 거 때문에 저주를 건 거야. 은혜도 모르는 녀석 같으니라고."

"저주가 아니라 펫로스 증후군 아니에요?"

"펫로스 증후군?"

"동영상 사이트에서 봤어요. 반려동물이 세상을 떠나면 우울증을 겪기도 한대요. 불면증, 식욕 저하, 무력감도 느끼고요. 증상이 똑같잖아요."

나경이 라면 봉지를 뜯으며 한 말에 이단지가 껄껄 웃었다.

"학생이 뭘 모르는구나. 그런 건 나약한 여자들이나 걸리는 거야. 죽은 반려동물 유골로 목걸이 만들고 유난 떠는 그런 사람들. 나처럼 강한 남자는 그런 거 안 걸려. 걸리면 안 돼. 그게 세상의 규칙이지."

"세상의 규칙."

나경은 라면과 수프를 냄비에 넣으며 이단지의 말을 따라 중얼거렸다. 학기 초의 사건이 냄비 속 라면수프처럼 서서히 번져

나갔다.

"그건 누가 정한 거예요?"

"뭐?"

계속 떠들던 이단지는 말허리가 잘린 게 불쾌한 듯 험악하게 되물었다. 나경은 냄비 안에 시선을 고정하고 다시 물었다.

"남자는 펫로스 증후군 걸리면 안 된다고 법으로 정해진 거예요?"

"학생은 여자라 모르겠지만 남자들 사이에는 남자들의 규칙이 있어. 진정한 남자로 인정받으려면 지켜야 할 규칙들! 그런 말 알지? 남자는 태어나서 세 번만 운다. 세상이 아무리 바뀌었어도 남자는 강해야 해. 내가 서른 초반에 강남에만 헬스클럽 네 개를 운영할 수 있게 된 게, 다 그 규칙을 잘 지켜서야."

냄비 안에서 면발이 풀어졌다. 나경은 가스레인지 불을 껐다. 매콤한 라면 냄새에 이단지가 코를 킁킁거렸다.

"강하다는 건 뭔데요?"

"그야 뭐… 배고픈데 왜 자꾸 쓸데없는 걸 물어? 하여간 여자는 수다스러워서 안 돼. 빨리 라면이나 여기에 놔."

"이제까지 혼자 떠든 건 아저씨인데요."

나경의 말에 이단지가 와락 인상을 썼다.

"아저씨라니. 오빠라고 불러야지."

나경은 장난기 섞인 목소리로 꾸짖는 이단지 앞에 냄비를 내려놓았다.

"이게 뭐야? 그릇에 예쁘게 덜어서 가져와야지. 아무리 어려도 여자가 이러면 안 돼."

"그러면 아저씨는 백반이 물을 때도 울지 않았겠네요?"

나경이 다시 묻자, 이단지는 보란 듯이 한층 더 인상을 구겼다.

"학생. 내 말 듣고 있어?"

"백반이 죽었을 때는요? 많이 아팠을 때는?"

"야! 너 뭐 하자는 거야?"

이단지가 벌떡 일어나 나경을 노려보았다. 나경도 질세라 눈가에 힘을 꽉 줬다. 나경의 회색 동공에 이단지의 성난 얼굴이 거울에 비친 듯 또렷이 맺혔다. 이단지가 한 발, 또 한 발 뒤로 물러섰다.

"백반아."

이단지는 나경과 시선을 맞춘 채 홀린 듯 중얼거렸다.

"아냐, 그럴 리가 없어. 눈 좀 떠 봐. 왜 형 옷더미에서 그러고 있어? 내 냄새가 그리워서 그런 거야? 옆에 있어줘야 했는데. 미안해. 고양이가 아파서 회식에 빠진다고 할 수가 없었어. 그랬다가 얕보이면 어떻게 하나 싶어서… 넌 나 이해하잖아."

이단지는 혼잣말을 내뱉으며 허공을 손으로 더듬었다. 한 손으로 무언가 껴안는 시늉을 하다가 손사래를 치는 이단지를 보고, 나경은 질끈 두 눈을 감았다.

또다. 이 남자도 조두형처럼 이상한 걸 보고 있는 게 분명하다.

괴물. 귀신. 넌 이상해. 조두형이 악쓰는 소리가 나경의 귓가에 쟁쟁하게 울렸다. 이단지의 얼빠진 신음이 고막에 맺힌 그 소리를 몰아냈다.

"바, 방금 뭐야?"

이단지는 꿈에서 깬 사람처럼 멍한 표정으로 사방을 둘러보았다.

"분명히 조금 전까지 백반이가…."

자신의 빈손을 쥐었다 폈다 반복하던 이단지가 주먹을 꽉 쥐었다.

"야. 너 뭐 한 거야? 무슨 짓을 한 거냐고! 방금 뭐야? 어떻게 백반이가 내 눈앞에 나타난 건데? 환각? 여기 약쟁이 소굴이야? 너 정체가 뭐야!"

"내가 그런 거 아니에요!"

"아니긴 뭐가 아니야! 너 말고 여기 누가 있는데! 아까부터 사람 슬슬 긁더니, 무슨 장난질을 친 거냐고!"

이단지가 위협적으로 나경에게 바짝 붙어섰다.

"나 아니라고요! 백반이가 아저씨 원망해서 귀신이라도 됐나 보죠!"

"뭐? 야! 백반이가 얼마나 착한데. 내가 얼마나 잘해줬는데 왜 귀신이 돼!"

"주인이란 사람이 우울증 걸린 거 하나 인정 못 해서 고양이의 저주 어쩌고저쩌고하면 억울해서 귀신 될 만도 하죠!"

"이게 진짜!"

이단지가 금방이라도 내리칠 기세로 한 손을 번쩍 치켜들었다. 그때였다. 복도 쪽에서 날아온 검은 비닐봉지가 이단지의 뒤통수를 때리고 바닥에 떨어졌다. 봉지 안에 들어 있던 생선이 이단지의 발치로 튀어나왔다. 둥그런 생선 눈알을 본 이단지가 질겁하며 뒤로 물러섰다. 모미가 달려오더니 이단지와 나경 사이를 가로막고 섰다.

"당신 뭐야? 뭔데 애한테 손을 올려?"

"쟤가 먼저 이상한 짓을 했어! 대체 뭐야, 이 게스트하우스? 손님한테 이렇게 막 대해도 돼? 내가 누군지 알아?"

"누구긴 누구야. 어린애 위협하는 저질이지."

"이것들이 진짜. 내가 여자라고 봐줄 것 같아?"

이단지가 씨근덕거리며 모미의 어깨를 떠밀었다. 모미는 허리를 꼿꼿이 세운 채 밀리지 않게 버티며 이단지의 코에 닿을 듯 삿대질을 했다.

"나도 손님이라고 안 봐줘. 애초에 돈을 안 냈는데 왜 손님이야? 여기 CCTV 다 있어. 내가 그거 인터넷에 쫙 풀 거야. 어린애 폭행하려고 했던 놈이라고."

"뭐? 아니, 그… 아가씨 너무 감정적이네. 이성적으로 대화 좀 합시다."

이단지가 슬그머니 모미의 어깨에서 손을 뗐다.

"이성? 그래. 이성적으로 합시다. 나경아, 경찰 불러라."

"내가 진짜, 여자라 봐준다!"

이단지는 소리를 지르고 등을 돌려 뛰어나갔다. 모미는 이단지가 완전히 시야에서 사라질 때까지 나경을 등 뒤에 숨긴 채 경계를 풀지 않았다. 나경도 숨을 죽이고 멀어지는 발소리에 귀를 기울였다. 현관문 닫히는 소리가 들리고 나서야 모미의 어깨에서 힘이 빠졌다.

"별 미친놈이 다 있네."

모미는 바닥에서 생선을 집어 들었다. 태연한 모미의 모습에 나경은 저도 모르게 대단하다고 중얼거렸다. 모미는 쑥스러운 듯 뺨을 붉적거렸다.

"저렇게 남자 어쩌고 운운하는 사람은 자기 체면 상할 것 같으면 도망치거든."

"그걸 어떻게 알아요?"

"예전부터 온갖 알바를 했어. 저런 사람 많이 상대해 봤거든. 남자니 여자니, 어른이니 그런 말 하는 사람일수록 변변찮아."

모미는 생선을 도로 봉지에 넣어 싱크대 위에 두고, 식탁 의자를 빼서 자리에 앉았다. 그러고는 나경을 향해 손짓했다.

“무슨 일인지 좀 들어보자.”

“그냥, 손님이 와서 들어오라고 했을 뿐이에요.”

나경은 쭈뼛거리며 뒤로 한 발짝 물러섰다. 그러나 거듭되는 모미의 부름을 계속 무시할 순 없었다. 결국 나경은 모미와 마주 앉았다.

“이 라면은 뭐니?”

나경은 집에 돌아와 이단지를 마주쳤을 때부터 있었던 일을 설명했다. 대충 둘러대려고 했는데 막상 말을 시작하니 멈출 수가 없었다.

“내 잘못이야. 네가 혼자 있지 않도록 향랑하고 시간 조정을 했어야 했는데.”

모미의 걱정스러운 말에 나경은 퍼뜩 정신을 차렸다.

“괜찮아요. 진짜로 위험해지면 요괴들이 어떻게든 해줄 거예요.”

나경은 이 이상 모미에게 의지하고 싶지 않았다. 그랬다가는 정말로 엄마가 돌아오지 않는 건 아닐까 싶어 겁이 났다.

모미가 짐짓 목소리를 한 톤 높였다.

“아, 그렇구나. 내가 쓸데없는 참견을 했네.”

“아니, 그건.”

그런 뜻은 아닌데. 나경은 말끝을 흐리며 무릎 위 손가락만 꼼지락거렸다. 모미는 엄마와 목소리가 닮았다. 살짝 허스키한

중저음. 다른 점이라면 엄마는 언제나 아다지오로, 느리고 조용하게 말했다면 모미는 프레스토로, 빠르게 말한다는 거다. 발음이 정확해서 알아듣기는 쉽지만, 긴장이 된다. 어색한 침묵이 손가락 사이를 채 빠져나가지 못하고 무겁게 쌓였다.

"하나 더 물어볼 게 있어. 나경이 너, 전학 가고 싶다고 했던 이유는 뭐니?"

"……."

"대답하기 싫구나. 네가 날 싫어하는 거 아니까 억지로 묻진 않을게. 하지만 구청에 또 신고가 들어오면, 내가 경위 파악은 해야 하니 나중에라도 말해줬으면 해."

싫어하지 않아요.

나경은 무거운 침묵 아래 깔린 진심을 꺼내 보이고 싶었다. 처음엔 싫었다. 모미가 게스트하우스의 임시 관리인이 된 게, 마치 엄마가 오랫동안 돌아오지 않을 거라는 신호 같아서 불안했다. 하지만 엄마와 닮은 목소리를 가진 사람을, 매일 저녁밥을 해놓고 기다리는 사람을, 위험한 상황에서 본능처럼 자기를 끌어안는 사람을 계속 싫어할 도리가 없었다.

그리고 그날.

사실 나경은 정말로 엄마의 사십구재를 지내고 싶었다. 병원에 누워 있는, 영혼이 빠져나간 껍데기 같은 엄마의 육체를 봤을 때부터 오직 그날만 기다렸다. 영혼이 돌아오는 날. 그날 혹시라도 엄마의 혼이 집으로 돌아와 무슨 말이든 해주지 않을까. 그러려면 사십구재 상을 차려두어야 하는 걸까. 혼자 얼마나 끙끙 앓았는지 모른다. 그래서 모미가 만든 팥빵에 과민하게 반응해 버렸다. 그렇지만 모미는 그마저도 이해해 주었고, 친구의 죽음까지 나경에게 털어놨다. 등을 기대고 앉은 방문 너머에서 스며드는 모미의 목소리에 나경은 인정할 수밖에 없었다. 이 사람이 좋다. 이모라서가 아니라, 그냥 인간으로서 좋다.

그럴수록 처음 만난 날 그러지 말걸 하는 후회가 깊어졌다. 모미가 게스트하우스에 온 첫날 일부러 시선을 맞췄다. 어떻게든 쫓아내고 싶어서 혹시나 하는 기대를 품고 한 행동이었다. 설마 정말로 능력이 발현될 줄은 몰랐다. 경련이 일던 모미의 눈가가 자꾸만 떠올랐다. 첫날 그러지 않았더라면 학기 초에 있었던 사건에 대해, 전학을 가고 싶었던 이유에 대해 털어놓을 수 있었을 거다.

그 사건의 중심에는 나경의 눈이 있었다.

그 사건에 대해 듣고 나면 모미는 알게 될 거다. 자기 조카가 평범한 아이가 아니라는 것을. 어쩌면 자기도 조카에게 당했다는 것을.

그러면 역시 미움받지 않을까.

하지만 집에서만큼은 더 이상 혼자 밥을 먹고 싶지 않았다.

2학기 초, 나경은 폭풍의 눈 안으로 기어 들어가려 발버둥 쳤다. 엄마의 증발과 그로 인한 불안을 누구에게도 말할 수 없어 답답했다. 향랑이나 게스트하우스를 찾아오는 다른 요괴들은 모두 이전처럼 평온해서 더욱 그랬다. 나경 혼자 엄마가 사라진 현실 속에서 우왕좌왕했다. 홀로 폭풍에 휩싸여 있었다. 친구들 사이에 앉아서도 이전처럼 능숙하게 웃을 수가 없었다.

"야, 깜시. 너희 엄마 나라로 돌아가. 너희 엄마 팔려 온 거지?"

쉬는 시간에 머리가 아프다는 핑계를 대고 책상에 엎드려 있는데, 교실이 시끄러웠다. 무슨 일인지 보지 않아도 뻔했다. 조두형이 유세은을 놀리고 있는 거다. 조두형은 반에서 가장 제멋대로 구는 아이였다. 수업 중에 소리를 지르고 여자애들 교복에 낙서하고, 몇몇 남자애들과 복도를 장악하며 소동을 피웠다. 담임도 그런 조두형을 막지 못했는데, 꾸짖기라도 하면 조두형의 모친이 득달같이 전화를 걸어와 정서적 아동 학대로 고소하겠다고 난리를 쳐서였다. 조두형은 부모의 비호를 방패로 내세워 학교가 사냥터라도 되는 듯 뛰어다녔다.

그런 조두형이 2학기부터 먹잇감으로 삼은 게 유세은이었다. 까무잡잡한 피부에 커다란 웃음소리가 매력적인 아이. 나경은 유세은과 친하지는 않았지만, 그 웃음소리가 좋았다. 보이지 않는 교실 안의 경계선을 자유롭게 넘나드는 호탕한 웃음. 유세은은 무슨 말을 들어도 별거 아니라는 듯 웃어줄 것 같았다.

그러나 2학기가 된 후, 유세은은 웃지 않게 되었다.

"네 엄마도 너처럼 까맣지? 팔려 온 거지?"

"아니라고! 우리 부모님 연애 결혼이라고!"

"거짓말하지 마. 너처럼 이상한 애 낳을 거 알면서 누가 동남아랑 결혼하냐?"

"내가 뭐가 이상해?"

"이상하지. 반 애들 중에 누가 너처럼 까매?"

원래라면 못 들은 척했을 거다. 보통을 연기하기 위해서는 다수에 속해야 했고, 조두형의 폭력을 모른 척하는 게 반의 암묵적인 규칙이었다. 다들 귀찮은 건 싫은 법이다. 조두형의 표적이 된 아이는 장난처럼 괴롭힘을 받아넘겼고, 표적이 된 아이의 친구들도 괴롭힘을 모른 척했다. 짜고 치는 연극이라도 모두가 동참하면 현실이 된다.

하지만 그날은 조두형의 말소리가 너무나 거슬렸다. 나경은 책상에 엎드린 채 고개를 꺾어 옆을 봤다. 머리에 물을 뒤집어쓴 채 텀블러를 들고 선 유세은이 보였다. 유세은은 다른 아이들과 다르게 조두형과 맞서 싸우고 있었다. 그 모습을 보니 나도 싸울 걸 그랬다는 후회가 들었다. 초등학생 때처럼 싸우더라도 솔직했다면 비밀을 공유할 단짝 한 명쯤 생겼을지도 모른다. 그러면 혼자 폭풍 속에서 헤엄쳐도 조금은 덜 외로웠을 거다.

"유치해."

'눈에 띄지 않는 반 친구'라는 편한 역할을 포기한 건 충동적인 선택이었다. 혼자 조두형에게 맞서고 있는 유세은이 너무 외로워 보였다. 아무것도 알려주지 않는 향랑이 미웠고, 갑자기 이모라고 나타난 모미 때문에 집도 더 이상 편하지 않았다. 모미의 존재를 인정하면 엄마가 돌아오지 않는 건 아닐까 불안한데도 자꾸 끌려서 짜증이 났다. 금방이라도 몸 밖으로 터져 나올 듯 쌓여 부글거리는 감정을 터뜨릴 수 있다면 이유가 무엇이든 상관없었다. 마침 그때, 더 이상 억누를 수 없게 되었을 뿐이다. 폭풍 속을 헤엄치다 지쳐서 모두를 그 안으로 끌어들이고 싶기도 했다.

그러니까 제멋대로 행동했을 뿐 유세은을 도우려 한 건 아니었다고, 나경은 이날을 떠올릴 때마다 곱씹었다.

"너, 그거 누구한테 한 소리야?"

조두형이 나경의 자리로 다가와 책상 다리를 걸어찼다. 엎드린 나경의 뺨에 책상의 흔들림이 전해졌다. 나경은 허리를 세우고 앉아, 자신을 내려다보는 조두형을 마주 노려보았다. 나경과 시선이 마주친 조두형의 입가가 꿈틀거렸다.

"누구긴, 너지. 유치하니까 그만 좀 해."

"유치하다니, 누가? 어…."

나경을 노려보던 조두형의 아래턱이 조금씩 벌어졌다. 사납게 올라갔던 눈썹이 아래로 처지고 동공이 흔들렸다. 조두형은 나경과 눈을 맞춘 채 뒷걸음질 쳤다.

"어, 아냐. 네가 왜 여기 있어? 너, 넌 다른 학교로 갔잖아. 내가 널 피해서 여기까지 왔는데! 꺼져. 내가 예전처럼 맞고만 있을 것 같아?"

조두형이 혼잣말을 중얼거리며 허공에 주먹 휘두르는 시늉을 하자, 반 아이들 사이에서 웅성거림이 일었다.

"왜 저래? 저건 또 무슨 장난이래?"

"아냐, 쟤 진지해 보여. 환각이라도 보는 거 아냐?"

"뭐야. 조두형 이상한 약 하나 봐. 중학생 중에도 약 같은 거 하는 애들 있다고 뉴스에도 나왔잖아."

나경은 자리에 앉은 채 돌처럼 굳어 조두형을 바라보았다. 정확히는 거울을 봤다. 조두형과의 사이에 갑자기 나타난, 커다란 양면 거울. 거울의 정체가 뭔지는 몰라도 눈 안쪽이 거울과 연결되어 있다는 건 확실하게 알 수 있었다. 조두형이 보고 있는 거울 속 광경이 나경에게도 보였으니까.

거울 속에서 조두형은 서너 명의 또래 남자들에게 둘러싸여 얻어맞고 있었다. "조두형. 내가 오늘까지 게임 캐릭터 만렙 만들어 오랬지?" 가장 덩치가 큰 남자가 조두형의 엉덩이를 걷어

찼다. "야. 얘 또 운다.", "너처럼 남자답지 못하면 중학교 가서 따돌림당해. 그렇게 되지 않게 우리가 훈련시켜 주는 거니까 고 맙게 여겨." 발길질이 계속 이어지더니 거울 속 조두형이 바닥 에 납작 엎드렸다.

"미안. 때리지 마, 제발."

동시에 눈앞의 조두형이 교실 바닥에 무릎을 꿇었다. 교실 앞문이 열리고 선생님이 들어올 때까지, 조두형은 꼼짝도 하지 않고 주저앉아 있었다.

그 후 며칠간 조두형은 학교에 나오지 않았다. 반에는 조두 형이 초등학생 때 6년 내내 괴롭힘을 겪었다는 소문이 퍼졌다.

"그래서 걔네 부모가 그렇게 극성이구나."

"조두형하고 같은 학교 나온 친구는 그런 일 모른다던데. 헛 소문 아냐?"

"다른 반이었으면 모를 수도 있지."

"그런 일 겪은 애가 다른 애를 괴롭히는 것도 이상하긴 해. 헛소문 같기도 하고."

아니야, 그건. 나경은 거울에서 봤던 장면을 떠올렸다. 바닥 에 엎드린 어린 조두형은, 자기를 괴롭히던 애들이 사라지고 혼 자가 되자 주먹으로 땅을 내리치며 "두고 봐. 내가 겪은 만큼, 다른 애들한테 되돌려줄 거야!"라고 외쳤다. 그 섬뜩한 표정을 본 순간 나경은 알았다. 조두형은 자신이 당한 부당함에 대한 분노를 가해자가 아닌, 자기보다 약한 이에게 돌리는 사람이었다. 요괴 중에도 그런 종류가 있었다.

이전에 향랑이 게스트하우스를 찾아왔던 요괴를 문 앞에서 쫓아낸 적이 있었다. 몸 전체가 촛농처럼 계속해서 흘러내리던, 처음 보는 요괴였다. "저런 것들은 절대 게스트하우스에 들이면 안 돼." 향랑은 그 요괴가 한과 힘을 얻으려 엉뚱한 이를 해코지해 아我를 잃고 삿된 게 되었다고 했다. "인간에겐 인간의 마음이, 요괴에겐 요괴의 마음이 있어. 그 둘이 완전히 같을 순 없지. 그러나 어느 쪽이든 마음을 포기해 아我를 잃으면 삿된 게 되어버린다." 평소 가볍던 향랑의 음성이 물먹은 구름처럼 묵직하게 내려앉았던 순간은 나경에게 깊은 인상을 남겼다.

흐물흐물 녹아내리던 형체.

조두형의 마음도 그렇게 녹아내리고 있는 걸까.

그러나 친구들에게 조두형이 겪은 일을 봤다고 이야기할 수는 없었다. 네가 조두형이 그런 일을 겪은 걸 어떻게 아냐고 누가 물어보면 뭐라고 대답한단 말인가. 거울에서 봤다거나 조두형의 기억을 공유했다고 말하면 누가 믿을까. 아무도 믿지 않을 거다.

거울. 그 거울의 정체는 역시….

나경은 손톱으로 손바닥 안쪽 살을 꾹 눌렀다. 거울을 봤다는 건 누구에게도 말하지 않았다. 정말 그게 조마경이라면 어쩌나 싶어 겁이 나서였다. 외계인이나 초능력자가 나오는 영화에서 부모의 능력이 아이에게 계승되는 시기는 대부분 부모가 죽었을 때다.

조두형의 과거를 본 날, 나경은 이전에 식상하다고 비웃었던 만화책을 다시 꺼내 읽었다. 우주 영웅이라는 정체를 숨기고 지구에서 생활하던 엄마가, 딸에게 능력을 물려주고 세상을 떠난다. 하지만 새로운 영웅이 된 딸이 위기에 처하자 죽은 엄마가 혜성처럼 등장한다. 죽은 게 아니라 힘을 충전하기 위해 우주로 돌아갔던 거였다. "그럼 말을 하고 가야지!" 하고 딸은 엄마의 품에 안겨 버럭 소리를 지른다. 나경은 말풍선 속 대화를 몇 번이고 소리 내 읽었다. 그야말로 명대사다. 엄마가 돌아오면 백 번쯤 들려주리라 마음먹었다.

엄마가 돌아오면. 돌아오겠지? 돌아올 거야.

확신 없는 희망만큼 절망적인 건 없다.

"그래도 조두형, 이젠 좀 얌전해지겠지?"

"당연하지. 자기도 쪽팔리니까 학교 안 오는 거잖아."

"그때 나경이가 한마디 한 거 멋있었어. 사실 나도 공감했어. 유치하잖아."

"맞아, 잘했어. 나경아."

친구가 나경의 입에 과자를 하나 쏙 밀어 넣었다. 나경은 웃으며 과자를 깨물었다. 와삭. 과자 부서지는 소리가 앞으로 모든 일이 잘 풀릴 것이라는 신호처럼 경쾌했다.

그러나 그 예감은 철저하게 어긋났다.

다시 등교한 조두형은 더욱 난폭하게 굴었다. 바뀐 건 표적이었다. 조두형은 나경을 쫓아다니며 귀신이 들렸다고 소리를 질렀고 누군가 나경과 대화라도 하면 그 사이를 파고들어 주먹질하는 시늉을 했다. 조두형의 극성에 불편해하던 친구들이 나경과 결정적으로 거리를 두게 된 것은 조두형의 모친이 학교를 찾아온 뒤였다. 조두형의 모친은 나경이 조두형을 괴롭혔다고, 한 번만 더 조두형이 등교 거부를 하면 학폭으로 신고하겠다고 고래고래 소리를 질렀다. 나경과 어울리는 다른 아이들도 싹 다 신고하겠다고 이성을 잃고 시뻘게진 얼굴로 두 발을 구르는 어른의 모습은, 열네 살 아이들이 보기엔 모든 걸 압도할 정도로 기이했다.

나나경, 귀신 들렸다더라.

기이한 광경은 소문을 부른다. 조두형의 모친이 다녀간 후, 나경이 귀신을 불러 조두형에게 환각을 보여줬다는 소문이 퍼졌다. "내 학원 친구가 나나경이랑 같은 초등학교 다녔거든." 나경이 숨겨왔던 과거가 타인의 입을 통해 마구 퍼져 나갔다. 입에서 입으로 전해질수록 소문은 뒤틀렸고, 한 달쯤 지나 여름 더위가 사그라졌을 때는 나경에게 아무도 말을 걸지 않게 되었다. 나경은 어쩔 수 없다고 여겼다. 자기도 똑같은 상황이었다면 친구들과 별반 다르지 않게 행동했을 터였다. 가끔 어울리던 친구들의 침묵보다 낭랑하게 울려 퍼지는 유세은의 웃음이 더 서운하기도 했고, 너무 괴로워서 전학을 갈 수 있냐고 변호사에게 전화를 걸었다가 후회하기도 했지만 그래도 어쩔 수 없다고 되뇌며 매일 학교 건물 뒤 화단에서 혼자 밥을 먹었다.

유일한 말벗은 냥돌뿐이었다.

나경이 손가락을 꼼지락거리는 사이에 냄비 속 라면은 퉁퉁 불었다. 모미가 자리에서 일어나 냄비를 집어 들었다. 나경은 싱크대로 가려는 모미의 팔을 붙잡았다. 모미가 왜냐고 묻듯 나경을 내려다봤다.

"저기, 이모. 그게요."

모미의 찡그린 콧잔등을 본 나경은 무심코 모미를 붙잡았다. 엄마의 증발에 대해 제대로 된 설명을 듣지 못했을 때, 나경도 콧잔등만 찌푸렸었다.

"왜? 이거 먹을 거니? 너무 불었는데."

"아니, 그게요."

비밀을 삼키면 오히려 그 비밀에 집어삼켜진다는 걸 알았더라면 처음 식탁에 마주 앉은 날 고백했을 거다. 당신의 조카는 평범하지 않다고. 엄마의 영혼을 양분으로 끌어와 타인의 과거를 훔쳐보는 아이라고. 당신의 과거 조각까지 훔치려 했다고. 나경은 모미의 팔을 붙잡은 채 자꾸 아랫입술만 잘근잘근 씹었다.

"정말로 닮았네."

모미의 중얼거림에 나경은 입술 깨물던 걸 멈췄다. 모미는 냄비를 식탁에 도로 내려놓고 휴지를 집었다.

"너 입술에 피 난다."

부드러운 손끝이 나경의 입가에 닿았다.

"이제까지 언니를 완전히 잊고 있었다고 생각했는데, 널 보면 퍼뜩 떠올라. 언니랑 있었던 일. 언니가 나한테 했던 말. 기억이란 신기하구나."

"나랑 엄마가 그렇게 닮았어요?"

"완전. 엄마 어릴 적 사진 본 적 없어?"

"엄마 어릴 적 사진은 한 장도 없어요. 이야기해 준 적도 없고요."

모미의 손이 입가에서 떨어졌다. 나경은 모미를 잡은 손에 꽉 힘을 줬다. 해야 할 말을 할 수 없다면, 하고 싶은 말이라도 하고 싶었다.

"이모, 있잖아요. 부탁이 있어요."

나경이 용기 내 입을 열었을 때였다.

"나 왔어. 이게 현관에 놓여 있더라."

향랑이 거실로 들어와 식탁에 비닐봉지를 내려놓았다.

"올라오다가 웬 남자랑 스쳤는데 이곳의 기운이 묻어 있더라. 그 남자, 기운이 심상치 않게 요동치고 있던데 무슨 일 있었어?"

나경은 이단지와의 일을 적당히 얼버무려 이야기했다.

"갑자기 화는 왜 낸 건데, 그 손님?"

"그게… 라면이 맛없어 보인다고요."

다급히 꾸며낸 나경의 변명에, 향랑은 이단지에 대한 악담을 쏟아내며 라면 냄비를 자기 앞으로 끌어당겼다.

"맛있어 보이기만 하는… 음. 좀 맛없어 보이긴 하네. 어디, 그 남자 지금 어디 있는지 볼까? 아직 산에 있으면 나경이를 위협한 대가를 치르게 해야지."

향랑이 손가락을 튕기자, 운전석에 앉은 이단지의 모습이 빔 프로젝터 영상처럼 허공에 떠올랐다. 이단지는 핸들을 양손으로 내리치며 화를 내고 있었다.

"이런 것도 할 줄 알아요?"

모미가 신기해하자 향랑은 어깨를 으쓱였다.

"이 집 안에서라면 가능해. 산은 가마구 님의 영역이고 나는 이 집에 고용되어 그의 권한을 대행하니까. 집 밖에서는 내 능력밖에 못 쓰지."

"향랑의 능력은 뭔데요?"

"벌레를 부리는 거. 내 본체에 부합하는 능력이지."

"…본체?"

"보고 싶어?"

향랑이 후후 웃었다.

"아뇨. 어, 저 남자. 갑자기 우네."

허공에 비친 이단지가 휴대전화 액정을 보며 엉엉 울기 시작했다.

"저 남자, 괜찮은 건가요? 혹시 게스트하우스 왔다가 요괴랑 매칭 안 되면 페널티를 받는다거나, 그런 건 아니죠?"

"애 좀 봐. 여기가 클럽이니? 매칭이 뭐야. 없어, 그런 거. 말했잖아. 애초에 한 있는 자들만 여길 발견할 수 있다고. 그래도 저 남자는 괜찮을 거야. 저기 봐. 아, 넌 안 보이겠구나. 저 남자가 길렀다던 고양이가 등 뒤에 딱 붙어서 나쁜 게 못 오게 막고 있잖아."

향랑이 다시 한번 손가락을 튕기자, 이단지의 손이 클로즈업됐다. 이단지가 쥔 휴대전화 액정에는 고양이 사진이 한가득 떠 있었다.

"고양이는 남자한테 어울리지 않는다 어쩐다 하면서 마지못해 길렀다고 하더니."

나경이 어이없어하는 걸 알 리 없는 이단지는 "백반아" 하고 고양이 이름을 부르며 숫제 통곡하기 시작했다.

"아我가 약한 인간은 파장 맞는 요괴가 눈앞에서 강강술래를 춰도 못 알아봐."

"저 아저씨, 고집 엄청나게 셌어요. 그런데 아我가 약해요?"

"신념과 고집과 아집은 다르지. 세간의 편견을 신념 없이 받아들여서야 마음을 해칠 뿐이야. 게다가 아我란, 나뿐만이 아니라 우리로 확장되어 기운이 막히지 않아야 하는데 편견은 경계선이야. 한쪽에 몰린 경계선. 계속 한쪽으로 몰려 봐야 찌부러질 뿐이지."

"그럼, 저 아저씨도 그 요괴처럼 녹아내릴까요?"

나경이 묻자, 향랑은 고개를 가로저었다.

"아니, 괜찮을 거야. 저 남자는 이 게스트하우스에서 충분히 받아 갔어."

"받아요? 뭘?"

"여기서 미주알고주알 고양이 이야기 잔뜩 했잖아. 말할수록 기억은 선명해지고 슬픔은 옅어지지. 그러니 저렇게 울고 있는 거고. 마음에 맺힌 게 녹은 거야. 아마 조금은 솔직해지겠지. 꼴을 보니 본성이 악하진 않은 듯하고."

허공에 비친 이단지는 울면서 고양이 사진을 한 장씩 넘겨 보았다. 울다가 웃었다. 나경은 이단지의 거울에서 본 기억을 떠올렸다. 옷더미 사이에 눈을 감고 죽은 듯 누운 고양이. 병원 진료대 위에 누운 고양이. 장난감을 향해 뛰어오르는 건강한 고양이. 그 기억은 이단지에게 어떤 의미였을까? 공포? 후회? 소망? 확실한 건 조마경에 비칠 정도로 의미 있는 기억이었다는 사실뿐이다.

"저렇게 펑펑 울 거면 진즉에 인정하지."

나경이 입을 비죽거리는데 꼬르륵, 배에서 작은 소리가 울렸다. 점심도 제대로 먹지 못한 데다 이단지와 실랑이를 벌인 탓에 더 배가 고팠다. 향랑이 웃으며 손가락을 튕기자 허공에서 이단지의 모습이 사라졌다. 모미는 향랑이 현관에서 들고 온 비닐봉지를 열었다.

"이거 먹자."

"그게 뭔데?"

"오는 길에 샀는데, 현관문 열자마자 안에서 남자 고함이 들리잖아요. 놀라서 급히 들어오느라 현관에 놔둔 걸 깜빡했어요."

비닐봉지 안에서 플라스틱 통을 꺼내 열자 매콤한 냄새가 확 퍼졌다. 어, 나경은 냄새를 맡자마자 짧게 탄성을 질렀다. 나경이 제일 좋아하는 후추가 많이 섞인 떡볶이였다. 버스로 두 정거장 떨어진 시장 안 분식집에서 파는 거라, 한 달에 두세 번 엄마와 함께 버스를 타고 떡볶이를 먹으러 가는 날을 손꼽아 기다렸다. 엄마도 나경도 매운 걸 잘 먹지 못했다. 그래서 좋았다. 손부채질하고 매운 숨을 뱉어내며 떡볶이를 먹는 동안에는 어쩐지 집에서 하지 못한 말도 할 수 있었다. 떡볶이 매직 타임. 엄마와 나경은 분식집에 가는 걸 그렇게 불렀다.

엄마가 떠난 후로는 떡볶이도, 마법도 사라졌다.

"이전에 여기 떡볶이 좋아한다고 했었지?"

"…잘 먹겠습니다."

나경은 모미가 건네준 젓가락을 받았다.

"아까 나한테 부탁할 거 있다고 하지 않았어?"

"음, 그게요."

나경은 입에 넣은 떡과 망설임을 천천히 씹었다. 아직 모미를 이모라고 부르는 것도 어색하다. 그렇지만 떡볶이가 있으니까. 나경은 떡을 꿀꺽 삼켰다.

"엄마 어릴 적 이야기 듣고 싶어요. 뭐든 좋아요."

"어릴 적 기억…."

떡볶이를 집던 모미의 손이 멈췄다. 역시 쓸데없는 용기였을까. 나경은 물을 마시는 척 모미의 눈치를 살폈다. 떡볶이의 매운맛 때문인지 얼굴이 홧홧했다.

"나랑 언니는 나이 차이가 꽤 나거든. 헤어졌을 때 내가 하도 어려서 기억나는 게 거의 없어. 그래서 해줄 만한 이야기가 없네."

"그렇군요."

"그래. 그러니까 너는 알고, 나는 모르는 언니에 대해 이야기해 줘. 둘이 같이 놀러 갔던 이야기라든가, 그런 거."

예상치 못한 모미의 제안에 나경의 눈동자가 빠르게 양옆으로 요동쳤다.

"…엄마는요."

나경의 목소리가 잘게 떨렸다.

"그러니까, 엄마는."

조금 멍하고, 요리는 진짜 못하지만 노래는 정말 잘해요. 가끔 우울할 때면 잔디밭에 누워 있기를 좋아하고 요괴들이 가져다주는 술도 종종 즐겨 마셨죠. 무엇보다 나를 아주 많이 안아주었어요.

기억은 말할수록 선명해지고, 말할 상대 없는 추억은 외로움으로 변한다. 떨림이 나경의 입가로 번졌다. 이렇게 눈가가 뜨거운 건 떡볶이 탓이다. 떡볶이가 너무 매워서 울음이 나는 거다. 비죽거리는 울음이 입가로 새어 나왔다. 갑자기 터져 나온 울음을 어찌할 수도 없어, 나경은 무릎을 끌어안았다. 엄마가 사라지고 처음 터진 울음이었다.

"나경아, 괜찮아?"

"왜 애를 울리고 그러니, 넌."

부산스러운 걱정에 파묻힌 나경은, 식탁 한쪽에 놓아둔 냥돌이 아래로 떨어져 혼자서 톡톡 움직여 집 밖으로 사라지는 걸 보지 못했다.

새벽의 고요함이 어둡게 내려앉은 방 안으로 한 줄기 달빛이 새어 들어왔다. 꽉 닫힌 창문을 열고 커튼 아래로 미끄러져 들어온 낭돌은 폴짝 뛰어 나경의 머리맡에 섰다. 돌이 부르르 떨리더니 길고 가느다란 실뱀이 돌 안에서 솟아올랐다. 뱀은 고양이의 얼굴을 하고 있었다.

"빨리 이쪽을 선택하면 괜한 마음고생하지 않을 텐데, 다미 님도 가마구도 괜한 고집이지. 약한 인간의 삶 따위가 무어 좋다고."

낭돌은 구불구불 긴 몸을 움직여 잠든 나경을 살피다가, 붉게 부어오른 나경의 눈가를 보고 끌끌 혀를 찼다.

"너에게 전하지 못하고 있는 친구의 마음을 꿈에 넣어주마."

낭돌의 몸이 툭, 나경의 뺨을 건드렸다.

"묘아두, 쓸데없는 참견 하지 마."

창문 밖에서 누군가의 말소리가 바람이 천 사이를 통과하며 펄럭이는 소리에 뒤섞여 흘러 들어왔다. 낭돌, 묘아두는 다시 폴짝 뛰어 창가에 가 섰다.

"쓸데없다니. 자네가 딸한테 신경을 안 쓰니 친구인 내가 살피는 거 아닌가."

"신경을 안 쓰는 게 아니다."

“알아. 자네 기운이 너무 강해 성인이 되기 전에 접촉하면 나경이가 선택할 여지도 없이 요괴가 되어버릴 수 있으니 다미 님이 접근 금지해 버린 거. 그래서 삐졌나?”

창문 밖에서 수백 마리의 새가 한꺼번에 날아오르는 듯한 소리와 함께 세찬 바람이 불어닥쳐 창문을 밀어젖혔다. 묘아두의 기다란 몸이 휘청거릴 정도의 바람이었다.

“하여간 성질머리. 우리 중 누구보다 인간을 싫어했던 주제에 어찌 다미 님과 혼약해서 이리 귀한 아이를 얻었는지, 참. 오래 살다 보니 별일을 다 보지.”

몸이 흔들리든 말든 묘아두가 신경 쓰지 않고 말을 이어 나가자 바람은 곧 잦아들었다.

“그래도 다미 님이 무얼 위해 저승으로 떠났는지, 언제 돌아올지, 그런 이야기쯤은 아이에게 해주지 그러나. 자네가 직접 할 수 없으면 향랑을 통하면 될 텐데.”

“어떻게 설명하란 건가?”

창밖의 목소리 끝이 뾰족해졌다.

“팔대지옥이 얼마나 끔찍한 곳인지 설명이라도 하라는 건가? 그 끔찍한 곳으로 엄마가 간 이유가 너 때문이라고? 다미가 겪고 있을 고난에 대해 묘사라도 할까? 나도 짐작조차 하기 어려운 시험을 여덟 개나 통과해야 네 곁으로 돌아온다고? 180일을 넘기면 돌아오지 못할 수도 있다고? 그런 성공률 희박한 도박을 위해 영생을 포기했다고?"

"자네, 역시 화가 난 거지? 다미 님이 결국 자네를 선택하지 않아서."

"쓸데없는 소리."

"이봐, 가마구. 그래도 내가 자네보단 인간과 가깝게 지냈으니 한마디 하겠네. 인간 아이에게 반년은 아주 긴 시간이야. 나경이의 기다림을 가볍게 여기면 안 되네."

창문의 틈이 넓어지며 커다란 날개 한 폭이 방 안으로 들어왔다.

"어서 타. 돌아가세. 자네의 기운도 아이에게 좋지 않아."

"흥. 난 귀여우니까 괜찮아."

그렇게 말하면서도 묘아두는 날개 위로 냉큼 올라탔다.

"뭐, 이젠 내가 아니라도 저 아이의 말을 들어줄 사람이 생겼으니 괜찮겠지."

검은 날개는 곧 창밖으로 사라졌고 창문은 소리 없이 스르륵 닫혔다. 다시 어두워진 방 안, 잠든 나경은 꿈을 꿨다. 유세은이 책상에 앉아 끙끙거리며 편지를 쓰고 있었다. "나경이에게. 너무 친한 척인가? 나나경에게. 아냐, 그래도 같은 반 친구잖아. 나경아, 이전에 네가 나 편들어준 거 기뻤어. 나 사실 너랑 같이 점심 먹고 싶어. 으악. 이것도 아니야! 유치원생이 쓴 것 같잖아. 나 왜 이렇게 글을 못 쓰지? 책 좀 읽을걸!" 유세은은 편지지를 부여잡고 발버둥쳤다. 잠든 나경의 입가에 미소가 걸렸다.

검은 깃털 하나가 어두운 방 창가에 호선을 그리며 하늘하늘 떨어졌다.

| 네 번째 장 |

겨울 : 사신 PD와 향랑각시

겨울 : 사신 PD와 향랑각시

한 시간 전만 해도 가장 큰 고민은 전골을 끓일까, 스튜를 만들까 하는 거였다. 추운 12월의 저녁 식사는 역시 따뜻한 게 좋다. 산기슭에 있는 탓인지 도깨비불 게스트하우스의 겨울은 유독 추웠다. 아니면 혹시 저것 때문일까. 모미는 고개를 돌려 거실에 놓인 오르골을 봤다. 파란 도깨비불이 오르골 안에 넘실거리고 있었다. 도깨비불의 재고는 안정적이다. 그만큼 게스트하우스에도, 나경과의 생활에도 익숙해졌다. 매일매일이 평온했다.

알고 있다. 이 평온은 거짓이라는 걸.

김수빈의 모친이 보낸 메시지에는 여전히 답하지 못한 채였다. 소원이 이루어지기 전에는 결코 보낼 수 없을 터였다. 한숨을 삼키며 감자 껍질을 벗기는데, 주머니 속 휴대전화가 울렸다.

[김수빈에 관해 전해줄 물건이 있으니 지금 계신 곳을 알려

주십시오.]

손에 쥐고 있던 칼을 떨어뜨릴 뻔했다. 김수빈의 모친이 또 메시지를 보낸 건가 싶었지만 다시 읽어보니 내용이 달랐다. 새로 도착한 메시지는 김수빈에 관한 무언가를 전해주고 싶다는 내용이었다. 메시지 아래 쓰인 이름은 서태림. 모르는 사람이고 번호도 저장되어 있지 않았다.

이 사람은 너에 대해 뭘 알고 있을까.

모미는 게스트하우스의 주소를 입력하고 전송 버튼을 눌렀다.

공책과 클리어 파일. 갖가지 책과 잡동사니들. 버릴 건 다 버렸는데도 상자 하나가 꽉 찼다. 서태림은 웃차, 작은 기합과 함께 상자를 들어 품에 안았다.

"선배, 도와드릴까요?"

사무실로 들어오던 김지연이 서태림에게 다가와 물었다. 서태림의 1년 후배이자 몇 개의 프로그램을 함께한 김지연은 서태림의 송별회에서 뭐 이따위 인사 발령이 있냐고 고래고래 소리를 지르며 주사를 부렸다. 저조한 시청률에 업무 강도만 높은 언론 팀을 떠나 요즘 대세인 예능 팀 PD로 가는 건 사실상 진급이라고 덕담을 던지던 사람들은 당혹스러운 표정으로 일순 입을 다물었다가 필사적으로 김지연을 말렸다. "왜! 내가 틀린 말 했어? 평생을 사회 문제 쫓아다닌 사람을 흥미도 없는 예능 팀으로 발령 내는 게, 사실상 나가라고 등 떠미는 거지! 선배, 절대 그만두지 마. 예능국에 폭탄을 날려버려!" 누구나 알았지만 차마 입에 담지 못했던 진실이 고깃집 안에 쩌렁쩌렁 울려 퍼졌다. 서태림은 "그래. 그렇게 진실을 밝혀야 언론 팀이지!"라며 파안대소했다.

"됐어. 고작 4층에서 5층 가는 건데, 뭘."

"선배도 이젠 나이 오십인데 허리 디스크 조심해야죠."

"악담을 퍼부어라. 안 그래도 삐걱거리는구먼."

김지연은 서태림이 든 상자에 쌓인 책과 파일 몇 권을 집어 들다가, 미간을 찌푸렸다.

"선배, 이 파일은 왜 안 버려요?"

김지연이 가리킨 파일에는 'No.65 김수빈'이라고 쓰인 태그가 붙어 있었다.

"설마 아직도 미련 못 버린 거예요?"

"아니, 뭐."

"선배가 억지로 팀을 떠나게 된 이유도 이 사건 때문이잖아요. 이거 할 때부터 국장님이 못마땅해하셨던 거 알죠?"

서태림은 상자를 책상에 내려놓고, 김지연의 손에서 파일을 도로 가져갔다.

"그래. 그래서 더 이상한 거지."

"그건 그래요. 스토킹 사건 취재하는 걸 그렇게 반대하는 게 좀 이상하긴 했어요. 결국 그 다큐멘터리, 시청률도 잘 나왔잖아요. 그해의 언론상도 받았고. 나도 외국 출장 중만 아니었으면 같이 했을 텐데."

서태림이 파일 표지를 넘기자 환한 미소를 띤 김수빈의 사진이 나타났다. 김수빈을 처음 만난 건 4년 전 봄이었다. 그때 서태림은 스토킹 관련 다큐멘터리 제작을 위해 인터뷰이를 찾는 공고를 냈다. 내면서도 쉬이 지원자가 나타날 것이라는 기대는 하지 않았다. 한 달 동안 서태림과 숙식을 함께 하는 조건이었기 때문이다. 단발성 인터뷰로는 전달할 수 없는 피해자의 일상을 통해 스토킹의 폭력성을 적나라하게 보여주고 싶었다. 그러나 심리적으로 위축된 피해자가, 아무리 얼굴이 모자이크 처리된다고 해도 자신의 일상을 모두 카메라 앞에 드러내는 건 쉬운 일이 아니다. 실제로 공고를 내고도 세 달 넘게 적임자를 찾지 못했다. 그래서 김수빈에게 연락이 왔을 때도 큰 기대는 하지 않았다.

김수빈입니다. (물을 마신다) 대학교 1학년 때부터 3년간, 한 학년 위인 선배 H에게 지속적인 스토킹을 당하고 있습니다. (연거푸 물을 마신다) 교내 공모전에서 선배를 제치고 금상을 받은 게 시작이었던 것 같아요. 선배는 내가 상을 탄 게 자기 덕분이라는 소문을 퍼뜨렸습니다. 나와 사귀는 사이라 상을 양보했다는 거였죠. 당연히 사실이 아니었습니다. 그전까지 선배와 인사 정도만 하는 사이였는걸요. 내가 아니라고 반박하자, 선배는 강의실 앞에서 기다렸다가 내게 꽃다발을 안겼습니다. 그때까지만 해도 짜증 나는 해프닝 정도로 여겼죠. 하지만 선배가 사귀는 증거로 키스하는 사진 정도는 있어야 한다고 나를 강제로 덮쳤어요. 그때 알았습니다. 이 새끼는 자기 자존심 지키려고 사람도 죽일 수 있는 놈이구나. (쓰게 웃는다)

김수빈은 촬영에 적극적이었다. H의 친구를 설득해 H가 저지른 스토킹 행위를 증언하게 한 것도 김수빈이었다. J란 익명으로 출현한 그 친구가 보여준 건 몇 장의 사진이었다. 포르노 배우의 몸에 김수빈의 얼굴을 합성한 딥페이크 사진. J는 H가 그 사진을 김수빈과 연인 사이라는 증거로 단체 채팅방에 뿌렸다고 증언했다. 그 증언을 받아내는 장면이 다큐멘터리의 시작점으로 편집되었다. 마지막 장면은 H가 딥페이크 성범죄로 벌금 50만 원을 선고받았다는 문구였다.

그것으로 끝난 줄 알았다. 설마 다시 김수빈과 마주하게 될 줄 그때는 미처 몰랐다.

“선배가 마지막으로 제출했던 기획서, 나도 그거 봤거든요.”

김지연이 목소리를 낮춰 속삭였다.

“지난 국회의원 선거 때 돌았던 A 후보의 합성 동영상, 그게 김수빈 사건과 뭔가 연결된 거죠?”

“글쎄, 어떨까.”

“분명 뭔가 있으니까 국장이 선배를 부서 이동까지 시키면서 그 다큐 못 만들게 하려는 거겠죠. 선배가 괜히 사신 PD라고 불리는 게 아니잖아요.”

사신 PD. 그건 서태림의 별명이었다. 스물여섯에 입사한 뒤 시사 프로그램의 PD가 되기까지, 온갖 사건을 취재해 온 서태림에게는 한 가지 징크스가 있었다. 서태림이 단독 특별 취재를 한 사건은 높은 확률로 ‘파면 팔수록 큰 사건’이 된다는 거였다. 보험 사기인 줄 알고 취재를 했는데 살인 사건으로 밝혀진 적도 있고, 층간소음 문제를 취재하다가 건설 비리에 얽힌 국회의원 뇌물 사건으로 번지기도 했다. 서태림은 사건의 명부를 들고 있는 사신이 아닐까. 누군가의 농담이 그대로 서태림의 별명이 되었다.

이번에는 그 명부에 어떤 사건이 실렸을까. 김지연은 자못 궁금한 기색을 숨기지 않았다.

“어차피 예능 팀에 가니 다 끝났어.”

“선배답지 않게 왜 이래요? 이번 인사이동을 순순히 받아들인 것부터가 이상해. 왜요? 김수빈이 협조 안 해준대요?"

"그렇군. 그때 자네는 한국에 없었지. 그래서 모르는군. 김수빈은 협조를 안 하는 게 아니야. 못 하는 거지."

작고 말랐지만 차돌처럼 단단했다. 거친 태풍이 할퀸 자국을 드러낼 용기를 가졌던, 고작 스물일곱 살의 여자아이.

"김수빈은 죽었어."

서태림은 파일을 또 한 장 넘겼다. 폴라로이드 사진이 끼워져 있었다. 김수빈과 마지막으로 만났던 날 건네받은 것이다. 인턴에서 정직원이 되었다고 기뻐하던 김수빈의 얼굴이 눈앞에 아른거렸다.

사신. 내가 그 아이의 사신이었던 게 아닐까.

김수빈의 빈소를 찾아갔던 초여름의 그날 이후, 서태림은 가끔 숨 쉬는 것을 잊었다. 열성적으로 기획서를 작성했던 게 거짓말인 양 일에 대한 의욕도 사라졌다. 그저 자꾸 후회만 되었다.

그러니 이걸 전해주고 나면 다 놔버릴 것이다. 편하게 살 거다. 예능 팀에 가서 적당히 1, 2년 일하고, 퇴직금을 받아 유유자적할 거다. 파일을 닫고 상자에 넣는데 휴대전화가 울렸다. 서태림이 아침부터 내내 기다리던 주소가 적힌 메시지였다. 김수빈의 마지막 선물을 돌려줄 상대, 나모미에게서 온 답장이었다.

쌉쌀하면서도 달콤한 향이 집 안에 퍼졌다. 누구든 잠시 멈춰 서서 미소를 짓게 만드는 냄새였다. 그러나 냄비를 휘젓는 모미의 표정은 자못 굳어 있었다.

"좋은 냄새. 뭐 만드니?"

거실로 들어온 향랑이 옆에 다가와 물었지만 모미는 말없이 계속 냄비만 저었다. 냄비 안에서 걸쭉한 액체가 빙글빙글 돌았다.

"듣고 있니? 여보세요!"

향랑이 목청을 높인 뒤에야 모미의 손이 멈췄다.

"언제 왔어요?"

"애 좀 봐. 난 너랑 먹으려고 에그타르트까지 사 왔는데."

"또요? 맛있긴 한데 일주일째예요. 그 가게 에그타르트 진짜 좋아하시네요."

"예전에 먹었던 계란찜 맛이 나서 좋아. 조선시대에는 달걀이 진짜 귀했어. 내 덕에 목숨을 구한 인간들이 한 푼 두 푼 모아서 달걀을 한 알 사서는, 작은 그릇에 깨 넣어 휘휘 젓고는 솥에 넣어 쪄주었지."

"향랑 덕분에 목숨을 구했다고요? 그때 뭐 했는데요?"

먼 산을 바라보듯 아득히 흐려졌던 향랑의 눈빛이 빠르게 원래대로 돌아왔다. 향랑은 모미의 질문을 듣지 못한 척, 냄비를 들여다봤다.

"그래서, 이거 뭐야? 뭐 만드니?"

"생강청이요. 겨울이니까요. 손님도 온다고 하고."

"손님?"

향랑은 식탁 의자를 빼고 앉아 상자에서 에그타르트를 꺼냈다. 향랑이 단숨에 에그타르트 한 개를 먹어 치우고 두 개째를 꺼내는 사이에 모미는 다시 한번 냄비 안을 젓고 불을 껐다.

"요괴가 아니라, 저를 찾아오는 손님이요. 그런데 괜찮으려나. 여기, 한이 없으면 보이지 않는다고 했죠?"

"주인의 초대가 있으면 기척이야 느낄 수 있겠지만, 한이 아예 없으면 힘들걸. 한참 빙빙 돌게 될 거야. 찾아오는 사람이 누군데? 친구? 차라리 밖에서 만나."

모미는 찻잔을 꺼내 생강청을 한 스푼 넣고 뜨거운 물을 부었다. 포근한 금빛이 찻잔 안에 퍼져 나갔다. 모미는 찻잔을 향랑 앞에 내려놓았다.

"친구는 아니고, PD예요. 시사 프로그램."

"기자 같은 거구나. 그러면 여기 못 찾을 걱정은 없겠네."

향랑은 찻잔을 들어 생강차를 한 모금 마시더니 쓰다며 미간을 찌푸렸다.

"자기 일에 진심인 기자라면 한이 없을 수가 없어. 어휴, 나이거 너무 쓰다."

향랑은 자리에서 일어나더니 찬장에서 꿀을 꺼내 찻잔에 한 숟가락 듬뿍 넣고는 다시 한 모금 마셨다. 그러더니 무언가 떠오른 듯 후후 웃었다.

"얘, 그거 아니? 생강차에 꿀을 타면 웬만한 약을 넣어도 맛이 가려져. 쓰고 달고 냄새도 강하니까. 예전에 이것 때문에 죽을 뻔했잖아. 화상도 그때 입은 거야."

"그런데도 꿀을 타 마신다고요?"

"한때는 피했는데 억울하더라고. 내가 잘못한 게 아닌데 이 맛있는 걸 왜 못 먹나 싶어서. 그래도 나의 안이함을 반성하기 위해 화상 자국은 고치지 않고 놔두고 있지."

게스트하우스의 도어벨이 울렸다. 모미는 서둘러 현관으로 나갔다. 문을 열자 머리카락 곳곳에 백발이 섞인 나이 지긋한 여자가 서 있었다. 차가운 바깥 공기를 망토로 두르기라도 한 듯 서늘한 모습이었다.

"연락드린 서태림입니다."

모미는 한기를 몰고 온 손님을 꾸벅, 가벼운 묵례로 맞이했다. 복도를 걷는 내내 서태림은 아무 말이 없었다. 바깥에서 밀려 들어온 한기와 그 침묵이 모미를 초조하게 만들었다. 두 사람은 생강차를 한 잔씩 앞에 두고 마주 앉았다.

"이걸 돌려드리고 싶었습니다."

서태림이 가방에서 사진 한 장을 꺼내 식탁에 놓았다. 사진을 본 모미의 눈이 휘둥그레 커졌다. 모미와 김수빈이 어깨를 붙이고 웃고 있는 사진. 그건 모미의 대학 입학이 결정되던 날 찍은 거였다.

한 장만 찍자.

평소 사진 찍는 걸 썩 좋아하지 않는 모미에게 조르던 김수빈의 목소리가 금방이라도 들릴 듯했다. 모미는 사진을 집어 들었다. 사진 뒤에 아이디인 듯한 영문과 숫자의 조합이 적혀 있었다.

"김수빈 씨 빈소에서 그쪽을 봤습니다. 보자마자 사진 속 그 사람이란 걸 알아봤죠. 김수빈 씨가 맡긴 물건을 돌려받을 분은 역시 나모미 씨여야 한다고 생각했습니다."

서태림은 입술이 마른 듯 생강차를 들어 한 모금 마셨다. 모미는 거스러미가 일어난 서태림의 입술과 거친 손등을 봤다. 헐렁한 웃옷에 파묻힌 마른 몸까지, 서태림이 그림에서 빠져나온 사신처럼 느껴졌다. 커다란 낫을 들고 낡은 망토를 흩날리며 인간이 거부할 수 없는 운명을 전해주는 존재.

"왜요? 난 그쪽을 처음 보는데요."

매서운 경계가 뒤섞인 모미의 반응에 서태림은 찻잔을 내려놓고 옅은 미소를 지었다.

"들어주시겠어요?"

사신의 고해성사가 시작되었다.

어디서부터 이야기를 시작해야 할까요. 그렇지. 모든 행동에는 흔적이 남기 마련입니다. 그 행동의 장소가 온라인 공간이더라도요. 영상물을 제작하고 유포한 사람은 디지털 흔적을 남깁니다. 현장의 지문처럼 말이죠. 신원 불명의 시신이 발견되었다고 가정해 봅시다. 그러면 우리나라에서는 우선 지문 검사를 하지요. 사람의 지문은 고유하고 우리나라는 전 국민의 지문 등록률이 높은 편이니까요. 하지만 간혹 지문이 등록되지 않은 사람도 있고, 시신의 훼손이 심해서 지문 채취가 안 되는 경우도 있습니다. 즉 지문이든 디지털 흔적이든 대조할 수 있는 비교 검색 풀이 중요하다는 겁니다.

김수빈이 이전에 스토킹 관련 다큐멘터리에 출연했던 건 알죠? 예, 제가 담당 PD였습니다. 김수빈이 상대를 딥페이크 범죄로 신고하도록 도왔습니다. 그걸로 잘 마무리되었다고 믿었죠. 그 뒤 김수빈과 서너 번 만나 밥을 먹곤 했지만, 다큐멘터리가 상을 타면서 연이어 큰 프로젝트를 맡게 되었습니다. 점점 바빠져서 어느새 소원해졌죠.

2년 전에 다시 김수빈에게 연락한 건 순전히 내 욕심 때문이었습니다. 지난 국회의원 선거 기간에 A 후보가 술에 취해 어린 아이를 폭행하는 영상이 화제가 되었던 거 기억하세요? 정치에 관심 없는 사람도 모를 수 없을 정도로 소란스러웠죠. 결국 합성으로 밝혀졌지만, 그 영상의 여파로 당선이 유력했던 A 후보의 운명이 바뀌었죠. A 후보뿐만이 아닌, A 후보가 속한 야당의 도덕성이 도마 위에 올랐고 결국 다른 후보들도 타격을 입었죠. 야당과 여당의 좌석 싸움이 첨예한 선거였던 만큼 그 영상은 그야말로 나비효과를 만들어낸 날갯짓이었어요. 나는 그 영상을 누가 만들어 유포했는지 추적하고 있었습니다. '선거를 조종하는 자들'이라는 다큐멘터리를 준비 중이었거든요. 그 과정에서 우연히 믿기 어려운 사실을 발견했습니다. A 후보 영상의 디지털 흔적과 김수빈을 스토킹한 H가 만들었던 딥페이크 영상의 디지털 흔적에 일치하는 부분이 있었습니다. 하지만 그것만으로는 증거가 부족했죠. 소위 윗대가리들 설득할 결정적인 한 방이 부족했다는 얘기입니다. 혹시 김수빈이 뭔가 알고 있지는 않을까 지푸라기라도 잡아보려 했죠.

오랜만에 만난 김수빈은 피폐해져 있었습니다.

몰랐습니다. 벌금형 이후에도 H가 김수빈을 계속 스토킹했을 줄은. H는 자기가 처벌을 받은 걸 '연인의 나체사진을 실수로 단톡방에 올렸는데 그걸 들켜서'라고 얼버무렸답니다. 김수빈이 휴학한 건 홧김에 고소했다가 유죄가 나오니 미안해서 그런 거라고 말하고 다녔다고요. H의 스토킹이 심해져서 휴학을 했던 건데 어이가 없죠. 세 치 혀로 주변을 속이는 것. H는 그 부분에 있어서는 정말이지 천재 같은 재능의 소유자였습니다.

"전 이젠 아무것도 하고 싶지 않아요."

김수빈은 멍한 눈으로 그렇게 말했습니다. 도망가는 걸로도 하루가 벅차다고. 내가 무슨 말을 할 수 있었겠습니까. H의 성격으로 미루어 짐작하건대 벌금형이 폭주의 계기가 되었던 거겠죠. 다큐를 찍고 난 뒤 내가 좀 더 신경을 썼어야 했습니다. 그저 미안했습니다. 내가 도울 일이 있으면 언제든 연락하라 말하고 헤어졌죠. A 의원의 영상 사건 취재는 그 후 단독으로 진행했습니다만, 지지부진했습니다. 언론 팀 국장이 보수적인 인물로 바뀐 게 제일 문제였죠. H가 선거에서 A 의원과 맞붙었던 B 위원 쪽과 접촉해 합성 영상을 만들었다는 증언은 있으니, 이전이라면 그것만으로도 기획을 밀어붙일 수 있었을 겁니다.

그렇게 1년이 지났습니다. 김수빈에게서 연락이 왔어요. 이전과는 달라져 있었습니다. 멍했던 눈빛은 처음 만났을 때처럼 반짝거렸고 생기가 돌더군요. 김수빈은 내게, 자기가 H의 노트북을 열어볼 기회를 잡을 수 있을 거라 했습니다. H가 술자리에서 자기가 어마어마한 사업을 하고 있다고, 엄청난 인맥을 가지고 있다고 자랑하는 걸 몇 명이나 봤답니다. 그러면서 자기 노트북이 열리면 우리나라가 발칵 뒤집어질 거라고 했다나요. 그러니 그 노트북에 분명 뭔가 있을 거라 생각해 주시하고 있었답니다.

H가 노트북이 망가져서 컴퓨터 수리점에 노트북을 맡겼다고 하더군요. 김수빈이 거기 기사님에게 다큐멘터리를 보여주면서 싹싹 빌었답니다. 여기 나오는 스토커가 방금 저 남자인데, 혹시라도 자기 나체사진이 하드에 남아 있는 게 아닌지 무서우니 확인할 수 있게 하드 카피 좀 해달라고요. 기사님이 무척이나 곤란해하다가 결국 해주겠다고 했답니다. 불법인 걸 알지만, 자기도 딸이 있어서 도저히 못 본 척할 수가 없다고 말입니다. 그 친구, 안 그래도 컴퓨터 맡기러 왔을 때 태도가 좀 이상하긴 했다면서요. H는 사색이 되어서 어떻게든 하드만 살려달라고 빌었다고 합니다. 어쩌면 하드 속 파일이 자신의 출세를 책임져 줄 거라 믿고 있던 건지도 모르겠습니다. 그런 파일이 날아가게 생겼으니 마음이 급하기도 했겠지요.

건네받게 될 파일에 분명 무언가 있을 거라고 확신하는 김수빈에게서는 이전보다 더 강한 결의가 느껴졌습니다. 의아했지요. 1년 전에는 전혀 흥미를 보이지 않았는데 왜 갑자기 적극적으로 변한 건지 말입니다. 김수빈은 파일을 받아 살펴본 뒤, 사건과 연관된 자료가 있으면 바로 내게 알리겠다고 했습니다.

"혹시라도 예정일을 사흘 넘겨서도 연락이 없으면 제 클라우드 확인하세요. 여기, 아이디예요."

김수빈이 지갑에서 종이를 꺼내 자신의 아이디를 적어 내게 건넸습니다. 종이 재질이 빳빳해서 명함인 줄 알았는데 받아보니 사진이더군요. 폴라로이드 사진. 네, 나모미 씨한테 드린 그 사진입니다.

"저한테 소중한 사진이에요. 그러니까 부적 겸, PD님께 맡길게요."

"사진 속 이 사람은 친구인가요?"

"맞아요, 나모미. 저랑 1년쯤 같이 살았어요. 지금은 대학 기숙사 들어갔어요."

김수빈은 웃었습니다. 언제나 잘 웃는 사람이었죠. 기뻐도 웃고 슬퍼도 웃고 난처해도 웃고. 웃는 거 이외에는 감정 표현을 할 줄 모르나 싶게 웃는 사람. 스물세 살의 김수빈을 처음 만났을 때부터 그 웃음이 마음에 걸렸습니다. 이십 대를 살아남은 여자라면, 그 나이대의 여자가 무리해서 웃는 이유가 웃을 수 없는 상황을 감추기 위해서라는 걸 너무 잘 알지요.

"그 친구 덕분에 결심했어요. 마무리를 짓자고. 친구가 졸업하면 다시 같이 살고 싶어요. 함께 지내는 동안 집이란 게 마음 편한 장소란 걸 처음 알았어요. 철이 든 이후 한 번도 느껴본 적 없었어요. 그런 편안함."

감추어야 하는 건 무엇일까요. 감추게 만든 건 무엇일까요. 김수빈과 다큐를 찍었던 한 달간, 부모와 불화가 있다는 것 정도는 눈치챘지요. 하지만 눈치챘다고 해서 파헤칠 권리가 있는 건 아니니까요.

"그러니까 모미와 함께 살기 전에 H라는 위험 요소를 없애기 위해 최선을 다할 거예요."

"도망치지 않기로 한 거군요."

"적어도 진실하고 싶으니까요."

김수빈의 용기를 끌어낸 친구가, 언젠가 김수빈이 덮어 둔 장막 안쪽을 함께 바라봐 주기를 바랐습니다. 평생 장막 속에서 홀로 지내는 건 너무 외롭잖아요.

"그런데 이거, 비밀번호는?"

"깜빡했어요. 주세요. 다시 써서 드릴게요."

김수빈이 내게 손을 내밀었지만, 나는 사진을 돌려주지 않았습니다.

"부적이잖아요. 여기 비밀번호까지 쓰면 정말 연락 안 올까 봐 무섭네요."

가벼이 여긴 게 아니라 그만큼 절박했기에 내린 결론이었습니다.

"그러면 힌트만 드릴게요. 제가 제일 좋아하는 영화의 국내 개봉일."

"내가 그걸 어떻게 압니까?"

결국 같이 웃었습니다. 인간의 상상력이란 그토록 빈약합니다. 시사 프로그램을 제작하면서 수많은 사건을 다루었지만, 늘 결정적인 순간에 인간이 얼마나 악할 수 있는지 망각합니다. 이 세상에는 내가 도저히 이해하지 못할 일을 순식간에 저지르는 이들이 있다는 걸 말입니다.

일주일이 지나 내게 도착한 건 김수빈의 부고였습니다.

"잠깐만요. 알아요!"

모미는 다급히 외쳤다. 어느새 비어버린 찻잔을 손바닥 안에서 빙글빙글 돌리던 서태림의 손이 멈췄다. 모미는 식탁을 넘어가기라도 할 기세로 서태림 쪽으로 몸을 내밀었다.

"수빈이가 제일 좋아하는 영화. 그거 안다고요! 파일은 클라우드에 올라간 거죠?"

"열어보려고 했는데 실패했습니다. 알아내려고 김수빈 씨 부모님에게도 연락했었는데 모른다고 하시더라고요. 짚이는 게 없다고."

"그러니까 알아요. 내가 안다고요."

모를 수가 없었다. 모미는 몇 번이고 김수빈과 함께 그 영화를 봤다. 〈제니스 웨딩〉. 바보 같을 정도로 해피엔딩인 영화. 모미는 매번 바보 같다며 투덜거렸고 김수빈은 사랑이 아니면 바보가 될 일이 뭐가 있겠냐고, 그래서 좋은 거라고 받아쳤다.

김수빈의 죽음 이후 한동안 모미는 휴대전화를 손에서 놓지 못하고 기사를 검색하고 또 검색했다. '20대 여성 교제 폭력 살인 추정'이라는 빈약한 기사 아래 '또야?'라는 댓글이 달려 있었다. 모미는 영화를 보며 어깨에 기대던 김수빈에게 미안하다고 말하고 싶었다. 부러워서 그랬어. 해피엔딩을 믿는 마음이. 네가 좋아하는 영화는 전혀 진부하지 않아. 재현이라 해도 누군가의 삶인데 어떻게 진부하겠어. 기사를 읽은 몇백 명의 사람에게 김수빈의 죽음은 12만 건의 교제 폭력 사건 중 하나였으나 모미에게는 단 한 건의 비극이었다.

"PD님도 아시죠? H, CCTV 덕분에 기소는 되었는데 1심에서 고작 8년 받았어요. 동기가 불분명한 우발적 범행이라고! 그 미친놈, 항소했어요. 경찰의 강압수사로 거짓 자백을 했다고요. 이제 곧 2심이 열려요. A 의원의 합성 영상 관련 증거를 수빈이가 찾아낸 걸 H가 알았다면요? 그래서 살해한 거라면 동기가 충분하잖아요!"

"나도 그렇게 생각합니다. 하지만…."

"그러니까 비밀번호, 그거 제가 아니까 살펴보자고요. 증거 채택이 안 되어도 PD님이 가시화할 수 있잖아요. 비밀번호가 뭐냐면…."

"말하지 마세요!"

서태림이 모미의 말허리를 잘랐다.

"나는 이미 마음을 정했습니다. 사진을 돌려주고 더 이상 관여하지 않기로. 그래서 오늘 여기 온 겁니다."

"왜요? 이게 PD님한테는 끝난 사건이에요?"

모미는 덥석, 서태림의 손을 움켜잡았다.

"안 끝났어요. 시청률이 안 나올 것 같으면 제가 얼굴 까고 인터뷰할게요. 저, 인터넷에서 꽤 화제 됐어요. 본 적 없어요? H의 무죄를 옹호하는 유튜버. 그 유튜버가 진범으로 의심한 게 저예요. 은혜를 원수로 갚은 배은망덕한 여자! 거두어 준 여대생을 질투해 죽인 고아! 제가 나가면 분명 시청률 나와요."

몇 건 되지 않던 김수빈의 사건 기사가 폭증한 건 그 음모론이 제기된 뒤였다. 대중은 직접 개입해 알량한 정의를 휘두를 수 있는 사건을 바랐다. 연인을 살해했다는 누명을 쓴 남자. 살해당한 여자 집에서 돈 한 푼 내지 않고 얹혀살던 동갑내기 여자. 사람들은 물어뜯기 좋은 재료의 등장에 환호하며 각자 입맛에 맞는 루머를 조리해서 뿌렸다. 모미는 H의 양다리 상대가 되었다가, 김수빈을 질투해 인생을 훔치려고 한 악녀가 되었다가, 김수빈과 H를 모두 가스라이팅한 희대의 사이코패스가 되었다. 휴대전화 번호와 다니는 대학, 기숙사 연락처며 아르바이트하는 곳까지 모미의 신상정보가 인터넷을 떠돌았다. 음모론에 심취한 이들은 모미의 대학과 기숙사, 아르바이트하던 가게로 끊임없이 전화를 걸었다. 몇몇은 학교 교문에서 진짜 살인범 나오라고 소리를 지르기도 했다. 결국 모미는 졸업을 반년 남기고 휴학해야 했다. 인터넷에 흩뿌려진 자신의 사진과 정보를 긁어 모아 없앨 수 있다면 악마에게 영혼의 절반쯤은 넘길 수도 있을 것만 같았다.

하지만 H에게 조금이라도 더 대가를 치르게 할 수 있다면.

"그러니까 제발요."

그렇다면 평생 인터넷 속에서 사람들의 안줏거리가 되어도 참을 수 있었다. 오직 그 바람만이 풍선처럼 부풀어 올랐다.

"그런 게 아닙니다."

서태림의 목소리가 둔탁하게 풍선을 찔렀다.

"나는 더 이상 내 취재 탓에 누군가 죽었다는 죄책감을 견딜 수가 없습니다."

서태림은 자리에서 일어났다. 모미는 끝까지 서태림의 손을 놓지 않았다. 서태림은 결국 자기를 붙잡은 모미의 손가락을 조심스럽게 하나씩 떼어냈다.

"도망치실 건가요?"

모미는 마지막 손가락에 힘을 주고 버티며 한 음절씩 스타카토로 끊어 말했다. 할 수 있다면 말을 화살촉처럼 깎아서 태림의 가슴에 박아 넣고 싶었다.

"책임이 있다고 느끼신다면 더더욱 도망가서는 안 되잖아요."

"미안합니다."

서태림은 모미의 손을 완전히 떼어내고 뒤돌아 거실을 나갔다. 모미는 식탁 의자에 털썩 주저앉아 서태림이 놓고 간 사진을 움켜쥐었다. 복도 울리는 소리가 금세 멈추고 집 안이 조용해졌다. 사신이 남기고 간 냉기가 맺힌 듯 서늘한 고요함이었다. 모미는 무릎을 양팔로 끌어안아 몸을 웅크렸다.

"어느 때고 사람은 참 어리석어."

알싸한 향에 모미는 무릎에 파묻었던 고개를 들었다. 어느새 맞은편에 앉은 향랑이 찻잔 안을 물끄러미 들여다보고 있었다.

"마음 여린 이는 진실을 좇으면 안 돼. 무너지거나 삼켜지거든."

"기자나 PD 같은 사람들, 원래 안 믿어요. 조회수나 시청률만 신경 쓰는 기레기들."

모미의 중얼거림에 향랑은 깔깔 웃었다.

"그래, 네가 맞아. 믿어봤자 배신이나 당하지. 하지만 어쩌니."

덜그럭. 식탁이 크게 흔들렸다.

"향랑?"

모미는 곧추세워 앉았다. 향랑의 턱과 양쪽 옆구리에서 수십 개의 날카로운 뿔이 돋아나고 있었다. 마디가 나누어진 뿔은 곤충의 다리처럼도 보였다.

"나는 저렇게 어리석은 인간의 한을 원해."

뿔이 거실 바닥을 뚫고 땅 아래로 빠르게 파고 들어갔다.

서태림은 주춤주춤 뒷걸음질 쳤다. 더 이상 물러날 곳도 없었다. 계속 뒷걸음질 치다가 절벽 쪽에 설치된 가드레일까지 몰렸다. 서태림은 자기를 둘러싼 대여섯 명의 남자들과 가드레일 아래 절벽을 번갈아 바라보았다. 절벽 아래로 뛰어내리면 살 확률이 얼마나 될까. 어딘지도 모를 곳으로 끌려가서 묻히는 것보다는 나을 터였다.

"귀한 분이 보내셨나? 어찌 다들 말 한마디 없으시네."

남자들을 보낸 뒷배가 얼추 예상은 되었다. 게스트하우스에서 산 아래로 이어지는 길을 막고 기다리고 있던 걸 보면, 오랫동안 서태림을 미행한 게 분명했다. 아마도 조작된 선거의 진실이 밝혀지기를 원치 않는 이들이리라. 남자들이 한마디만 해도 의심은 확신이 될 것이다.

"어디서 돈만 쥐여주면 얼씨구나 하는 어중이떠중이 잘 모았네."

서태림은 일부러 남자들을 도발했다. 그러나 남자들은 입을 꾹 다물고 손에 든 파이프를 위협적으로 흔들 뿐이었다. 아예 입을 열지 말라는 지령을 받은 게 분명했다.

"도망치려고 했던 벌인가."

서태림은 쓴웃음을 지었다. 선두에 선 남자가 파이프를 휘둘렀고, 서태림은 가드레일 아래로 몸을 던졌다. 무언가 둔탁한 것이 뒤통수를 때렸고 순간 아찔한 통증이 몰려왔다. 빠르게 멀어지는 절벽 위의 풍경이 감기는 눈꺼풀 사이에서 어른거렸다. 서태림이 마지막으로 본 건, 산길에서 솟아오른 수십 개의 날카로운 뿔이 남자들을 휘감아 던져 버리는 광경이었다.

까무룩 의식이 끊겼다.

…림아. 태림아. 낯설고도 그리운 목소리가 귓가를 간질였다. 끙, 앓는 소리와 함께 눈을 뜨자 뿌연 안개가 낀 시야 너머로 서까래 얽힌 천장이 보였다. 등 아래가 뜨끈해서 자꾸만 눈이 감기려 했다. 역시 온돌이 좋다. 이전에 묵었던 주막은 불을 쩨쩨하게 때서 얼어 죽을 뻔했는데, 이번에 방 한 칸을 내준 할머니는 참으로 인심이 넉넉하다. 어라, 주막? 민속촌도 아니고 주막 같은 데에서 왜 잤던 걸까. 민속촌은 뭔데? 상반된 의문이 뒤엉켜 아우성쳤다.

아아, 나는 누구였더라.

머리가 깨질 듯이 아팠다. 얼굴을 찌푸리자 커다란 손이 이마를 덮었다. 차갑고 딱딱한 촉감에 아픔이 가라앉았다.

"열이 내렸구나. 얼음물에 좀 빠졌다고 고뿔이라니. 인간의 몸은 참 성가시기도 하지."

이건 사부의 손이다. 사부의 목소리다. 까슬한 무명 이불과

방 한쪽에 놓인 봇짐. 바로 옆에 앉아 있는 적발의 여자.

"사부."

"갈탕을 가져왔으니 좀 마시렴."

사부의 부축을 받아 몸을 일으켜 앉았다. 따뜻한 물이 입안에 흘러 들어오자, 몸 안쪽부터 온기가 차올랐다. 갈탕을 반쯤 마셨을 때 누군가 밖에서 사부를 불렀다. 스르륵 미끄러지듯 방을 나가는 사부의 뒷모습을 보고 있자니 눈앞의 안개가 걷히며 모든 것이 명료해졌다.

"내 이름은 서태림. 그래, 고뿔에 심하게 걸렸구나."

서태림의 머릿속에 사부를 만나기 전, 천애 고아로 산속에서 굶어 죽을 뻔한 일이며 사부가 거두어 준 일, 사부를 따라 전국을 돌아다니며 보낸 나날들이 빠르게 스쳐 지나갔다.

사부, 향랑은 특이한 이였다. 큰 체격과 빨간 머리카락을 보면 아마도 이국 사람이리라. 그래서인지 여자인데도 행동에 거침이 없었다. 긴 머리를 마구 흩날리며 뛰어다녔고 남녀 불문 반말을 썼으며 더운 여름이면 아무 데서나 훌렁훌렁 옷을 걷고 맨다리를 드러냈다. 향랑이 치맛자락을 한쪽으로 묶고 걷는 걸 본 양반이 곰방대를 휘두르며 쫓아오던 일은, 다시 떠올려도 웃음이 나왔다. 제 발에 걸려 홀랑 넘어지던 꼴이라니!

그러나 향랑의 가장 이상한 점은 끊임없이 돌아다닌다는 거였다. 향랑은 여러 마을을 돌아다니며 언제쯤 태풍이 올 테니

벼를 묶으라든가, 수로 청소를 하라든가, 혹은 전염병이 돌 테니 쥐를 잡으라는 예언을 했다. 처음엔 향랑을 미친 여자 취급하던 사람들도 그 예언이 맞아떨어져 한바탕 소동이 일고 나면 태도가 달라졌다. 선녀님, 무녀님, 혹은 보살님이라 부르며 재앙을 물리쳐 달라고 빌었다. 그때마다 향랑은 "예방하라고 했더니, 일 터지고 난 후에 빌면 무슨 소용이람" 하며 혀를 찼다.

예언자, 무당, 혹은 사기꾼. 다른 사람들이 무어라 평하든 서태림은 향랑이 좋았다. 별 쓸모도 없는 열두 살 어린아이를 거두어서 먹이고 입히고 글까지 가르쳐 준 사람을 어떻게 좋아하지 않을 수 있을까. 서태림에게 향랑은 친구이자 스승이자 보호자였다.

"게다가 재미있는걸. 사부랑 다니는 거."

서태림은 히죽 웃었다. 날씨나 병을 예측하는 데에는 흥미가 없지만 '비밀 업무'를 할 때는 가슴이 두근거렸다.

"나는 그런 일 하지 않소!"

방문 밖에서 소란스러운 말소리가 안으로 새어 들어왔다. 향랑이 언성을 높이다니 드문 일이었다. 서태림은 무릎으로 기어 방문 쪽으로 바짝 붙어 앉았다.

"뭐 그리 깐깐하게 굴어? 우리 뒤에 누가 있는지 알면 놀랄 걸세. 한몫 단단히 챙길 수 있어."

"수치를 아시오. 광대란 저잣거리에서 양반의 위선을 가지고 놀아야 제맛이지. 권력에 붙어 조카 죽인 찬탈자 똥구멍 빠는 노래나 부르고 있다니.”

“말 조심하쇼. 그러다 모가지 날아가오. 그렇지 않아도 사특한 재주를 부린다고 그쪽 노리는 사람이 많소.”

“허이고. 그 사특한 여자에게 거짓 예언으로 백성들 민심 좀 돌려달라 사정하다니 자존심도 없나. 그가 왕이 된 게 천명이었다고 말하라고? 감히 하늘을 사칭하라니. 아서라, 그 업 다 쌓인다.”

“싫다면 어쩔 수 없지. 난 분명 경고했소.”

거친 고함이 몇 번 더 이어지고 말소리가 끊겼다. 창호지 바른 문 너머 가까워진 향랑의 기척에 서태림은 후다닥 이불 안으로 돌아갔다. 방으로 돌아온 향랑이 이불 옆에 놓인 수건을 집어 들더니 벅벅 귀를 닦았다.

“왜 그래요, 사부?”

“더러운 말을 들어서 씻어내려고.”

향랑은 양쪽 귀를 모두 닦고 옷을 갈아입었다. 치마를 훌훌 벗고 한쪽에 개어 놓은 관복을 입은 뒤, 머리카락을 틀어 올려 패랭이 모자 속에 감추고 포졸로 변장한 향랑은 봇짐을 짊어지고, 한 손에는 꽹과리를 들었다.

“다녀오마.”

“잠깐만요, 사부. 변장한 거 보면 비밀 업무 가는 거지요? 나도 갈래요.”

“아직 열이 있잖아.”

“괜찮아요.”

서태림은 부리나케 이불 밖으로 나와 옷을 입었다.

“가요, 사부.”

냉큼 앞장서 문을 연 서태림에게 향랑이 눈을 흘겼다.

“그렇게 좋니? 비밀 업무가?”

“그럼요. 아주 재미있어요. 사부, 오늘 나가는 거 열흘 전의 그 사건이지요? 새댁이 남편을 죽인 살인범으로 몰렸던 거. 오작인*말로는 새댁은 범인이 아니고 강도에게 살해당한 거라 했는데도 마을 사람들이 믿어주지 않은 그 사건이요.”

서태림과 향랑은 나란히 집을 나섰다. 이번에 신세를 지고 있는 집은 마을 외곽에 있는 데다, 집주인인 할머니도 마을 사람들과 거의 교류가 없어 사람들 눈에 띄지 않게 행동하기 좋았다. 두 사람은 오솔길을 걸어 마을로 향했다.

“그래, 시어머니가 며느리를 범인 취급하며 아들을 잃은 상심을 달래려 한 게지.”

“이해가 안 돼요. 이미 강도는 잡혔고 사형까지 확정되었잖아요. 그런데 왜 계속 며느리를 살인자라고 부르면서 괴롭히는

---

* 지방 관아에 속하여 수령이 시체를 검사할 때 시체를 주워 맞추는 일을 하던 하인.

걸까요?"

"슬픔과 고통을 가장 만만한 사람에게 쏟아부어야만 속이 풀리는 사람인 거지."

마을 사람 대부분이 시어머니에게 돈을 빌렸기에, 그들은 시어머니가 우기는 대로 새댁을 살인범 취급했다. 새댁이 길을 걸으면 돌을 던지며 욕했고 시냇가나 우물 앞에서 마주치면 다 같이 쓰는 물에 부정이 탄다며 쫓아냈다. 새댁에게 물건을 팔지도 일거리를 맡기지도 않았다. 새댁은 물론, 새댁과 함께 사는 친족들까지 일상생활이 불가능할 정도로 고립되었다. 새댁은 자기 때문에 가족들까지 살아서도 죽은 상태가 되었다며 산에서 목을 매려고 했다. 향랑이 지나가다 구하지 않았다면 허공에 매달려 바스러졌을 목숨이었다. 향랑은 새댁의 사정을 듣고 서태림에게 "비밀 업무를 시작하자꾸나"라고 말했다.

"일주일간 림이 네가 애썼다."

"그럼요!"

서태림은 의기양양하게 외치고는 길 왼쪽으로 달려 나가 나무 몸통에 글씨 쓰는 시늉을 했다.

"사부 말대로 나무에도 꿀을 발라서 글씨를 썼고요."

그러고 나서 길 오른쪽으로 달려가서는 땅바닥에도 글씨 쓰는 시늉을 했다.

"땅에도, 사람들이 널어 둔 빨래에도, 삿갓에도 꿀로 글씨를 썼어요. 절대 들키면 안 된다고 해서 생쥐처럼 몰래몰래 다녔지요."

달콤한 꿀로 써 내려간 글자는 '원怨' 단 한 글자였다. 사나흘이 지나자, 벌레가 꿀이 묻은 부분을 파먹어 마을 곳곳에 글자가 드러났다. 글을 읽을 줄 몰라 저게 뭐냐고 신기하게만 여기던 마을 사람들은, 마을 훈장이 아무래도 억울하다는 뜻의 글씨인 듯하다고 알려주자 새파랗게 질렸다. 아무렇지 않게 돌을 던지던 이들이 주춤거리며 서로 눈치를 보았고, 그동안 미안했다며 새댁의 집 앞에 감자를 놓고 가는 사람도 생겼다. 시어머니는 하늘도 자신의 억울함을 안다며 이전보다 더 의기양양하게 새댁을 욕하고 다녔으나, 맞장구치는 사람은 없었다.

"사실은 다들 아는 거지. 새댁의 무고를."

향랑이 쓴웃음을 지었다.

"오늘은 마무리하러 가는 거지요?"

"그래."

향랑은 다시 옆으로 돌아온 서태림의 머리를 쓰다듬었다.

"진실을 돌려주러 가자꾸나."

마을 언저리에 도착한 향랑이 꽹과리를 꽝꽝 내리쳤다. 요란한 소리에 마을 사람들이 하던 일을 멈추고 향랑을 주목했다. 어린아이들은 재미있는 놀음이라도 벌어지나 싶어 까르르 웃으며 향랑의 뒤를 쫓았다. 향랑이 마을을 가로질러 장승 앞에 섰을 때, 이미 마을 사람 절반이 모여 있었다. 향랑은 봇짐 안에서 수수 막대로 만든 커다란 인형과 두루마리를 꺼냈다.

"엣헴, 군수님의 특명을 전합니다."

목청을 가다듬은 향랑은 굵은 남자 목소리를 꾸며 두루마리를 펼쳐 읽었다.

"마을에서 일어났던 살인 사건의 범인이 형을 집행받은바, 피해자의 노모와 그를 아끼는 친인척은 먼 형장을 찾아올 수 없어 악인에게 직접 돌을 던지지 못했음을 안타깝게 여긴다. 이에 본관이 악인의 형태를 본뜬 인형을 보내니, 이를 사흘간 마을 입구에 두고 돌팔매질하여 마을에 쌓인 원을 풀기 바란다."

사람들 사이에 웅성거림이 일었다.

"범인이 죽었다잖아."

"수사 잘못한 게 아니었어?"

"아니, 그래도 나라에서 애먼 사람을 죽였을까. 저렇게 마음도 써주는데."

툭. 누군가 인형을 향해 돌을 던졌다. 툭. 툭. 돌이 점점 늘어났다. 새댁이 무죄임을 인정한다는 의미였다. 허둥지둥 달려온 시어머니가 사람들 사이를 마구 헤집었다.

"다들 뭐 하는 거야! 저런 거에 속을 거야? 범인은, 내 아들을 죽인 건 그 망할 년이야. 내 아들을 빼앗아 간 그 못된 년!"

시어머니는 사람들이 인형에 돌을 던지지 못하도록 앞을 막아섰다. 그 기세에 눌린 사람들이 슬그머니 돌을 든 손을 내렸다.

"내가, 당장 그년을 여기로 끌고 오리다."

시근덕거리는 시어머니의 눈치를 살피던 사람들의 안색이 일순 새파랗게 질렸다. 사람들은 떨리는 손으로 시어머니의 뒤를 가리켰다.

"저, 저게 뭐야?"

향랑의 뒤쪽, 마을 입구에 선 장승 몸통에 글자가 파이고 있었다. 사람들은 홀린 듯 장승에서 눈을 떼지 못했다.

"왕해무고枉害無辜… 천리天理… 난용難容."

새겨지는 글자를 하나씩 읽어 내려간 마을 훈장이 털썩 제자리에 주저앉았다.

"억울한 이에게 누명을 씌우면 하늘이 용서하지 않는다…. 하, 하늘이 노하셨어!"

훈장의 외침에 사람들의 얼굴이 경악으로 일그러졌다.

"마을을 지키는 장승에 저런 기이한 일이!"

"아이고, 잘못했습니다!"

"저는 안 그랬습니다. 전 아무것도 안 했어요!"

몇몇은 바닥에 무릎을 꿇고 두 손을 모아 싹싹 비는 시늉을 했고 몇몇은 머리를 조아렸다. 공포에 질려 눈물을 흘리던 이들 중 한 명이 벌떡 일어나, 손에 들고 있던 돌을 시어머니에게 던졌다.

“이게 다 저 늙은이 때문이야!”

“너 때문에 마을에 천벌이 내리면 어쩔 거야?”

“사죄해! 사죄하라고!”

시어머니를 향해 날아드는 돌이 점점 늘어났다. 두 팔을 벌리고 섰던 시어머니는 바닥에 납작 엎드려 몸을 웅크렸다. 위풍당당한 기세는 이미 사라진 뒤였다. 마을 사람들이 시어머니의 어깨를 붙잡았다.

“이 늙은이를 데리고 가서 싹싹 빌게 해야 해.”

“맞아. 새댁에게 데려가자!”

“우리 모두 다 함께 빌어야 해.”

사람들은 시어머니를 일으켜 세워 두 팔을 뒤로 돌려 포박하듯 붙잡고 마을 안으로 우르르 사라졌다. 향랑은 멀어지는 사람들 뒤에서 인형과 두루마리를 다시 봇짐 안에 넣었다. 서태림은 장승에 파인 글자를 유심히 살폈다.

“사부, 이거 어떻게 한 거예요?”

“응? 너도 했잖니. 꿀을 발라서 벌레가 파먹게 한 거지.”

“하지만….”

서태림은 글자가 파인 부분을 손바닥으로 쓸었다.

“그건 한 글자였는데도 사나흘은 걸렸죠. 게다가 이렇게 깔끔하지도 않았고요. 벌레가 파먹은 부분과 그렇지 않은 부분이 있어서 울퉁불퉁했어요. 눈 깜짝할 사이에 여러 글자를 이렇게 깔끔하게 만들 순 없어요."

"림이 네가 제법 날카로워졌구나."

향랑이 봇짐을 등에 메며 웃었다. 두 사람은 왔던 길이 아닌, 새댁 집 뒤쪽으로 이어진 오솔길로 빙 돌아 집으로 향했다. 마을 사람들이 새댁의 집 앞에 무릎을 꿇고 있었다. 비밀 작전 성공이다. 향랑과 함께 다니며 가장 신나는 순간이다. 정보를 모아 진위를 파악하고, 사람들의 심리를 자극하는 수단을 써서 여론을 조장해 진실을 잃어버린 이를 돕는다. 사람들은 어린아이 앞에서 경계를 푸는 법이라, 서태림은 적극적으로 소문을 모으고 퍼뜨릴 수 있었다. 그 과정도 짜릿하고 재미있었지만 사건이 해결된 후 도움을 받은 이가 고맙다고 건네는 한마디의 인사나 억울함이 풀린 뒤에 보여주는 미소가 좋았다. 그럴 때면 가슴 한구석이 간질간질 차오르는 게, 밥을 먹지 않았는데도 배가 불렀다. 서태림의 발걸음에 흥이 올랐다.

"사부, 진짜 가르쳐 주지 않을 거예요? 아까 글자, 어떻게 한 건지."

"흐음, 딱히 수는 없는데."

"거짓부렁. 그러면 진짜 도술이라도 부린 거예요?"

춤추듯 걷는 서태림의 이마로 긴 머리카락 한 가닥이 흘러내렸다. 서태림의 몸 위로 그늘을 드리우며 상체를 굽힌 향랑이 나지막이 속삭였다.

“사실 난 요괴란다.”

“에이, 사부도 참. 농도 그럴싸한 걸 해야 믿죠.”

서태림이 푸핫 웃음을 터뜨리자, 향랑은 다시 허리를 곧추세웠다.

“너무하네. 왜 거짓말이라는 거니?”

“사부처럼 사람을 열심히 도와주는 요괴가 어디 있어요? 요괴는 사람 괴롭히는 악한 존재잖아요.”

“이런, 꼭 그렇진 않아. 나만 해도 사람 돕는 요괴 하나 알고 있거든.”

“어떤 요괴인데요?”

바스락거리며 발 아래 밟히는 메마른 겨울 흙의 감촉과 서늘한 공기가 서태림의 몸에 기분 좋게 스며들었다. 거기에 아주 좋아하는 사부의 목소리까지. 비밀 작전을 수행하러 간다는 생각에 잔뜩 굳었던 어깨의 긴장이 스르륵 풀렸다.

“커다랗고 붉은 지네 요괴. 영험한 나무 아래에서 긴 시간을 보내다가 기운을 받고 요괴가 되었지. 다리가 많아서 아주 빠르게 온갖 곳을 누빌 수 있고 산과 들과 물속의 온갖 곤충과 의사소통이 가능해. 그들이 주는 정보로 날씨 변화를 잘 예측한다더라. 그래서 어느 곳에서는 농사의 신으로 받들어지고 있단다. 저 먼 산에, 그 요괴를 위한 사당도 있어.”

“칫. 그런 요괴랑 친구면 꿀물 바를 필요 없이 갉아 먹어 달라고 하면 되잖아요."

서태림이 입을 삐죽거리자, 향랑은 서태림의 정수리를 마구 쓰다듬었다.

"그러게. 근데 그 지네 요괴가 사람들 돕는 걸 못마땅하게 여기는 다른 요괴들이 많대. 그래서 곤충 친구들도 티 나게 많이는 못 도와준다나. 결정적인 순간에만 한 번씩 도와주고 그런대."

"뭐야, 요괴도 다른 요괴를 따돌려요? 그럼 지네 요괴, 지금 혼자예요?"

"글쎄, 어떨까."

"외로우면 오라고 해요. 같이 다니게. 그런 좋은 요괴라면 친구가 될 수 있을 것 같아요."

향랑은 웃었다. 아주 크고 기분 좋게 웃으며 서태림을 끌어 안았다. 콜록. 서태림은 향랑의 품 안에서 작게 기침했다. 향랑이 서태림의 이마에 손을 얹었다.

"이런, 또 열이 나네. 따뜻한 뭔가를 사올 걸 그랬나."

"괜찮아요."

말과는 다르게 서태림은 또다시 기침을 했다. 갑자기 몸이 으슬으슬 떨리는 게 확실히 감기가 도진 듯했다. 아픈 티를 내지 않으려 했지만 점점 몸이 휘청거렸다. 결국 향랑의 등에 업혀 집에 도착했다.

"아니, 아가가 어디 아픈가? 왜 그래?"

마당을 쓸고 있던 집주인 할머니가 다가와서 서태림의 이마를 짚더니, 부리나케 부엌 안으로 들어가 밥사발을 들고 나왔다. 밥사발에는 노란 물이 가득 담겨 있었다.

"생강차야. 감기에 좋지. 아가, 이거 쭉 마셔라."

서태림은 할머니가 입에 대어주는 차를 몇 모금 마셨다. 코도 막혀서 통 맛을 느낄 수가 없었다.

"아가씨도 좀 마셔. 애 먹기 편해지라고 귀한 꿀 넣었는데 남기면 아까워."

생강차를 마시자마자 졸음이 쏟아졌다. 물을 잔뜩 먹은 빨래처럼 잠에 온몸이 절여진 기분이었다. 결국 서태림은 향랑의 등에 업힌 채 깊은 잠에 빠져들었다.

얼마나 잤을까.

등이, 온몸이 너무나 뜨거웠다.

"림아. 태림아."

몸을 마구 흔들며 부르는 소리에 가까스로 눈을 떴다. 흠뻑 젖은 사부의 빨간 머리카락과 그보다 더 빨갛게 타오르는 벽과 천장, 한 번도 본 적 없는 사부의 당황한 표정에 정신이 번쩍 들었다. 서태림은 여전히 무거운 몸을 간신히 일으켰다.

"사부, 이게 대체 무슨 일이에요?"

"잠깐 정신을 잃은 사이 포위당했어."

"정신을 잃어요? 포위?"

어리둥절한 서태림의 머리 위로 물에 젖은 치마가 뒤집어씌워졌다.

"생강차에 의식을 잃게 하는 뭔가가 들어 있었던 것 같아. 독이 듣지 않는 나까지 잠들었던 거 보면 독은 아닌 것 같다만."

"집주인 할머니가 그런 짓을 했다고요? 도대체 왜요?"

"권력을 쥐고 흔드는 인간의 꼭두각시가 되어버린 게지."

여전히 무슨 일이 일어난 건지 이해가 되지 않아 눈만 깜빡거리는 서태림의 몸을, 향랑이 억지로 일으켜 세웠다. 천장의 서까래가 금방이라도 무너져 내릴 듯 위태롭게 흔들거렸다.

"사부, 일단 나가요. 이러다가 타 죽겠어요."

"말했잖니. 포위당했어. 우리가 나가면 바로 활을 쏠 거다."

"활이요? 그게 무슨….'

"잘 들어, 림아."

향랑이 서태림이 뒤집어쓴 치마를 턱 아래에서 질끈 묶어 주었다.

"하나, 둘, 셋에 뒷문을 열고 나가서 앞만 보고 달리는 거야. 산을 넘어서 도망가. 내가 네 몸에 화살 하나 박히지 않게 길을 터주마."

"나 혼자서요? 사부는요?"

숨이 찼다. 말을 이어 나가기 힘들 정도로 집 안에 연기가 차올라, 숨을 들이마실 때마다 몸 안에 연기가 쌓였다. 향랑이 쿨

럭거리는 서태림을 꽉 끌어안았다.

"림아, 진실을 좇아 뛰거라. 절대 죽지 마. 나와 닮은 인간아. 진실을 좇는 자는 육체의 생명이 다할 때 죽는 게 아니야."

사부, 나는 사부가 없으면 외로워서 죽을지도 몰라요.

서태림은 그렇게 말하고 싶었지만, 눈과 코가 전부 매워 도저히 입을 열 수가 없었다. 향랑이 서태림을 번쩍 안아 뒷문 앞에 세웠다.

"하나, 둘, 셋. 뛰어!"

향랑이 뒷문을 걷어차며 외치자 서태림이 뛰쳐나갔다. 밖으로 나가자마자 집 쪽으로 활을 겨누고 있는 이들이 보였다. 자신을 향한 날카로운 화살촉에, 서태림은 혼비백산하여 뛰었다. 화살이 바람을 가르는 소리가 선명하게 뒤를 좇아와 당장이라도 바닥에 납작 엎드리고 싶은 공포를 꾹 억누르고 뛰고 또 뛰었다. 한참을 달려 숲속에 몸을 숨긴 서태림이 집 쪽을 돌아봤다. 눈에 보이는 건 불에 타 무너져 내리는 집과 천장을 뚫고 솟구쳐 오른 거대한 붉은 지네였다. 지네의 다리 수십 개가 서태림이 뛰어온 길 양옆을 촘촘하게 막고 있었다. 계속해서 날아든 화살이 지네의 다리에 가 박혔다.

"괴물이다! 괴물을 없애!"

"저런 요괴를 부리다니. 사특한 것!"

사람들의 고함이 불꽃과 함께 타올랐다. 서태림은 나무 뒤에 몸을 숨기고 서서, 점점 더 세게 치솟는 불길과 하나가 되어가는 붉은 지네를 바라봤다. 멈추지 않고 흘러내리는 눈물로 시야가 뿌옇게 흐려졌지만 불길이 모두 사그라들 때까지 한 번도 눈을 떼지 않았다.

붉은 머리카락을 가진 상냥한 사람.

정체가 무엇이든 상관없이 그가 그라는 게 중요했다.

"절대 죽지 않을게요, 사부."

진실을 좇는 자는 육체의 생명이 다할 때 죽는 게 아니다. 진실에서 눈을 돌릴 때 죽는다. 그러니 멈추지 마. 멈추지 말거라. 나를 닮은 인간아.

사부의 목소리가 영겁에 새겨졌다.

뺨을 적시는 차가움에 서태림이 잠에서 깼다.

"이 나이에 자다가 울다니, 무슨 일이래."

눈물을 흘리게 했던 꿈은 깨어나자마자 휘발되었다. 서태림은 눈물이 괸 눈가를 닦고 일어나 앉았다. 절벽 아래로 뛰어내린 것까지는 기억나는데 그 뒤 어떤 일이 벌어졌는지는 도통 알 수 없었다.

"정신이 들었니?"

서태림은 방문을 열고 들어온 여자가 누구인지 금세 알아봤다. 나모미와 대화를 나눌 때 싱크대에 기대어 서 있던 여자다.

화상 흉터 때문인지 자꾸만 눈길이 갔더랬다. 여자는 서태림에게 들고 온 컵 중 하나를 내밀었다.

"나는 향랑. 절벽에서 발을 헛디딘 걸 내가 산길 내려가다가 발견했어. 게스트하우스로 데려온 것도 나. 고마운 줄 알려무나."

서태림은 향랑이 건네는 컵을 받아 들었다. 아무리 봐도 자기보다 젊은 여자가 반말하는 게 어쩐지 밉지 않았다. 서태림과 향랑은 함께 앉아 컵에 든 생강차를 마셨다. 꿀을 탄, 쓰고도 달콤한 생강차가 몸 안에 고인 한기를 씻어 내렸다.

김수빈이 좋아했던 영화의 제목은 뭐였나요.

따뜻함을 머금은 채, 서태림은 다시 시작될 대화를 위한 첫 문장을 소리 없이 되뇌었다.

그 소식은 새해 첫눈과 함께 찾아왔다. 이른 아침, 서태림이 뉴스 채널의 실시간 라이브 방송 링크를 보내왔다. 긴급 속보란 붉은 자막이 달린 영상 속, H가 경찰에 둘러싸여 연행되고 있었다.

B 의원이 딥페이크 조직과 연루된 건에 대해 급박한 수사가 이루어진 가운데, B 의원이 영상 제작을 의뢰했던 H에 대한

긴급 체포가 진행 중입니다. 경찰은 H가 단순 영상 제작자가 아닌 거대 딥페이크 성착취 사이트를 운영한 혐의를 포착했으며, 도주 우려가 있어 긴급 체포를 진행했다고 밝혔습니다. H는 이미 살인 사건으로 1심에서 형을 선고받았으나 불구속 상태였던 것으로 알려졌습니다. 이에 초동 수사가 안이했던 게 아니냐는 비판을 피할 수 없을 듯합니다. 한편, H의 체포에는 몇 주 전 유튜브에 공개된 다큐멘터리 영상이 계기가 된 것으로 알려졌습니다. 다큐멘터리 방송 이후 수많은 제보가 쏟아진 덕분인데요. 이는 아직 우리 사회에 정의가 살아 있음을 잘 보여줍니다.

재생되는 영상 아래 수많은 관련 속보가 쏟아지고 있었다. 영상 속 H는 김수빈의 재판 당시 의기양양하던 태도와는 다르게 고개를 푹 숙인 모습이었다.

"이렇게 쉽게."

모미는 허탈하게 중얼거리고는 영상에서 눈을 뗐다. 거실 창밖 풍경은 눈 시리게 깨끗한 백색이었다. 서태림에게 사전 연락을 받았기에 일이 이렇게 될 건 알고 있었다. 클라우드에서 찾아낸 증거는 H와 B 의원을 몰아넣기에 충분했다. 거기에 서태림이 밤을 새워 완성한 다큐멘터리로 국민적 여론이 일어났다. 서태림은 회사를 나와 다큐멘터리를 만들었고, 그 다큐멘터리를 유튜브에 공개했다. 외국에서의 반향을 노리고 H의 성착취 피해자 중 외국 어린아이도 많다는 걸 강조했다. "내부에서 썩은 부분을 도려낼 의지가 없다면 외부 방역 업체가 쳐들어가 해결해 주길 기대해야지요." 수화기 너머 서태림의 음성에는 자조가 섞여 있었다. 모미가 그래도 소속 정당이 B 의원을 그렇게나 빨리 잘라낼 줄 몰랐다고 말하자, 통화를 듣고 있던 향랑이 의뭉스럽게 웃으며 "산의 주인은 힘이 있다니까" 하고 말했다. 가마구는 대체 정체가 무엇이기에 정계까지 손이 뻗어 있는 걸까.

하지만 모미는 그 이상 캐묻지 않았다. 그런 건 중요하지 않았다.

"이렇게나 쉽게 마땅한 벌을 줄 수 있었으면서 대체 왜."

눈도 깜빡이지 않고 창밖의 흰 풍경을 계속 바라보던 모미의 눈에서 주루룩 한 줄기 눈물이 흘러내렸다. 소원은 이루어졌다. 향랑이 게스트하우스에서 180일을 지내면 소원을 이루어 준다고 했을 때 가장 먼저 떠올랐던 소원은 H의 처벌이었다. 그런데도 전혀 홀가분하거나 기쁘지가 않았다.

"안녕히 주무셨어요? 이모, 저 오늘 시험 마지막 날이라… 어라? 이모, 울어요?"

거실로 들어오던 나경이 놀란 듯 서둘러 식탁으로 다가왔다.

"무슨 일이에요?"

나경이 휴지를 뽑아 건넸을 때에야 모미는 자기가 울고 있다는 걸 알았다. 휴지를 건네받던 모미는 나경의 회갈색 눈동자에 사로잡혔다. 눈동자 속에 익숙한 형체가 비쳤다. 모미가 케이크를 떨어뜨리는 모습이 보였다. 옷과 손에 잔뜩 묻은 케이크의 잔해. 늘어난 비디오테이프처럼 화면이 느리게 되감겼다. 화면 속 모미가 떨어진 케이크를 주웠다. 기억 속 피로 물들었던 방은 깨끗했고, 김수빈은 고깔모자를 쓰고 앉아 모미를 반겼다. "뭐야. 케이크 만들어 온 거야?" 모미는 케이크를 탁자에 놓았다.

"…다녀왔습니다."

나경이 홀린 듯 중얼거린 순간 환영은 깨졌다. 거울이 박살 나듯 와장창 깨지며 사방으로 흩어진 조각들은, 이것이 다시는 재생될 수 없는 헛된 희망임을 일깨워 주었다.

"뭐야, 이게?"

정신을 차린 모미는 나경의 어깨를 우악스럽게 붙잡았다.

"뭘 한 거야, 방금? 그거 뭐냐고!"

"나, 난 그저…."

"나한테 뭘 보여준 거야? 너 대체 뭐야?"

나경이 모미의 팔을 뿌리치고 거실을 뛰쳐나갔다. 모미는 털썩 의자에 주저앉아 양손으로 마구 얼굴을 문질렀다. 피부가 벗겨질 정도의 마른세수를 몇 번이고 반복하던 손이 어디선가 들려온 외침에 멈췄다.

"가마구 님 납시오!"

몇백 마리의 새가 날갯짓하는 듯, 숲이 폭풍에 휩쓸려 윙윙거리는 듯, 동굴 안에 메아리치는 맹수의 울음과도 닮은 외침이었다. 고개를 든 모미는 거실 바닥에 검은 홀이 생겨나는 걸 봤다. 블랙홀처럼 새까만 심층을 중심으로 파란 기운이 일렁이는 원 안에서 사람이 솟아올랐다. 등에 세 쌍의 커다란 검은 날개를 단 남자였다. 이제는 웬만큼 괴이한 일에는 익숙해진 모미도 처음 보는 광경이었다. 발끝까지 완전히 모습을 드러낸 남자의 날개가 크게 펄럭였다.

"처음 뵙네. 가마구일세."

가마구라면 나경의 아버지다. 산의 주인이니 신풍이니 비유인 줄 알았는데 표현 그대로의 사실이었다니. 모미의 아랫입술이 가볍게 벌어졌다.

"정월 대보름 다음 날인 귀신의 날, 잔치를 준비하게나. 여행을 끝내고 돌아오는 이를 위한 잔치. 되돌아온 것이니 생일상 비슷한 게 좋겠군."

"잔치요? 잠깐, 그게 무슨…."

모미가 묻기도 전 바닥에서 솟구쳐 오른 검은 깃털이 가마구의 몸을 감쌌다. 눈을 찌르는 날카로운 바람에 모미는 질끈 눈을 감았다.

나경에게도 요괴의 피가 섞였다면. 그래서 그런 장면을 보여 준 거라면.

그건 너도 한을 품고 있다는 의미지. 푸른 불꽃 속 너울거리는, 이루어지지 못할 소원을.

향랑이 했던 말이 떠올랐다.

"그럼 내가 본 그 광경은…."

모미는 식탁에 팔을 괴고 이마를 짚었다. 거친 눈발에 유리창 흔들리는 소리가 달싹거리는 입술 사이로 흘러나온 혼잣말을 휘감아 파묻었다.

모미는 휴대전화를 꺼내 어루만지다가 천천히 자판을 눌렀다. 전송. 당장 할 수 있는 일이라고는 오직 그뿐이었다.

| 다섯 번째 장 |
설날 : 꽝, 인어의 삼색 경단

일기를 쓸 때 너의 옆얼굴이 좋았다. 집중하면 뾰족하게 입술을 내미는 버릇이나 보름달처럼 훤하게 솟아오른 이마.

영원할 줄 알아서 무던히 흘려보낸 날들이었다.

설날 아침부터 영 징조가 좋지 않다.

컵을 깼다. 찬장에서 꺼내다가 손을 헛짚어 놓친 순간, 잡을 새도 없이 바닥에 떨어져 산산조각 났다. 모미는 깨진 조각을 빗자루로 쓸어 치우며 미간을 찌푸렸다. 아침부터 실수의 연속이다. 일어나서 계단을 내려오다가 발을 헛디뎠고, 콘플레이크에 우유를 붓다가 엎질러 식탁 위를 우유 바다로 만들었다. 계속해서 취한 것처럼 일상이 술렁술렁 흔들리는 건 후회 때문이다. 충동적으로 김수빈의 모친에게 이곳의 주소를 보낸 것과, 그리고…. 모미는 유리 조각을 와르르 쓰레기통에 쏟아부었다.

"다녀오겠습니다."

밖에서 들린 목소리에 모미는 다급히 식탁 위에 두었던 도시락통을 들고 복도로 뛰어나갔다. 그러나 나경은 이미 사라진 뒤였다. 모미는 현관문을 열고 사방을 살폈다. 하지만 역시 나경의 모습은 보이지 않았고, 갈 곳 잃은 도시락통만 모미의 손에 걸린 채 덜렁덜렁 흔들렸다.

"아니, 뭐 이렇게 빨라?"

고양이도 이렇게까지 빠르지는 않을 거다. 모미는 고개를 길게 빼고 길 아래를 살폈다. 나경이 급하게 길을 뛰어 내려갔을 걸 생각하니 길 곳곳의 빙판이 신경 쓰였다.

"첫날로 돌아간 기분이네."

제법 서로를 편하게 대하게 되었다고 생각했는데, 다시 원점이다. H가 체포되고 가마구가 나타났던 그날 이후, 나경은 필사적으로 모미를 피하고 있다. 처음 며칠은 곧 있으면 괜찮아질 거라 여겼지만, 나경은 방학을 한 뒤에도 도서관에 간다며 새벽같이 사라져 밤늦게 집에 돌아왔다.

이대로 지내도 문제는 없다. 어차피 약속한 180일까지는 얼마 남지 않았고, 오르골 속 도깨비불 재고도 충분하다. 이대로 나경과 말 한 마디 섞지 않아도 보상을 받을 요건은 충족했다. 그러면 이 이상한 게스트하우스를 나가서 집을 얻을 수 있다. H의 체포로 여론도 뒤집혔으니 복학해도 이전처럼 시비를 거는 사람도 없을 거다. 며칠 전에는 담당 교수가 전화를 걸어오더니 이전에 제대로 상담해 주지 못해 미안했다고, 복학하면 적극적으로 실습 자리를 알아봐 주겠다고 약속하기도 했다. 증여 조건을 지키면 금전적인 지원을 얼마든지 해주겠다고 했으니 복학하는 대신 식당을 차려도 되고, 아니면 잠깐 여행을 다녀와도 좋을 거다. 그저 시간을 흘려보내기만 하면 끝이 올 것이다.

그러나 새벽마다 바깥의 인기척에 귀를 기울이며 언제 나가야 모미와 마주치지 않을까 전전긍긍하거나, 아침도 먹지 않고 뛰어나가거나, 하릴없이 도서관에서 시간을 보내다가 컵라면이나 삼각김밥으로 점심을 때우거나, 저녁까지 쫄쫄 굶고 언제 집에 들어가야 몰래 방으로 직행할 수 있을까 집 근처를 서성거릴 나경의 모습을 떠올리면 어쩔 수 없이 신경이 쓰였다. 적어도 밥은 먹고 다녀야 할 거 아니냐고 소리를 질렀지만 나경은 듣지 못한건지 못 들은 척하는 건지 계속 거실에 얼씬도 하지 않았다. 모미가 나경의 방문 문고리에 걸어둔 도시락도 그대로였다. 손도 대지 않은 도시락을 보면 알아서 먹고 다니겠지 싶다가, 정작 아침이 되면 다시 도시락을 싸게 되었다.

"누가 보면 밥 못 먹여서 한 맺힌 요괴 들러붙은 줄 알겠네."

　부질없는 걱정이라는 걸 알면서도 타인의 끼니를 챙기게 되는 이 마음은 대체 뭘까. 모미의 혼잣말이 겨울의 차가운 공기에 하얗게 흩어졌다. 채 사라지지 않은 한숨의 조각 사이로, 길 아래에서 걸어 올라오는 두 명의 여자가 보였다. 그들이 모미의 바로 앞에 멈출 때까지 모미는 그들에게서 눈을 떼지 못했다. 젊은 여자가 손에 커다란 장미 꽃다발을 들고 있어서도, 눈가가 붉게 짓무를 정도로 펑펑 울고 있어서도 아니었다.

　"이곳이 도깨비불 게스트하우스가 맞나요?"

　젊은 여자를 부축하며 모미에게 묻는 중년의 여자. 옅은 주름이 진 그 얼굴은 김수빈과 똑 닮아 있었다.

　"미안해요. 연락하고 왔어야 했는데."

　유령 같은 사람이다. 맞은편에 앉은 김수빈의 모친, 유정희에 대한 모미의 인상이었다. 김수빈의 빈소에서부터 그렇게 생각했다. 소복을 입고 허공을 헤매던 눈빛. 힘없이 너울거리다가 사라질 것 같던 여자. 연을 끊고 나간 못난 자식이 끝까지 망신살을 준다고 고래고래 소리를 지르던 남자 때문에 유정희의 침묵은 더욱 눈에 띄었다. 그 후 법정에서 마주쳤을 때도, 모미가 진범이라는 루머가 들끓었을 때도 유정희의 입은 굳게 닫힌 채였다. 그렇기에 모미는 더욱더 유정희가 보낸 메시지에 쉬이 답할 수 없었다.

[전해줄 게 있으니 주소를 알려주세요.]

침묵을 뚫고 나온 그 짧은 한 문장이 언어화되지 못한 질책을 담고 있는 것만 같았다.

"그렇지만 오늘… 설날이잖아요. 오늘이 아니면 용기가 나지 않을 것 같아서 왔어요. 주차하고 걸어오는데, 이 사람."

유정희는 옆자리에 앉아 여전히 훌쩍거리고 있는 여자의 등을 가볍게 토닥였다.

"꽈, 꽝이라고 합니다."

여자는 간신히 울음을 멈추고 이름을 댔다. 그러나 차오르는 눈물을 도저히 참을 수 없는지 곧 다시 흐느꼈다.

"이 사람이 엄청나게 울면서 산길을 헤매고 있더라고요. 도저히 그냥 둘 수가 없었어요. 보내준 주소가 게스트하우스였으니 잠깐 쉬어 가게 할 수 없을까 해서 왔습니다."

꽝이 울 때마다 무릎에 놓인 커다란 꽃다발이 사각사각 소리를 내며 흔들렸다. 유정희는 가지고 온 쇼핑백 안에서 공책 한 권을 꺼냈다.

"전해주고 싶다고 한 건 이거예요."

공책이 모미의 앞에 놓였다.

"수빈이 짐을 정리하다가 찾았습니다. 일기장이더군요. 첫 장에… ‘언젠가 소중한 사람에게 전하고 싶다’라고 적혀 있어요.”

모미도 본 적 있는 공책이었다. 파란 바탕에 분홍색과 노란 색 별, 귀여운 여자아이가 별에 걸터앉아 있는 그림이 그려진 공책. 김수빈은 종종 방에 엎드려 이 공책을 펴고 무언가를 쓰곤 했다. 옷이나 신발, 다른 문구류는 모두 단색의 깔끔한 디자인을 선호하던 김수빈이었던지라, 알록달록한 공책은 이질적이었고 그만큼 기억에 남았다.

“그런 걸 제가 받아도 될까요?”

“모르거든요, 나는.”

유정희가 킁, 짧게 코끝을 찌푸렸다.

“수빈이의, 딸아이의 소중한 사람이 누구인지, 누구에게 이걸 전해줘야 하는지. 그렇다고 내가 이걸 볼 자격은… 없으니까. 그러니 부탁합니다.”

유정희는 코끝에 맺힌 땀을 손등으로 꾹 누르며 식탁에서 일어났다.

“운전을 오래 해서 그런지 몸이 좋지 않네요. 혹시 잠깐 쉴 수 있을까요?”

“2층에 손님방이 있어요. 안내해 드릴게요.”

모미는 앞장서서 유정희를 2층으로 안내했다. 유정희는 발소리도 내지 않고 가만히 모미를 뒤따라왔다. 방에 들어갈 때도 무척 조심스러웠고 방문 닫는 소리조차 내지 않았다.

별이 가득한 공책. 어울리지 않는 걸 쓴다고 했을 때 김수빈이 뭐라고 했더라. 기억을 더듬으며 계단을 내려오던 모미는 계단 마지막 칸에서 멈췄다. 복도 바닥부터 천장 끝까지 물이 차올라 있었다. 파도가 산호초 사이에 흰 물결을 일으키는 물속에서 색색의 작은 물고기가 헤엄쳤다. 물방울이 물고기의 꼬리를 따라 떠올랐다 가라앉기를 반복하며 물의 색을 바꿨다. 푸른색에서 붉은색으로, 다시 투명한 연보라색으로. 모미는 물속으로 천천히 걸어 들어갔다. 아주 잠깐, 숨을 참아야 하나 고민했다. 이곳에 처음 왔을 때라면 물에 빠져 죽는 건 아닐지 겁을 먹었을 거다.

하지만 이제는 안다. 이 집에서 일어나는 이상한 일은 대부분 새로운 요괴의 방문을 알리는 신호다. 그리고 그 요괴들은 절대 모미를 해치지 않는다. 모미는 일렁거리는 물살을 헤치며 복도를 가로질러 거실로 돌아갔다. 복도를 가득 채운 물은 거실 안쪽으로 갈수록 점점 줄어들더니 식탁 근처에서는 발목 높이로 찰랑거렸다. 꽝은 여전히 울고 있었는데, 처음 보는 여자가 그 앞에 서 있었다. 바닥까지 늘어진 기다랗고 파란 머리카락이 살랑거릴 때마다 물이 함께 꿈틀거렸다.

"나는 낭간. 인어지."

모미는 반사적으로 파란 머리카락의 여자, 낭간의 다리를 봤다. 청바지를 입고 곧게 뻗은 한 쌍의 다리. 설마 육지에 꼬리 달고 오겠냐는 낭간의 타박에 모미는 머쓱하게 시선을 거두었다. 꽝은 낭간의 목소리가 들리지 않는지 그저 울 뿐이었다.

"나랑 같이 저거 만들자."

낭간이 가리킨 조리대 위에는 음식 재료가 놓여 있었다. 찹쌀가루와 소금, 분홍색과 초록색, 노란색 가루들. 모미는 순순히 낭간을 따라 조리대 앞에 섰다. 게스트하우스를 찾아온 요괴 손님의 부탁은 웬만하면 들어주는 게 좋다는 것도 지난 몇 개월간 터득한 지혜다. 낭간은 찹쌀가루에 소금을 섞어 체에 내렸다.

"익반죽*할 거야. 인어 떡을 만들 거거든."

하얀 찹쌀가루가 낭간의 손에서 하늘하늘 춤추듯 떨어져 체를 통과했다.

"찹쌀가루가 꼭 보석 빻은 것처럼 반짝거리네요."

모미가 냄비에 물을 담아 가스레인지에 올리며 말하자, 낭간은 어깨를 으쓱거렸다.

"당연하지. 인어의 비늘이 섞였으니까."

"농담이죠?"

"인어 떡이라니까. 새로운 관리인이 왔다기에 얼굴이나 보고 갈까 해서 들렀더니 나랑 딱 맞는 인간이 있잖아."

• 가루에 끓는 물을 살짝살짝 부어가며 하는 반죽.

낭간의 머리카락이 발 아래에서 물뱀처럼 살랑거리다가 커다란 물방울을 하나둘 수면 위로 밀어 올렸다. 물방울 속에 식탁에 앉아 우는 꽝의 모습이 나타났다. 물방울 속의 꽝이 식탁에서 일어나자 물방울의 색이 바뀌었다. 색이 바뀐 물방울 속의 꽝은 환하게 웃고 있었다. 꽝의 앞에 한 남자가 무릎을 꿇고 꽃다발을 내밀며 "나와 결혼해 줘"라고 말했다.

"사랑, 사랑. 하여간 그놈의 사랑이 늘 문제야."

냄비가 내뿜는 수증기가 신호인 듯, 낭간이 목청을 가다듬더니 시를 읊었다.

인어가 수영하는 젊은이를 발견하고,

그를 자기 것으로 골라 잡고,

자기 몸을 그의 몸에다 바짝 가져다 대고 웃었다.

그러고는 물속에 뛰어들어

잔인한 행복감 속에서

연인들도 익사한다는 것을 잊어버렸다.[**]

"그거 아니? 인어와 인간의 사랑은 늘 망할 수밖에 없다는 거."

물방울 속 꽝이 꽃다발을 끌어안고 웃었다. 남자와 나란히

[**] 윌리엄 버틀러 예이츠, 김상무 역, 《예이츠 서정시 전집 2: 사랑》, 서울대학교출판문화원, 2014, 55쪽.

골목길을 걷는 꽝의 머릿속으로 지난날들이 스쳐 지나갔다. 그 생각들이 물방울에서 퐁, 퐁 작은 물방울로 떨어져 나와 모미의 눈앞을 떠다녔다. 베트남에서 부모의 반대를 무릅쓰고 한국 대학에 진학한 꽝. 생활비를 벌기 위해 편의점 아르바이트를 시작한 꽝. 불법 체류자는 꺼지라고 소리 지르는 사람에게 아니라고 맞서는 꽝. 이어지는 괴롭힘. 전화기를 붙잡고 고향집에 전화를 걸려다 결국 번호를 누르지 못하는 꽝. 동남아 여자들은 다 돈 많은 남자 잡아서 결혼하려고 한국 온 거 아니냐며 강제로 껴안으려는 술 취한 손님. 꽝을 도와주는 남자. 편의점에 점점 자주 오는 남자. 무채색으로 재생되는 기억들 가운데 남자만 반짝반짝 빛났다. 기억이 흘러갈수록 점점 더 반짝이는 빛은, 꽝이 남자를 얼마나 깊이 사랑하게 되었는지를 알려주었다.

"인어와 인간은 너무나도 달라. 영생을 사는 인어들 눈에 인간은 너무나 보잘것없어. 인간이 쌓아 올린 문명도, 인간의 하찮은 지식도 가소로울 뿐이지. 나를 사랑해서 비늘을 먹고 인어의 세계에서 살아가기로 결심했던 사람. 창포꽃처럼 청초했던 그이. 나를 헌신적으로 사랑했던 그이도 다른 인어의 멸시를 견디지 못했어. 아아, 어쩌겠어. 내 동료들에겐 꼬리 비늘조차 나지 않은 어린아이로만 보였을 테니. 그이는 결국 나를 떠났어. 나 몰래 육지로 돌아가 해변에 발을 디디자마자 순식간에 늙어 죽어 버렸지. 몰랐던 거야. 용궁에서의 십 년이 육지의 백 년이라는 걸."

　작은 물방울이 툭툭 터져 사라졌다. 모미는 가스레인지의 불을 끄고 냄비 속 끓는 물을 스푼으로 떠서 걸러진 찹쌀가루에 넣었다. 한 스푼, 두 스푼, 세 스푼. 물을 넣고 스푼 끝으로 조금씩 가루를 짓이기며 뭉치자 부슬부슬한 가루가 서로 엉겨 붙었다. 이쯤 되면 손으로 뭉쳐야 한다. 모미는 비닐장갑을 꼈다. 한 물방울 속, 남자와 헤어져 산 아래 빌라로 향하던 꽝 앞에 백발 성성한 노인이 나타났다. "감히 외국 여자가 우리 손자를 꼬셔?" 노인의 입에서 쏟아지는 말, 말, 말. 그 말들은 꽝의 나라와 가족을 욕보이고 꽝의 꿈을 부정했으며 무엇보다 꽝의 사랑을 짓밟았다. 노인은 남자의 아버지였다.

　"육지로 올라가 인간인 척, 내 사랑과 함께 지낸 적도 있지. 근데 그럼 또 주변에서 가만두지를 않아. 자기들하고 외모도 다르고, 말도 서툴고, 돈도 없다고 어찌나 나를 멸시하던지. 용궁에 왔던 인간들이 이런 기분이었겠구나 싶었지. 그래도 괜찮았어. 내 사랑과 함께일 수만 있다면. 비극은 내 사랑마저 나를 멸시하는 순간 시작되더구나."

　이제는 본격적인 반죽의 시간이다. 모미는 찹쌀가루를 한 손으로 힘 있게 뭉쳐 봉지에 넣은 다음 조리대에 내리쳤다. 손으로 주무르기만 해도 충분하지만, 꽝의 기억 속 노인의 뒤통수를 후려갈길 수는 없기에 애꿎은 반죽에 화풀이했다.

탕. 탕. 반죽 내리치는 소리가 거듭되자 꽝의 울음소리가 점차 잦아들었다. 꽝은 퉁퉁 부은 눈으로 조리대 쪽을 바라보았다.

"엄마도 지금쯤 떡을 만들고 있을 거예요."

우느라 쉬어버린 꽝의 목소리에 그리움이 묻어났다.

"베트남은 한국처럼 음력 설을 지내요. 엄마는 설날이면 반다론을 만들었어요."

"반다론?"

모미가 묻자, 꽝은 허공에 동그란 원을 그려 보였다.

"쌀가루와 타피오카 가루를 섞어서 만들어요. 반죽을 할 때 코코넛 밀크를 섞는 게 한국과 다른 점일까요. 엄마는 판단잎*과 녹두, 고구마 가루를 섞어서 세 가지 색을 냈어요. 그걸 층층이 쌓아서 케이크처럼 내놓았죠."

모미는 반죽을 조금씩 떼어내 손바닥 위에 놓고 굴렸다. 커다란 덩어리는 곧 수십 개의 동그라미가 되어 조리대 위에 놓였다.

"떡이나 케이크에 색을 입히는 건 어느 나라든 비슷하네요."

"엄마가 그랬어요. 소중한 아이에게 주는 음식일수록 화려한 게 좋대요. 어린아이에겐 액운이 잘 붙으니까 색으로 신을 속여야 한다고요. 자수가 잔뜩 놓인 옷을 입히는 것도 같은 이유래요."

---

* 동남아 요리, 차, 향신료에 주로 쓰이는 식물의 잎.

냄비에 동그란 경단을 하나씩 넣는다. 퐁. 퐁. 동그란 경단이 유쾌한 소리를 내며 물속으로 다이빙해 사라졌다.

"엄마는 언제나 제일 예쁘게 색이 물든 걸 내게 줬어요. 그래서 다른 자매들과 많이 싸웠죠. 한국으로 오던 날에도 반다론을 도시락통에 담아줬어요."

꽝이 무릎에 놓인 꽃다발을 꽉 움켜쥐었다.

"나는 고집스럽게 엄마한테 전화도 안 걸었는데, 생일이 되면 소포가 도착했어요. 고향의 조미료와 자수 놓인 손수건이 들어 있었죠. 그런 엄마인데. 상냥하고 자랑스러운 우리 엄마를 그 할아버지가…."

꽝의 입가에 경련이 일었다. 꽝은 자리에서 벌떡 일어나, 꽃다발을 든 팔을 높이 치켜들었다.

"할아버지랑 가족 되는 거 나도 싫어! 그만둘 거야. 사랑 같은 거, 그따위 거…."

"그래, 좋은 결정이야. 그 사랑을 나에게 팔렴."

발목에 찰랑이던 물이 한순간에 천장까지 치솟더니 모미의 눈앞으로 비늘로 뒤덮인 거대한 꼬리가 유려한 곡선을 그리며 지나갔다. 물결과 하나 되어 헤엄치는 낭간은 아름다웠다. 그동안 낭간의 모습을 보지 못하고 목소리도 듣지 못했던 꽝이, 갑자기 나타난 낭간에게 놀라면서도 눈을 떼지 못했다.

"띠엔까 tiên cá*."

꽝이 낭간에게 홀린 듯, 살랑거리는 낭간의 파란 머리카락을 향해 손을 뻗었다. 낭간이 후후 웃으며 꽝의 주변을 한 바퀴 춤추듯 헤엄치자 파란 머리카락이 꽝을 에워쌌다.

"그래, 나는 인어. 인간의 사랑을 사랑하는 자. 필요 없어진 사랑이라면 내가 사주마. 진주와 산호. 바다의 보물을 골라보렴."

낭간의 손이 물을 휘젓자, 물거품이 빛나는 진주 목걸이와 영롱한 붉은 보석 박힌 머리핀으로 변해 꽝의 앞에 쏟아졌다. 주춤거리며 한 발 뒤로 물러서는 꽝의 뺨을, 낭간의 머리카락이 부드럽게 쓰다듬었다.

"금은보화가 싫다면 더 좋은 걸 주지."

낭간이 다시 물을 휘젓자 냄비 안 경단이 둥실 떠올랐다. 모미는 흰색 경단이 분홍색과 초록색, 노란색으로 바뀌어 포물선을 그리며 날아가는 걸 눈으로 좇았다. 경단은 식탁 위, 꽝 앞에 살포시 놓였다. 낭간이 분홍색 떡을 집어 들었다.

"이걸 먹으면 과거의 한 지점을 원하는 대로 수정할 수 있어."

떡을 쥔 낭간의 손이 물고기를 유혹하는 낚싯대의 찌처럼 흔들렸다.

"과거에 만족한다면 현재의 꿈을 이루어 보렴. 이 초록색 떡

---

* 베트남에 전해져 내려오는 물의 여신. 인어와 닮았다고 알려져 있다.

을 먹으면 지금 이 순간 네가 원하는 쾌락을 모두 가질 수 있어. 왕이 되길 원한다면 그조차도 이루어 줄 수 있지.”

뒷걸음질 쳤던 꽝이 다시 식탁 쪽으로 한 걸음 다가왔다. 찌에 홀린 물고기처럼 시선은 맹목적으로 낭간의 손에 고정된 채였다.

“과거도 현재도 만족한다면 미래는 어때? 이 노란색 떡.”

낭간이 마지막 떡을 집어 들고 꽝의 귓가에 바짝 얼굴을 붙였다.

“이걸 먹으면 영생을 살 수 있어. 하찮은 보통 인간과는 다른, 바다의 일족이 되는 거야. 너의 영혼을 거친 말로 상처 입힌 그 노인네를 세숫대야에 코 박고 죽게 할 수도 있어. 인어는 모든 물을 지배하거든.”

꽝의 시선이 세 가지 색 떡을 빠르게 오갔다.

“자, 원하는 걸 골라. 그 꽃다발은 집어 던지렴.”

“꽃다발을….”

“그래. 대가는 그거면 돼. 너의 사랑을 버리는 거야. 네게 상처를 준 그 비참한 사랑을.”

꽝이 다시 꽃다발을 움켜쥔 팔을 높이 치켜들었다. 아랫입술을 꽉 깨문 꽝의 팔이 부들부들 떨렸다.

“어서, 던져 버려.”

잊어버려. 그깟 사랑. 그 모욕적인 언사가 타인을 통해 표현

된 그의 진심일 수도 있어.

꽝의 마음속 망설임이 새어 나와 물결을 타고 돌아다녔다. 떨리던 팔이 힘없이 아래로 떨어졌다.

"안 돼. 못 해."

꽝은 꽃다발을 품에 끌어안았다.

"나를 욕보인 건 그가 아닌걸요. 그는, 그는 나쁘지 않아요. 그의 사랑을 어떻게 버려요. 못 해요. 난 못 해."

"그 장미의 가시가 칼이 되어 너를 찔러도?"

낭간의 머리카락 끝이 뾰족한 창처럼 변해 꽝을 겨누었다.

"인간은 다 그래. 처음엔 나만 있으면 된다고, 나를 조건 없이 사랑한다고 말했던 이들도 결국 변했지. 내 편이라고 달콤하게 속삭이던 입술에서 '주변 사람들과 잘 지내지 못하는 건 네 탓이야' 같은 말이 나올 때의 절망을 너는 알게 될 거야. 어쩌면 이미 겪었을 수도 있지."

바짝 곤두선 낭간의 머리카락이 꽝의 이마 한가운데를 쿡 찔렀다.

"너는 이 땅에서 영원히 이방인일 거다."

머리카락이 이마에서 뺨으로, 꽝의 얼굴을 쓰다듬으며 내려왔다.

"내가 그랬듯이."

"그건 괜찮아요. 나는 이 나라 사람이 아닌 게 맞아요. 이방인이에요. 그건, 내가 내 나라를 떠나 있어도 영혼의 절반은 바다 너머 내 혈육과 연결되어 있다는 증거이기도 하죠. 난 한 번도 이방인이 아니고 싶었던 적이 없어요."

"뭐? 너의 사랑이 그 사실 때문에 너를 경멸하게 되어도?"

"그렇다면 나도 그 사람을 경멸할 거예요. 하지만 아직은 아니에요. 그가 날 모욕한 게 아닙니다. 그의 가족이 혀에 독을 품었다고 그 독이 그에게 전해졌으리란 법은 없어요."

바스락. 장미꽃을 감싼 비닐이 구겨지며 복도 천장까지 가득 찼던 물이 단숨에 사라졌다. 거실은 언제 바닷속이었냐는 듯 본래의 평범한 모습으로 돌아왔다. 비늘이 반짝이던 낭간의 꼬리도 다리로 변했다. 낭간이 꽝을 꽉 끌어안았다.

"너는 나와는 다르구나."

"원래 살아 있는 건 다 달라요. 우리 모두 이방인이에요."

꽝의 대답에 낭간은 너털웃음을 터뜨리며 꽝을 품에서 놓았다.

"맞아, 그렇지. 네 말이 맞아."

낭간은 조리대로 가서 남은 경단을 고물에 넣고 굴렸다. 곧 색색의 경단이 접시에 소복하게 쌓였다.

"저주가 아닌 행복을 비는 힘을 담았어. 사랑을 원하는 동지의 선물."

낭간이 떡이 담긴 접시를 식탁에 올려놓았을 때였다. 급박한 발소리가 가까워지나 싶더니 유정희가 거실로 뛰어 들어와 식탁으로 돌진했다. 모미가 말릴 틈도 없었다. 유정희는 분홍색 떡을 한 주먹 가득 움켜쥐고 입안에 쑤셔 넣었다. 불룩하게 뺨을 부풀리고 떡을 씹다가 목이 메어 힘겹게 컥컥거리면서도 기어이 삼키는 모습은 유령보다는 원귀에 가까웠다.

"과거. 이걸 먹으면 과거를 바꿔준다고 했죠?"

떡을 삼킨 유정희가 낭간의 팔을 붙잡았다.

"누워 있는데 갑자기 방에 물이 가득 차서, 꿈인가 싶었어요. 물이 윙윙거리면서 말까지 하니까 더욱더. 하지만 꿈이면 어때? 귀신 들린 거라도 좋아. 과거를 바꿔주세요. 사랑이고 내 남은 생애고 뭐든 다 줄 테니 제발, 딸애가 죽지 않게 과거를 바꿔주세요."

유정희의 손톱이 낭간의 팔을 깊이 파고들었다.

"그날, 그 저녁이 좋겠어요. 딸아이가 상담할 게 있다고, 도와달라고 찾아왔던 날. 수빈이는 대학 입학과 동시에 집을 나갔어요. 남편은 주위 사람들에게 원래 우리 딸이 독립적이라고 자랑을 했죠. 역겨웠습니다. 딸은, 수빈이는 쫓겨난 거예요. 대학 합격 발표 날에 수빈이가 자기는 여자를 연애 상대로 여긴다고 커밍아웃했거든요."

모미는 낭간의 옷 위로 점점 뚜렷해지는 손톱자국을 봤다. 초승달을 닮았다. 나 어릴 때 엄마가, 나를 달 같다고 했어. 이마가 보름달처럼 훤하고 둥글다고. 김수빈의 웃음 섞인 목소리가 물속 수초처럼 살랑거렸다.

"그때 남편이, 너처럼 부끄러운 딸은 필요 없으니 부모 자식의 연을 끊자고 했죠. 멀쩡해지면 집에 돌아오라고. 수빈이는 그날 바로 집을 나갔어요. 붙잡고 싶었습니다. 나는 그런 거 아무 상관 없다고, 그냥 네가 행복하면 된다고 말해주고 싶었어요. 하지만…. 남편이 무서웠습니다. 남편은 화가 나면 그야말로 앞뒤를 가리지 않아요. 아니, 이건 다 변명이죠. 내가 아무것도 하지 않았다는 사실은 변하지 않아요."

…쫓겨나긴 했는데 그건 아무렇지 않았어. 아빠, 엄마와 함께 지내는 내내 내가 이방인 같았거든. 내 성지향성을 부모님은 모르니까, 사소한 부분에서 대화가 계속 어긋나잖아. 그 어긋나는 부분을 어긋났다고 말할 수가 없는 거야. 그러니까 그런 거지. 친구들하고 술을 마시는데 내 의견은 묻지도 않고 치킨을 시켜. 한국 사람이라면 누구나 다 치킨을 좋아한다고 생각하니까 물어보지 않지. 난 치킨을 싫어하니까 다른 안주 하나 더 시키자. 그렇게 말하면 눈을 둥그렇게 뜨고 왜? 라고 묻는 거야. 알레르기야? 채식주의자야? 다이어트해? 흡사 치킨을 싫어하려면 반드시 이유가 필요하다는 듯이 굴어. 내가 바라는 건 그냥 다른 안주를 하나 시켜서 모두와 함께 즐겁게 술을 마시는 거야. 치킨이 아니라 고수를 싫어한다고 하면 그렇게까지 이상

하게 보진 않잖아? 고수는 싫어하는 사람이 더 많으니까. 나는 '치킨 좋아 파'에 끼고 싶은 게 아니야. '치킨 싫어 파'도 있다는 걸 인정해 줬으면 해. 그뿐이야. 하지만 우리 부모님은 인정조차 하지 않는 사람들이거든. 그래서 나와 부모님은 계속 어긋났어. 거기에 속하지 못하고 나를 달이라고 불러주는 사랑을 놓아야 했지. 난 다시는 보름달이 되지 못할 거야.

술 냄새 섞인 웃음이었다.

"수빈이가 집에 와서 웬 남자가 자기를 쫓아다닌다고, 스토킹을 당하는데 어찌해야 할지 모르겠다고 했어요. 엄마, 도와줘. 그랬는데."

유정희의 숨 가쁜 목소리가 점점 잦아들었다.

"남편은 남자가 여자를 쫓아다니는 건 정상이라고 말했어요."

꺼지듯 잦아든 목소리는 곧 낮은 흐느낌으로 바뀌었다. 유정희는 낭간의 팔을 붙잡은 채 거실 바닥에 주저앉았다.

"여인아, 네가 먹은 떡은 아무런 효과가 없단다. 그건 너를 위한 게 아니었으니."

낭간의 말에, 유정희의 손이 스르륵 아래로 미끄러졌다.

"그런, 그건…."

"게다가 네가 후회하는 그날 저녁을 바꿔도 네 딸의 죽음은 막을 수 없어. 네 딸의 죽음은 너의 과거가 아니니까."

툭. 유정희의 손이 바닥에 힘없이 떨어졌다.

“그래도 과거를 바꾸고 싶니? 대가로 네 남은 목숨을 전부 내놓으라고 해도? 그럼 한 번의 기회를 주마. 다시 떡을 먹으렴.”

“할게요. 하겠습니다.”

늘어진 손가락 끝이 파르르 떨렸다.

“하루라도 좋아요. 딸아이와 마주 앉아서 이야기하고 싶습니다. 그 애가 내게 하고 싶었던 말이 있으면 뭐든 들어주고 싶어요. 물어보고 싶어요.”

떨리던 손이 꽉, 주먹을 쥐었다.

“수빈이가 세상을 떠나고, 방송국 PD란 사람에게서 연락이 왔어요. 나는 수빈이가 다큐에 출연했다는 것도, 그 사람과 어떤 관계였는지도 몰랐죠. 수빈이가 제일 좋아했던 영화가 뭐였냐고 묻더군요. 중요한 일이라고. 알려줄 수 없었죠. 몰랐거든요. 딸아이가 뭘 좋아하는지, 제일 친한 친구는 누구인지, 애인은 있었는지 등등… 전혀, 아무것도! 수빈이와 같이 살았던 친구가 있단 것도 사건 담당 형사님에게 전해 들었어요.”

유정희는 무릎을 짚고 일어나, 접시에 남은 분홍색 떡 하나를 조심스럽게 집었다.

“그러니까 가져가요. 내 목숨.”

떡을 입으로 가져가는 유정희의 모습에 모미의 입안이 바짝 말랐다. 왜 웃는 걸까. 왜 저런 것까지 닮은 걸까. 말려야 한다고 생각하면서도 몸이 움직이지 않았다.

"안 돼요!"

그때까지 눈만 깜빡거리며 서 있던 꽝이 번개처럼 유정희를 향해 몸을 날렸다. 꽝은 떡을 든 유정희의 손등을 찰싹 소리가 날 정도로 세게 내리쳤다. 떡이 유정희의 손에서 떨어져 바닥을 굴렀다.

"나도 엄마랑 싸웠어요. 툭하면 싸워요. 엄마한테 못 한 말도 잔뜩이라, 죽으면 귀신이 되어서 퍼부어 버릴 거라고 이를 간 적도 있죠. 하지만 엄마가 나 때문에 죽는 건 싫어요! 귀신이 되어서도 편히 잠들 수가 없다고요!"

"그런, 그래도 나는…."

유정희는 머리를 감싸고 주저앉았다. 모미는 식탁 한쪽에 놓아둔 김수빈의 일기장을 집어 들었다.

"저기, 역시 이거 돌려드릴게요."

모미는 주저앉은 유정희에게 다가가 일기장을 내밀었다.

"이전에 수빈이에게 물어본 적이 있어요. 왜 어린애들이나 쓸 법한 공책을 일기장으로 쓰냐고요. 아무리 봐도 수빈이 취향이 아니었으니까요. 수빈이가 그러더라고요. 어릴 적, 자기를 달이라고 불러준 사람이 사 준 거라고. 그때부터 그 사람에게 하고 싶은 말을 조금씩 썼다고요."

모미는 유정희의 무릎 위에 일기장을 살포시 놓았다. 일기장이 금방이라도 바닥에 떨어질 듯 흔들거리자, 머리를 감싸안고 있던 유정희의 손이 황급히 일기장을 붙잡았다.

"어렸을 적에도 단색만 좋아했어요. 나는 딸이니까 좀 더 귀여운 걸 사주고 싶었죠. 그래서 뭘 살 때마다 싸웠어요."

유정희가 고개를 들었다.

"그래서 이 공책도 안 쓸 줄 알았는데, 가끔 거실에 앉아서 뭘 적더라고요. 물어봤더니 일기래요. 어린아이가 진지하게 글을 쓰는 모습이 어찌나 사랑스럽던지."

유정희는 일기장 표지를 조심스럽게 쓰다듬으며 뒤로 넘겼다. 첫 장에 커다란 글씨로 '언젠가 소중한 사람에게 전하고 싶다'라고 쓰여 있었다.

"그러니까 이 소중한 사람."

모미는 손가락 끝으로 그 글자를 가리켰다.

"이건 수빈이의 어머니, 유정희 씨 당신일 거예요."

유정희는 글자를, 어린아이의 뺨을 만지듯 사랑스럽게 쓸어내렸다.

"딱 한 번만, 수빈이에게 잘 다녀왔냐고 말해주고 싶어요."

신음과도 같은 유정희의 중얼거림은 모미의 바람이기도 했다. 결코 이루어질 수 없다고 깨진 거울의 파편이 가르쳐 준 소원이다. 그러나 깨진 파편이라도 소중하게 주워 잘게 빻아, 반짝이는 가루로 만들어 보관할 수는 있을 것이다. 그 반짝이는 가루가 또 다른 소원이 될 수도 있으리라. 곱게 걸러진 찹쌀가루가 둥글고 맛있는 경단이 되었듯이, 체에 걸러질 시간과 색색으로 덧입혀질 추억이 쌓인다면 언젠가 반드시 그렇게 될 것이다.

모미와 유정희는 한참이나 서로의 손을 맞잡고 앉아 있었다. 그것은 두 사람만 이해할 수 있는 추모의 기도였다.

오늘이야말로, 오늘은 꼭.

나경은 현관문 앞에 서서 다시 한번 마음을 다잡았다. 오늘은 도망치지 않으리라. 제대로 해명하리라. 그러나 마음과는 다르게 집 안으로 들어선 순간 발끝을 들고 발소리를 죽이게 되었다.

동굴에 숨어 살던 메두사가 이런 기분이었을까. 아니지, 메두사는 왜 자신의 머리카락이 뱀이 되었는지 이유라도 알았다. 나경은 현관문을 소리 나지 않게 살그머니 닫고 신발을 벗자마자 계단을 뛰어오를 준비를 했다.

해가 바뀌고 오늘까지 하루하루가 흡사 술래잡기다. 엄마는 나경이 옷장 안에 종일 숨어 있어도 찾지 않는 사람이었다. 요괴들이 다 알려줘서 나경이 어디 있는지 빤히 알았으니까. 그래도 좀 찾아주지. 어린 나경은 옷장이며 침대 아래 몸을 숨긴 채 입을 삐죽거렸다.

왜 이렇게 조용한 걸까.

나경은 계단을 뛰어 올라가다 멈췄다. 복도가 울지 않는다. 원래라면 모미가 뛰쳐나오고도 남을 시간이다. 그러고 보니 음식 냄새도 나지 않고, 불도 모두 꺼져 있다. 집에 아무도 없나 싶어 고개를 갸웃거리고 다시 계단을 올랐다. 3층에 도착하자 작은 기침 소리가 들렸다. 나경은 귀를 쫑긋 세우고 소리를 좇아 모미의 방문 앞에 섰다. 콜록. 조금 더 큰 기침 소리가 방 안에서 연거푸 이어지다가 조용해졌다. 혹시 모미가 많이 아픈 걸까 싶어 방문을 살짝 열고 안을 들여다봤다. 침대 위 둥글게 솟아오른 이불 안에서 끙끙, 숨죽인 신음이 새어 나왔다. 정말로 아픈 거라면 큰일이라고 생각하며, 나경은 방 안으로 들어갔다.

요괴는 아프지 않다. 아픈 사람을 간호해야 한다는 상식도 없고, 있다고 해도 그 방법이 어딘가 이상하다. 나경이 어릴 적, 감기에 걸렸을 때 향랑이 간호해 준 적이 있는데 그야말로 끔찍했다. 향랑은 악한 기운을 날려 보내야 한다며 독한 향을 피우고 이상한 냄새가 나는 약초 끓인 물을 마시게 했다. 병원에 가서 주사를 맞으면 된다고 말해도 의원은 믿을 수 없다며 고집을 부린 탓에 감기가 더 심해져서 한참이나 고생했다. 인간세계에 오래 머문 데다가 사람들과 어울려 지내온 향랑이 그 지경이니, 다른 요괴는 두말할 필요도 없다.

아침부터 내내 아팠던 거면 어쩌지. 도망가지 말걸. 얼굴이라도 보고 인사할걸.

나경은 이불 더미를 향해 손을 뻗었다.

이 이불 안이 텅 비어 있으면. 이모도 내게 아무 말 없이 사라져 버린 거라면.

이불의 끝자락을 잡은 나경의 손이 잘게 떨렸다.

"이모."

나경이 몸을 숙여 부른 순간, 이불이 허공에 솟구치며 이불 아래 웅크리고 있던 모미가 덥석 나경의 손을 붙잡았다.

"잡았다."

장난스러운 모미의 말에 나경은 그대로 이불 위로 털썩 엎어졌다.

"오늘 온 손님이 자매가 다섯 명이라 툭하면 싸웠대. 싸우고 나서 냉전이 계속되면 누구 한 명이 아픈 척을 했다는 거야. 그럼 괜찮냐고 물어보면서 화해할 수 있으니까, 그걸로 냉전 종료."

나경은 이불에 코를 박은 채 미동도 하지 않았다.

"나경아, 화났니?"

모미가 나경의 옆구리를 쿡 찔렀다.

"미안해. 장난치려고 한 건 아니었어. 꾀병은 맞지만. 네가 자꾸 날 피하니까 방법이 없잖아."

모미의 변명을 듣던 나경은 결국 미소 지었다.

"그렇다고 다 큰 어른이 꾀병이라니. 유치하게."

"완전 꾀병은 아니었어."

모미는 이불에 얼굴을 박은 나경의 뒤통수를 가볍게 쓰다듬었다.

"정성껏 만든 음식이 남는 건 마음 아픈 일이야. 도시락 정도는 가져가서 먹지 그랬어."

"…자격이 없는 것 같아서요. 이모가 정성껏 만든 도시락을 먹을 자격."

뒤통수를 쓰다듬던 손이 멈췄다. 나경은 이불에 굴을 파서 사라질 심산인 양, 한층 더 얼굴을 파묻었다. 나경의 목소리가 굴 안으로 빨려 들어가듯 잦아들었다.

"나는 어떻게 남들이 그런 걸 보게 되는지 설명할 수 없어요. 왜냐면 나도 모르니까요. 나는 그게 너무 싫고… 한심해요."

"나경아."

모미가 이불째 나경을 옆으로 굴리자, 나경은 버티지도 않고 이불을 끌어안은 채 스르륵 옆으로 넘어갔다. 모미는 그런 나경의 몸을 덮듯이 끌어안았다.

"이제 나는 네가 맛없는 걸 먹거나 배고픈 게 싫어. 이게 무슨 의미인지 모르겠지만, 어쨌든 그래. 그러니까 네가 내 음식을 먹는 데 자격 같은 건 필요 없는 거야. 알았니?"

나경은 이불로 얼굴을 가린 채 고개를 끄덕거렸다.

"알았어요. 이모가 모르는 것까지도 알 것 같아요."

"그게 뭔데?"

　나경은 그저 이불 안에서 얼굴을 내보이며 새초롬하게 웃었다. 누군가 맛있는 걸 먹기를 바라는 마음은 사랑이라는 걸, 나경은 알았다. 그러나 그 사실을 모미에게 말해줄 생각은 없었다. 사랑이란 단어를 입 밖으로 소리 내어 말하는 걸 당당하게 피할 수 있는 건 십 대의 특권이니까. 대신 나경은 모미의 어깨에 바짝 얼굴을 붙이고 속삭였다.

　“다녀왔습니다.”

　나경의 인사는 작지만 또렷했다.

　“잘 다녀왔니?”

　모미는 내일 다시 경단을 만들자고 생각했다. 누군가와 함께하기를 바라는 마음을 담아, 둥글고 둥근 소원을 다시 빚어낼 것이다.

| 여섯 번째 장 |

귀신의 날 : 케이크와 불청객

귀신의 날에는 저승문이 열린다.

나경은 유리창 너머 가지각색의 다양한 케이크가 놓인 진열창을 지그시 바라보았다.

"나경아, 뭐 해? 영화 시작하겠어."

앞서 걷던 유세은이 뒤돌아보며 재촉했다. 나경은 그제야 케이크에서 눈을 떼고 쇼핑몰 안으로 들어갔다. 겨울방학이 얼마 남지 않았으니 하루쯤은 실컷 놀자고 유세은과 의기투합해 시내에 나온 터였다. 하지만 커다란 스크린 속 고양이를 쫓아가는 여자아이의 모험이 전혀 눈에 들어오지 않았다. 영화가 끝나고 유세은과 카페에 마주 앉은 뒤에도 마찬가지였다.

"2학년 되어도 우리 같은 반이면 좋겠다. 제일 최악은 조두형과 같은 반 되는 거지. 요즘은 얌전해도, 언제 또 난리칠지 모르잖아.”

“응, 그렇지.”

“조두형 계속 헛소리하는 거 웃기지 않아? 뱀을 닮은 고양이가 꿈에서 괴롭힌다느니. 자기는 다른 애들을 그렇게 괴롭혔으면서 고작 꿈 가지고 징징거리다니.”

나경은 맞장구를 쳤지만, 머릿속에 자꾸만 아침에 집을 나서기 전의 일이 떠올라 통 유세은과의 대화에 집중할 수가 없었다.

오늘 아침, 모미는 유난히 분주했다. 가스레인지 위에서는 커다란 냄비가 부글부글 끓었고 조리대 위에는 찹쌀이며 밤, 과일이 잔뜩 놓였다. 바쁘게 손을 움직이는 모미 옆에서 향랑이 손질된 밤을 주워 먹으며 “이걸 뭐 하러 다 만드니? 돈 주고 사지. 요즘은 잔치 음식도 다 택배로 부쳐 준다더라” 하며 종알거렸다.

잔치? 귀신의 날에 평소보다 요괴들이 많이 찾아오긴 하지만 잔치를 벌인 적은 없었다. 고개를 갸웃거리며 거실로 들어가던 나경은, 오늘이 마지막 날이라 직접 음식을 만들고 싶었다는 모미의 대답에 가슴이 내려앉았다. 마지막이라니, 무슨 뜻인가 싶었다. 나경이 뛰어 들어가 묻자, 모미는 당황한 듯 몰랐냐고 되물었다.

몰랐다. 모미가 180일 동안만 머무는 조건으로 게스트하우스에 왔다는 걸.

이모가 사라진다. 또다시 혼자가 된다.

포크를 쥔 손에 힘이 들어가 케이크가 엉망으로 뭉개졌다.

"나경아, 너 내 말 안 듣고 있지?"

유세은이 눈을 흘겼다. 조두형 사건으로 따돌림을 겪던 나경에게 유세은이 편지를 건네준 뒤 두 사람은 단짝이 되었다. 밤마다 메시지를 주고받고 영상통화를 거는 친구. 유세은은 나경에게 별별 비밀을 다 털어놓았다. 나경은 이젠 유세은의 아빠가 해외 출장 중이라 엄마와 단둘이 지낸다는 걸, 유세은의 엄마는 베트남에서 한국어 강사였던지라 한국말을 엄청나게 잘한다는 걸, 유세은이 그런 엄마를 아주 좋아한다는 걸 안다. 유세은은 그 모든 걸 재잘거리면서도 나경에게 왜 너는 비밀을 교환하지 않느냐며 서운한 티를 내지 않았다. 나경은 그런 유세은의 태도에 안도하면서도 조금은 서운했다. 그리고 그럴 때마다 자신의 뻔뻔함에 진절머리가 났다.

"응? 아냐. 그러니까⋯."

"거짓말. 무슨 고민 있지? 아까부터 무릎 떨잖아. 넌 고민 있으면 꼭 그러더라."

나경은 얼른 달달 떨리는 무릎을 손으로 꼭 눌렀다. 유세은이 나경 쪽으로 몸을 가까이 내밀었다.

"무슨 일인지 이 언니한테 한번 말해보렴."

"언니는 무슨."

유세은의 넉살에 나경이 피식 웃었다. 털어놓고 싶다. 유세은과 모든 걸 공유하고 어떻게 하면 좋을지 상담하고 싶다. 정답을 얻고 싶은 게 아니다. 그저 혼자 계속 비밀의 장막을 덮고 있는 게 힘들 뿐이다. 나경은 한참 동안 무릎만 만지작거렸다.

"난 가끔 나경이 네가 신기해."

유세은의 말에 나경의 손이 멈췄다.

"신기하다고?"

"응. 말을 곰곰이 곱씹어서 엄청 신중하게 하잖아. 난 그게 안 돼. 엄마도 툭하면 나보고 그래. 넌 뇌랑 입이 연결된 것 같다고."

게다가, 하고 말을 이으며 유세은은 피식 웃었다.

"나경이 너 조두형한테 유치하다고 서슴없이 말했었잖아. 이런 성격인 줄 몰랐거든."

"그때는 좀… 여러 가지 쌓여서 터졌어."

"그런 것도 나쁘지 않아. 덕분에 우리 친구 됐잖아. 화병 나기 전에 하고 싶은 말을 뻥! 하고 터뜨리는 거야."

유세은의 웃음소리에 내내 태풍 속을 떠도는 배에 올라탄 것만 같던 울렁거림이 가라앉았다. 뻥! 하고 터뜨리는 거야. 나경은 유세은의 말을 입속으로 따라 중얼거렸다.

"역시 사 가야겠어. 케이크."

나경은 엉망이 된 케이크를 포크로 푹 찍어 올렸다.

모미는 주차를 한 뒤, 뒷좌석에 싣고 온 상자를 꺼내 품에 안았다. 백설기 한 말이 든 상자는 묵직했다. 기껏 수수팥떡을 다 만든 후에 향랑이 수수팥떡은 귀신을 쫓아낸다고, 그런 걸 게스트하우스의 손님에게 줄 셈이냐고 호들갑을 떨어 급하게 시장 떡집에서 떡을 주문해 가져오는 길이었다.

"아니, 팥빵은 괜찮은데 수수팥떡은 왜 안 된다는 거야? 향랑도 너무하지. 그러면 미리 말을 해주든가, 수수팥떡 다 만든 다음에 알려주는 건 또 뭔데? 당일에 떡 맞춰주는 집 찾기가 쉬운 줄 아나? 아무리 생각해도 향랑한테 속은 것 같아."

듣는 이 없는 푸념이었다. 향랑은 수수팥떡이 완성되자마자 한 보따리 냉큼 챙겨 들고는 자기 산을 돌보아야 한다며 떠났다. 귀신의 날은 온갖 이매망량이 다 돌아다니는 만큼 영역 밖의 요괴가 찾아와 난동을 부릴 수 있기에, 강한 요괴가 한 명쯤은 있어야 한다나. 모미는 향랑이 난동을 부리는 요괴에게 수수팥떡을 내미는 장면을 쉽게 떠올릴 수 있었다.

"그래도 뭐… 나간 김에 변호사도 만났고 정리할 것도 했고."

며칠간의 망설임이 거짓말인 것처럼, 시장을 걷는 동안 결심이 섰다. 모미는 상자를 내려놓고 현관문을 열려다가 주머니에 손을 넣고 안에 든 것을 만지작거렸다. 까끌까끌한 감촉이 손가락 끝에 닿았다.

"어디 있지? 어디지? 분명히 여기야. 여기 있을 텐데."

모미는 낯선 남자의 목소리에 뒤를 돌아봤다. 낡은 점퍼를 입은 남자가 두 팔로 사방을 휘저으며 게스트하우스로 다가오고 있었다. 모미와 눈이 마주친 남자가 허둥지둥 뛰어왔다.

"어린아이. 열셋에서 넷 정도 되어 보이는 여자아이 보셨습니까? 분명 이 근처인데."

남자의 입에서는 심한 악취가 풍겼다. 모미는 남자가 게스트하우스의 음기에 홀린 사람일 거라 짐작했다.

"꼭 찾아야만 합니다. 그 아이는 씨앗이란 말입니다."

문을 여는 모미의 옆에서, 남자는 초조하게 손톱을 물어뜯었다. 이미 너덜너덜한 손톱 아래에서 피가 배어 나왔다.

"계속, 계속 찾아 헤맸는데 보이지 않는 겁니다. 분명히 이 근처인데. 결국 찾지 못하면 어쩌나 싶어 잠도 잘 수 없었습니다. 그 아이를 찾지 않으면 다시 시작할 수가 없습니다. 불안해서 어찌할 수가 없어요."

"아이를 잃어버리신 모양이네요."

"잃어버리진 않았습니다. 숨은 겁니다. 숨긴 걸까요? 어쨌든 찾아야 합니다. 찾아서… 저기, 들어가서 물 한 잔 얻어 마실 수 있을까요?"

모미가 그러세요, 라고 대답하려 할 때였다.

"어, 이모!"

산길 아래에서 나경이 손을 흔들며 뛰어와 모미의 옆에 섰다. 나경은 한 손에 케이크 상자를 들고 있었다.

"여섯 시 넘어서 온다더니 빨리 왔네. 친구랑 영화 잘 봤어?"

"응, 재미있었어요. 이모는 어디 다녀온 거예요?"

"떡 사 왔어."

모미는 현관문을 열고 도어 스토퍼를 내려 문이 닫히지 않게 고정한 다음, 내려놨던 상자를 들고 안으로 향했다. 나경도 집 안으로 들어갔지만, 부츠가 잘 벗겨지지 않아서 일단 케이크 상자를 옆에 내려두고 현관에 걸터앉았다.

"저기, 이모. 오늘 잔치해요? 뭘 위해서?"

나경은 부츠의 끈을 풀며 모미의 등을 향해 외쳐 물었다.

"나도 몰라."

모미도 거실로 들어가며 목소리를 높여 답했다.

"오늘 저녁이 되면 알 수 있을 거라더라."

"뭐예요, 그게."

부츠 끈이 엉킨 탓에 좀처럼 풀리지 않았다. 급한 마음에 손이 자꾸 헛나가 더 그랬다. 무엇을 위한 잔치인지 모르겠지만 저녁이 되면 요괴가 잔뜩 올 거라는 건 확실했다. 그 전에 전하고 싶었다.

"여기 있구나. 여기."

나경이 간신히 한쪽 부츠를 벗고, 다른 쪽 끈을 푸는데 문밖
에서 불쑥 남자가 고개를 들이밀었다. 나경은 손을 멈추고 남자
를 올려다봤다. 끈적한 눈빛이 나경의 전신에 달라붙었다.

"찾았다."

남자가 현관 안으로 몸을 들이밀었다. 나경은 끈끈이 풀에
달라붙은 곤충이라도 된 양 움직일 수가 없었다. 남자의 텅 빈
동공. 그 동공에서 뚝뚝 흘러내리는 탁한 기억이 나경의 눈 깊
숙이 박힌 거울을 불러냈다.

이모가 이 사람에게 들어오라는 말을 했던가.

"허락받지 않았는데도 이 집에 들어올 수 있는 인간은."

그건 악귀나 다름없는 존재일 것이다. 나경의 입술이 달싹거
렸다. 도와줘, 이모. 그러나 목소리조차 엉켜버린 건지 안간힘
을 써도 말할 수가 없었다. 남자의 손이, 지독한 악취가 점점 가
까워졌다.

탕. 문 닫히는 소리가 총성처럼 울려 퍼졌다.

"나경아?"

식탁 아래 상자를 내려놓던 모미의 심장이 덜컹거렸다. 불길
한 예감은 언제나 소나기처럼 예고 없이 쏟아진다. 모미는 다급
히 현관으로 향했다. 현관에는 옆으로 쓰러진 케이크 상자만 놓
여 있었다. 작고 흰 상자에서 쏟아진 케이크를 뭉갠 발자국이
현관 밖으로 이어졌다.

엉망이 되었던 케이크와 어지럽게 흩어졌던 핏자국.

모미는 질끈 눈을 감았다가 떴다.

"안 돼."

이번에도 잃을 수는 없었다.

차갑고 거친 겨울바람이 뺨을 스쳤다. 나경이 온몸에 힘을 주고 버텨도 허리를 감싸고 끌어당기는 남자의 힘을 이길 재간이 없었다. 속절없이 계속 끌려갔다.

"찾았다. 드디어 찾았어. 너지? 그 여자의 아이. 그 여자를 없앤 것만으로는 불안해. 넌 불안의 씨앗이야. 싹틔우기 전에 없애버려야지."

남자는 계속 혼잣말을 중얼거리며 점점 더 깊은 산속으로 나경을 끌고 갔다. 성인 남성과 십 대 청소년의 차이를 염두에 두고도 믿을 수 없는 힘이었다. 나경은 입을 꽉 악물었다.

절대 마음대로 하게 두지 않을 거다.

눈 안쪽이 분노로 점점 뜨거워졌다.

남자의 거울을 통해 알게 된 기억. 그 기억 속에 엄마가 있었다. 슈퍼에서 장을 보는 엄마. 시장에서 옷을 사는 엄마. 카페에서 차를 마시는 엄마. 택시에서 내리는 엄마. 눈썹 끝을 살짝 치켜올리는 엄마. 남자의 기억은 그의 흔들리는 시선만큼이나 혼탁했다. 바닥에 쓰러진 누군가와 그 몸 아래 흥건한 피, 남자의 손에 들린 날카로운 식칼. 흔들리는 주변의 풍경과 엄마의 뒷모습. 봤다. 저 여자는 분명히 봤다. 내가 사람 죽이는 걸 들키고 말았다! 감쪽같이 해치울 수 있었는데. 저놈을 죽여 간신히 빚에서 벗어나 새 삶을 살 수 있게 되었는데 저 여자가 나불거리면 모두 끝이다. 없애야 한다. 없앨 것이다. 시동을 끄지 않고 오토바이에서 내리는 배달 기사. 남자는 오토바이에 올라타 헬멧을 뒤집어쓰고 속도를 최대로 올렸다. 쾅. 오토바이가 엄마를 쳤다. 바닥에 쓰러진 엄마는 꼼짝하지 않았다. 아아, 누가 좀 도와주십시오. 술에 취해서 그만. 남자는 과장되게 울부짖었다.

교통사고라고 했었다. 혼란스럽기만 했던 여름에, 나경이 알수 있던 엄마의 증발에 대한 정보는 오직 그뿐이었다. 사고 때문에 저승문이 예정보다 빨리 열렸다던 그 두루뭉술했던 말. 그러나 남자의 기억이 나경에게 진실을 알려주었다. 엄마의 사고는, 사고가 아니라 의도된 범죄였다.

이 남자 때문에 엄마가 사라졌다.

"술 먹고 사람 쳤다 하면 좀 봐줄 줄 알았더니 사람을 반년이나 감옥에 처넣더라 이거야. 그년만 아니었으면 그런 고생 하지 않아도 됐는데! 아니야. 그건 중요하지 않지. 중요한 건 앞으로의 일이야. 말해봐, 어린것아. 네 어미에게 들었지? 내가 사람

죽인 거 봤다고 들었지!"

남자가 거칠게 나경을 끌어당겨 자기 몸 앞으로 돌려세웠다. 발아래는 절벽이었다.

"요, 용서하지 않을 거야."

나경은 비명 대신 분노를 입 밖으로 밀어냈다. 분노가 몸 안에 들끓어 금방이라도 터질 것만 같았다. 온몸을 돌아다니며 휘젓는 열이 눈가로 몰려 바늘 끝에 찔린 것처럼 욱신거렸다.

"용서? 용서는 내가 해야지! 너희 때문에 내가 이 고생을 하고 있는데!"

남자의 손이 나경의 뺨을 우악스럽게 움켜쥐었다. 나경은 눈에 잔뜩 힘을 주고 남자를 노려보았다. 울고 싶지 않았다. 그저 눈앞의 이 남자에게 벌을 주고 싶었다. 하지만 어떻게? 이 남자는 거울을 봐도 놀라지 않았다. 엄마를 해친 기억이 이 남자에게는 어떤 의미인 걸까. 적어도 후회하고 있지 않다는 건 분명했다. 거울이 나타났을 때 남자의 표정이 그 증거였다. 그저 증오로만 불타던 그 표정. 남자는 분명 경찰에게 엄마가 의식불명 상태가 되었다고 전해 들었을 거다. 그럼에도 엄마가 나경에게 목격한 것을 말했을 거라는 망상에 사로잡혀 있다. 제정신이 아니란 증거였다.

이득을 위해 타인을 해쳐 아我를 잃어버린 존재. 이런 사람에게 어떻게 대가를 치르게 할 수 있을까. 무엇이 벌이 될까.

나경의 동공 속에서 불꽃이 타올랐다. 불꽃은 순식간에 커다란 강이 되었다. 눈앞에 환각이 드리워졌다. 불꽃의 강변에 선 나경은 강 너머에서 검은 불꽃이 너울거리며 손짓하는 걸 봤다.

이쪽으로 와, 이쪽으로. 인간 아닌 존재가 그쪽에 있으면 힘들기만 할 뿐이야. 그러니 이쪽으로 와서 힘을 가지렴. 인간이지만 금수보다 못한 이들을 혼내주렴.

검은 불꽃의 손짓은 매혹적이었다.

그렇다. 인간으로 있어 봤자 좋은 거 하나 없다. 향랑도, 다른 손님들도 다 요괴다. 엄마는 돌아올까? 정말로 돌아올까? 벌써 반년이 되어가는데? 엄마가 돌아오지 않으면 내가 인간으로 있을 이유가 있나?

나경이 강 너머로 손을 뻗자, 검은 불꽃이 나경의 손을 휘감았다.

그만두자. 인간을 포기하고 저쪽으로 가자.

강한 충동이 나경을 사로잡았다.

"으악! 이, 이게 뭐야!"

"나경아!"

남자의 비명과 모미의 부름이 동시에 울렸다. 나경은 환각에서 깨어나 앞을 봤다. 얼굴과 옷이 흙투성이가 된 모미가 서 있었다.

"괴물! 괴물이다!"

괴물이라니. 이 남자는 왜 이리 시끄러울까. 나경이 남자의 손에서 벗어나려고 팔을 크게 휘두르자 검은 불꽃이 나경의 팔을 따라 포물선을 그렸다. 나경은 그제야 자신의 손과 팔, 어깨와 양다리, 몸 전체가 검은 불꽃에 휩싸였다는 사실을 깨달았다. 하지만 전혀 뜨겁거나 아프지 않았다. 이상하다는 생각도 들지 않았다. 어딘가 부족했던 부분이 채워진 듯 만족스러웠고 뭐든 할 수 있을 것 같은 고양감이 온몸에 넘쳐흘렀다. 아무리 몸부림쳐도 꼼짝도 하지 않던 남자가 단번에 밀려나 바닥에 주저앉았다. 나경은 부들부들 떠는 남자를 내려다봤다. 지금이라면 남자를 죽일 수 있을 것만 같았다.

"괴물이다! 역시 너희는 악마였어! 내 미래를 망치러 온 거지! 그래, 내가 이렇게 된 것도 모두 나쁜 괴물인 너희가 조종한 거야."

저 듣기 싫은 혼잣말을 이 세상에서 없애버릴 수 있다면 무엇이든 하리라. 나경은 남자를 노려보며 한쪽 팔을 치켜들었다. 일렁거리던 불꽃은 수십 개의 끝이 뾰족한 칼날로 변해 남자에게로 향했다. 살려달라고 비는 남자의 목소리는 더 이상 나경에게 들리지 않았다. 빨리 힘을 휘둘러보고 싶은 욕망이 두꺼운 장막이 되어 주변을 모두 덮어버린 듯했다. 이걸 휘두르면 정말로 인간이 아니게 될 거란 예감이 들었지만, 어찌 되든 상관없었다.

인간으로 있어야 할 이유 따윈.

"나경아, 그만둬!"

모미의 외침이 장막을 뚫고 들어왔다. 남자를 향해 다가가던 나경이 주춤 멈췄다. 날카로운 불꽃의 칼날은 여전히 남자를 향한 채였다.

"왜요? 왜 그만둬야 해요? 이 남자가 엄마를 해쳤다고요!"

"그건… 그 심정은 이해해. 하지만 그래도 네가 직접 그 남자를 해치는 건 안 돼."

"왜요?"

모미는 말문이 막혔다. 법과 제도화된 인간 사회가 처벌하지 못한 악인을 피해자 혹은 피해자를 소중히 여기던 이가 단죄하면 안 되는 이유는 대체 뭘까. 머리로는 알고 있다. 사회의 질서를 유지하기 위해서다. 범죄 피해를 본 모두가 사적 제재에 나서면 피해자와 가해자가 연쇄의 굴레에 갇혀 서로 꼬리잡기하다 되니까. 억울한 사람이 생길 수도 있으니까.

하지만 당사자가 되면 그 모든 이유들이 쉽게 납득되지 않는다는 걸 모미는 알고 있었다. 김수빈의 사건 이후 몇 번이고 직접 H를 벌할 수 있기를 바랐다. 돈이 있다면 청부업자라도 고용하고 싶었다. 찾아가서 찌르지 않은 건, 어설프게 찔러서 죽이지 못하면 오히려 H의 감형 요소가 되지 않을까 염려스러웠기 때문이다. 이성과 감정은 늘 궤를 같이하지 않는다. 하물며 제도가 불공평하게 여겨질 때는 더욱 그렇다. 먼저 경험해 봤기에, 모미는 나경에게 이성을 강요할 수 없었다.

"왜냐하면… 내가 싫어. 나경이 네가 저런 사람과 엮이는 게 싫어. 사람을 해치면 후회한다 어쩌고 하는 문제가 아니야. 저런 사람은."

모미는 손끝으로 남자를 가리켰다.

"똥 덩어리야."

"…똥이요?"

"그래. 그것도 아주 거대한 똥 덩어리. 네가 달려들어 봤자 치우지 못해. 오히려 냄새가 옮아 더러워질 뿐이지. 저걸 치우는 일은 어른들의 책임이야. 어린 네가 할 필요가 없어."

"이모가 싫으니까 그만두라고요?"

나경이 어이없다는 듯이 실소를 지었다.

"이모가 뭔데요? 어차피 이모도 나 놔두고 갈 거잖아요."

검은 불꽃이 치솟아 오르며 커졌다.

"진짜 다 싫어. 날 위한다고 하면서 아무것도 알려주지 않아."

커진 불꽃이 검은 날개처럼 보였다. 나경이 금방이라도 날아가 버리는 건 아닐까. 모미는 주머니 속에 든 물건을 꽉 움켜쥐었다.

"나만 두고 갈 거면서!"

나경이 소리를 지르자, 날개가 크게 펄럭거리며 사방에 불꽃을 흩뿌렸다. 남자가 뜨겁다고 소리를 지르며 머리를 양손으로 감싸고 바닥에 납작 엎드렸다. 모미는 주먹을 꽉 쥐고 나경을 향해 한 걸음씩 다가갔다. 공중에서 떨어진 불꽃이 모미의 머리카락 끝을 태웠다. 한 걸음, 또 한 걸음. 나경에게 가까워질수록 불꽃의 열기가 더해져 숨을 쉬기가 어려웠다. 모미가 다가갈수록 나경은 조금씩 시선을 바닥으로 떨구며 몸을 움츠렸고, 결국 깨어나기를 기다리는 둥글고 검은 알처럼 되었다.

"나경아."

모미는 알이 된 나경을 끌어안았다. 그러고 나서 손에 쥐고 온, 색색의 실을 꼬아 만든 팔찌를 나경의 팔목에 채웠다.

"색을 많이 쓴 물건은 액운을 막아준대. 떡 찾으러 시장 갔는데 이걸 보니까 네 생각이 나더라. 인정할 수밖에 없었지."

나경이 고개를 살짝 들어 팔찌를 봤다. 검은 불꽃으로 가득 찼던 동공에 팔찌의 색이 맺혔다. 촘촘히 어우러진 파란색과 노란색, 흰색과 붉은색이 단조로운 검은색을 물들였다.

"난 떠나지 않아."

약속한 기한을 채우고도 게스트하우스에 거주해도 되냐고 모미가 묻자, 변호사는 일순 당황한 기색을 숨기지 못했다. 왜 그런 곳에, 라고 묻고 싶은 걸 꾹 참는 표정이었다. 모미도 자신의 결정이 바보 같다는 걸 알았다.

김수빈의 말대로다. 사랑은 사람을 바보로 만든다.

고양이처럼 발소리 죽여 걷는 작은 아이.

그 아이를 사랑하게 되었음을 모미는 인정해야만 했다.

"나는 지켜봐 주는 사람 없이 혼자 어른이 되었어. 그래서 나는 네가 어른이 되는 걸 지켜보고 싶어."

알 속에서 어린 새가 깨어나듯 웅크린 몸을 편 나경이 모미를 끌어안았다. 낙화처럼 흩날리던 불꽃도, 검은 날개도 흔적 없이 사라졌다.

"이모, 나 사실은요."

나경이 입을 열었다.

"이, 이 괴물!"

그러나 남자의 고함이 나경의 말허리를 잘랐다. 엎드려 있던 남자가 번개처럼 몸을 일으켜 나경에게 달려들었다. 남자는 투우사가 흔드는 천에 달려드는 소처럼 나경의 옆구리로 돌진했다. 남자의 무게에 떠밀린 나경은 모미를 놓치고 그대로 절벽 아래로 떨어졌다. 다급히 뻗은 모미의 손이 허공을 헛돌았다.

"나경아!"

나경의 비명과 남자의 기분 나쁜 웃음소리가 뒤엉켜 절벽 아래로 사라졌다. 모미의 얼굴이 경악으로 일그러지며 뻗었던 손이 툭 아래로 떨어졌다.

바람이 불었다.

숲 전체가 울며 바람에 흔들렸다. 모미는 비슷한 감각을 겪은 적이 있었다. 화도의 울음과 공명했던 집의 흔들림과 닮은 감각이다. 게스트하우스가 위치한 아래 산기슭 쪽에서 푸른 도깨비불이 줄지어 날아와 절벽 아래로 사라졌다.

"빨리 오기를 잘했지."

맑은 목소리가 바람에 섞였다. 도깨비불을 근두운처럼 밟고 올라탄, 품에 나경을 안은 여자의 모습을 모미는 넋을 잃고 바라보았다. 땅으로 내려선 여자가 고양이처럼 올라간 눈꼬리 끝을 접으며 웃었다. 모미에게 다가온 여자가 허리를 굽혀 모미의 이마에 가볍게 입을 맞추었다.

"약속대로 기다려 줬구나. 내 동생."

여자, 다미의 갈색 머리카락이 헤어졌던 그날처럼 모미의 뺨을 부드럽게 간지럽혔다.

저승 탑돌이를 하고 왔단다.

내 반려를 만났지? 그래, 가마구. 이 산의 주인. 그와의 혼인으로 나는 선택할 수 있게 되었단다. 사후 인간의 육체를 벗어나 요괴가 되어 영생을 살 것인가, 아니면 여덟 개의 지옥에 하나씩 자리 잡은 환생탑을 180일 안에 모두 돌아서 이승으로 돌아올 것인가. 탑돌이를 하면 후에 요괴가 되어도 영생을 살 순 없게 돼. 인간으로 돌아온 다음 육신이 버틸 수 있는 기간은 십 년 정도일까.

불완전하지. 가마구는 내가 탑돌이하는 걸 반대했어. 요괴가 되어 자기 옆에 있어 주기를 바랐지. 요괴가 된 후에도 향랑처럼 인간세계에서도 제한 없이 지낼 수 있으니 굳이 탑돌이를 할 필요가 있냐고 말했지. 하지만 나는 그래야만 했어. 나경이 성인이 되기도 전에, 나경을 놓고 떠나는 날이 올 것을 예견한 순간부터 마음먹은 일이었지. 나는 그걸 죽음이 아닌 잠시간의 외출로 만들어야만 했어. 미래를 어그러뜨리는 유일한 방법이 탑돌이였지. 탑돌이를 마치면 내게는 선택권이 주어질 테고, 그건 내가 일방적인 죽음을 맞이할 가능성을 제로로 만든다는 의미니까 말이야.

나경과 시선이 마주쳤을 때 이상한 환영을 본 적 있지? 그거 나한테서 물려받은 능력이야. 엄마가 이상한 게 보인다고 난리 쳤던 거 기억나지? 그래, 나와 멀어진 후에도 그랬구나. 나와 엄마는 둘 다 '보는' 인간이었어. 엄마는 왜 그런 현상을 겪는지 이유도 몰랐고 힘을 다스리는 방법도 몰랐어. 응? 두 사람이 이혼한 게 엄마의 능력 때문이냐고? 글쎄. 그것만은 아닐 거야. 아빠도 그다지 좋은 사람은 아니었거든. 나쁜 어른에 가까웠지. 자세한 건 나도 잘 모르지만, 엄마는 나를 자기에게서 멀리 떨어뜨려 놓으려고 이혼에 동의했을 수도 있겠지. 엄마는 자기가 이상한 걸 보는 게, 신내림을 받지 않아서 그런 거라고 여겼던 것 같거든. 어릴 적 내가 종종 이상한 게 보인다고 할 때마다 자기가 받지 않은 신내림이 나한테 가면 어쩌냐면서 울었거든.

아니야, 그건 신내림과는 상관없어. 감각적으로 비슷할 수는 있겠지. 저승의 물건을 품고 태어난 탓에 생기는 능력이거든. 그걸 다루는 법을 제대로 익히지 못하고 시간이 흐르면, 뭐랄까 점점 현실 감각이 둔해져. 죽음에 대한 공포가 옅어져서 위험한 일을 아무렇지 않게 여기게 되고, 상식을 벗어난 일을 저지르게 돼. 사람 많은 대로를 걷다가 갑자기 아무것도 없는 사막 한 가운데에 서 있게 된다고 상상해 봐. 당혹스럽겠지. 그런데 그런 일이 너무 자주 발생하니까 나중에는 대로 한가운데서 나체로 춤을 춰도 주변 사람들의 시선을 아랑곳하지 않게 되는 거야. 왜냐하면 나는 대로에 서 있는 동시에 사막에 혼자 있으니까. 그 두 공간이 겹치는 경계선에 있는 한 아무도 내게 관여하지 못할 걸 아니까. 그 혼돈은 결코 싫지만은 않아. 오히려 매력적이지.

그러나 결국은 사람을 고독으로 이끌더구나.

나는 나경이, 내 딸이 그런 외로움을 겪기를 원하지 않아. 그렇기에 인간으로 나경의 옆에 머물고 싶었어. 나경은 어릴 적부터 여기서 요괴와 어울리며 컸거든. 그게 나경이 인간과 어울리는 걸 어렵게 만들었다는 사실을 나중에야 알았어. 어이가 없더

254

라. 나도 분명히 그런 십 대를 보냈는데, 막상 내가 어머니가 되니 딸의 어려움을 눈치채지 못한 거야. 아아, 나도 감각이 많이 일그러졌구나 싶었지. 향랑하고 대화를 해봐서 알지? 인간과 요괴는 같은 언어를 사용해도 완벽하게 소통할 순 없어. 서로 이해하는 범위가 다르지. 이를테면 모미 넌 내가 죽은 줄 알았을 거야. 향랑이 내 육체가 병원에 있다는 걸 말해주지 않았을 테니까. 향랑이 너에게 일부러 정보를 감추려고 한 게 아니야. 향랑은 요괴고, 요괴에게 혼이 이승과 저승을 오고 가는 건 당연한 일이니까. 나경에게도 자연스러운 일이었을 테고. 나경은 인간과 요괴 양쪽의 감각을 모두 이해하니, 그만큼 더 혼란스럽기도 했을 거야.

그러니 내가 완전히 요괴가 되어 봐. 나경의 혼란이 더 커질 거 아냐. 가마구의 반대 따위에 뜻을 꺾을 순 없었지. 가장 망설였던 부분이라면 탑돌이에 대해 나경에게 말할 수 없었다는 걸까. 어떻게 말해? 지옥에 간 영혼이 돌아오면 멀쩡해지지만, 돌아오지 못하면 어찌 될지 모른다고. 진짜 몰랐어. 탑돌이에 실패하면 어떻게 되는지. 가마구도 향랑도 모르더라. 탑돌이에 나선 게 이제까지 나 한 명뿐이었거든.

너를 왜 이곳, 게스트하우스에 불렀냐고?

나경은 가마구의 피 때문에 나보다 가진 힘이 커. 아까 봤지? 그 힘은 자꾸 나경을 집어삼키려고 할 거야. 나경이 자신의 선택으로 요괴가 되는 것과 힘에 삼켜져 강제로 요괴가 되는 건 완전히 다른 문제지. 나 혼자서 이 아이를 붙잡아 둘 수 있을지 걱정이야.

그래, 모미야. 내 동생아. 너를 여기로 부른 건 내 이기심이야. 누군가 나경과 함께 있어주기를 바랐어. 너를 계속 그리워했다고 말하면 너는 믿을까? 그 그리움이 인간의 삶을 포기하려던 나를 지탱해 주었다는 걸 믿어줄까? 그마저도 이기적인 바람이라는 건 알아.

나경이는 성인이 되면 선택하게 될 거야. 계속 인간으로 살아갈지, 아니면 요괴가 될지. 그 전까지 힘에 끌려가지 않도록 도와야 해. 모미 네가 나경의 누름돌이 되어줬으면 해. 그러니까, 그러니까 그게 무슨 의미냐면.

무릎에 누운 나경의 머리를 쓰다듬던 다미의 손이 멈췄다. 나경은 게스트하우스에 돌아온 뒤에도 좀처럼 정신을 차리지 못했다. 거실 한복판에 앉아 나경을 무릎에 누이고, 모미와 마주 앉은 다미는 천천히 감춰두었던 이야기를 들려주었다.

"그런데 모미 너, 내가 나타날 때 생각보다 놀라지 않더구나."

다미가 잠깐 말을 끊더니 화제를 바꾸었다. 모미는 그런가,

라고 눈알을 한 바퀴 굴렸다. 놀라긴 했다. 왜냐하면 이제까지 다미가 죽었다고 생각했으니까. 다미가 병원에 입원한 상태였다니 몰랐다. 김 변호사가 다미를 두고 "먼 길 떠나셨습니다"라고 말하기도 했고, 나경이나 향랑이 다미가 돌아온다는 식의 말을 했을 때도 어디까지나 은유적인 표현인 줄로만 알았다. 가마구 때도 그렇고 이 게스트하우스에는 은유란 없는 모양이다. 그럼에도, 이 상황을 덤덤하게 받아들이고 있는 건 역시 이곳에 익숙해졌기 때문일 거다. 인어가 이승에 나와 떡을 만들면 사람이 저승에 좀 다녀올 수도 있겠지 싶었다. 모미의 답에 다미는 깔깔 웃었다.

"익숙해졌구나. 좋네. 그러면 앞으로도 같이 지내자."

모미는 봤다. 다미가 그렇게 말한 순간, 누워 있는 나경의 눈가가 움찔 떨리는 것을. 모미는 저도 모르게 작게 웃었다.

"그 남자는 괜찮을까? 경찰에 연행되었다곤 해도 다시 찾아오지 않으리란 보장이 없잖아. 나경이가 혼자 있을 때를 노릴 수도 있어."

"그거라면 걱정할 거 없단다."

다미가 주머니 안에서 찢긴 옷자락을 꺼내 거실 바닥에 놓았다. 절벽에 떨어진 남자가 남긴 흔적이었다. 남자는 절벽에서 떨어졌음에도 다리를 약간 절뚝거렸을 뿐 멀쩡히 산길로 도망치다가 경찰에 붙잡혔다. 연행되어 가면서도 남자는 계속 "그건 꼭 내 손으로 죽일 거야!"라며 소동을 부렸다고 했다. 경찰은 남자가 한 달 전에 출소했으나, 그 후 뒤늦게 살인 사건의 용의자로 수사망에 올라 추적 중이었다고 알려주었다. 사실상 범인이라 아마 다시 죗값을 치르게 될 거라는 설명이 그나마 위안이 되었다.

"물건은 그 사람과 연결되는 법이지."

다미가 허공에 손가락을 튕기자, 옷자락 위에 너울너울 경찰서 유치장에 갇힌 남자의 모습이 떠올랐다. 남자는 핏발 선 눈으로 혼잣말을 중얼거리며 유치장 안을 서성거렸다.

"저 혼탁한 눈을 봐라. 혼도 사라지고 욕망만이 남았어. 저 사람의 살인 현장을 목격했을 때 예견했어. 어차피 잡히겠구나, 하고. 그래서 깊이 관여하지 않았는데, 이럴 줄 알았으면 손을 쓰고 떠났을 거야."

다미가 혀를 차며 다시 손가락을 튕겼다. 유치장의 벽 한쪽이 아이스크림처럼 녹아내리더니 마리가 덩실덩실 구멍 속에서 걸어 나왔다. 남자의 눈에는 마리가 보이지 않는 듯했다. 마리는 남자의 주변을 빙글빙글 돌며 춤을 췄다. 마리의 춤이 이어지자 험악하게 치켜 올라갔던 남자의 눈매가 점차 누그러졌다. 마리가 춤을 끝내고 다시 벽 안으로 사라진 후, 남자는 더 이상 욕을 하지도 서성거리지도 않았다. 유치장 한쪽에 멍하니 앉은 남자의 눈동자에는 아무것도 비치지 않았다.

"장자마리는 삿된 것을 정화하지. 저자에게는 욕망만이 남아 있는데, 그 욕망이 먹혔으니 이젠 남은 게 없어. 빈껍데기로 산송장처럼 살아가겠지."

허공에서 남자의 모습이 사라졌다.

"그래서, 대답은?"

다미가 재촉했다. 잠든 척 누워 있던 나경의 손이 꼼지락거리며 다가와 모미의 손등을 툭 쳤다. 모미는 보란 듯이 팔찌를 흔드는 나경의 손을 살며시 붙잡았다. 나경이 눈을 뜨고 모미를 올려다봤다. 모미는 나경과 눈을 맞추며 미소 지었다.

"내가 지금 여기 있는 게 대답이야."

나경이 벌떡 일어나 거실을 나가더니, 망가진 케이크 상자를 들고 돌아왔다.

"오늘을 특별한 날로 만들고 싶어서 샀는데, 이래선 못 먹겠네요."

모미는 풀 죽은 나경의 손에서 찌그러진 케이크 상자를 건네받았다.

"괜찮아. 생크림으로 다듬어서 다시 만들면 돼."

"고칠 수 있어요?"

바닥에 떨어져 엉망이 되었던 케이크. 그 케이크는 되돌릴 수 없다. 하지만. 모미는 고개를 끄덕였다.

"빵은 멀쩡하니까."

계단에 도깨비불이 너울너울 피어났다. 곧 계단을 가득 덮더니 복도와 거실까지 푸른 빛이 집 안 가득 찼다.

귀신의 날, 잔치의 시작이다.

일 년 후, 정월 대보름

집을 나서던 나경은 현관에 놓인 다미의 신발을 봤다. 다미가 돌아온 지 어느새 1년 남짓 지나 내일이면 다시 정월 대보름이다. 계절이 한 바퀴 도는 동안 게스트하우스는 다미와 모미, 두 사람의 공동 운영 체제에 익숙해졌다. 그것은 곧 게스트하우스를 드나드는 요괴들이 모미를 인정했다는 의미이기도 했다.

그러나 나경에게는 도저히 익숙해지지 않는 것이 있었다.

"진짜 전혀 닳지를 않네."

나경은 다미의 신발을 들어 밑창을 살폈다. 신발은 1년 전과 비교해 조금도 해지지 않았다. 신발뿐만이 아니었다. 다미는 머리카락도 자라지 않았고 음식을 먹지 않아도 배가 고프지 않다고 했다. 저승 순례를 다녀왔으니 이 정도 변화는 당연하다고 태연하게 받아들이는 다미를, 나경은 이해할 수 없었다.

엄마, 엄마는 요괴가 된 거야? 다시 말도 없이 훌쩍 사라질 수도 있는 거야? 영생을 포기했다면, 인간으로서의 수명도 줄어든 거야? 내가 성인이 되어서 요괴든 인간이든 어느 한쪽을 선택하면 엄마와 함께 지낼 수 없게 되는 거야?

엎힌 듯 쌓였던 의문은 다미가 돌아온 뒤 해소되기는커녕, 1년 사이에 층을 더해만 갔다. 오늘이야말로 물어보겠노라 다짐했다가도 어떤 답이 돌아올지 무서워 번번이 포기했다.

무섭다. 하지만 무섭다고 말할 수는 없다.

"다녀오겠습니다."

나경은 팔에 찬 팔찌를 만지작거리며 집을 나섰다. 불안해지면 모미가 준 팔찌에 색색이 수놓아진 문양의 질감을 어루만졌다.

1년 사이 몸에 익어버린 나경의 버릇이었다.

"아무래도 엄마가 이상해."

이번에 영화에 집중하지 못한 건 유세은이었다. 패스트푸드점에 자리 잡고 앉자마자 입을 연 유세은의 표정은 평소와 달리 진지했다.

"한 달 전부터 엄마가 밤이 되면…."

"밤이 되면?"

"자꾸 현관의 신발을 집 안 곳곳에 숨겨."

"뭐야, 그게. 별일 아니잖아."

나경은 무심히 햄버거 포장지를 벗겼다.

"아니야. 심각해. 아빠가 세 달 전에 다시 해외 출장 갔거든. 아빠 출장 끝나서 돌아왔을 때 엄마가 얼마나 기뻐했는데, 세 달 만에 다시 출장! 또다시 생이별! 엄마가 엄청나게 우울해했어. 인터넷 찾아봤는데 우울증이 심해지면 밤에 몽유병 같은 증상을 보이기도 한대. 엄마 요즘 우울하다고 밥도 잘 안 먹어. 원래 나랑 같이 라면 세 개 끓여서 밥 말아 먹던 사람이!"

유세은은 한숨을 쉬며 햄버거를 베어 물었다.

"뭔가, 엄마 기분을 좀 나아지게 할 이벤트 없을까? 아빠가 없으니까 내가 뭐든 해야 하는데 도통 아이디어가 떠오르지 않아. 쇼핑 가자고 해도 싫다고 하고, 영화도 보고 싶은 게 없대. 이것도 엄마답지 않아. 원래는 내가 같이 외출하자고 하면 신나서 준비하던 사람인데."

"서프라이즈 선물 같은 건?"

"벌써 했어. 엄마는 장미꽃 한 송이만 받아도 콧노래를 부르거든? 근데 꽃을 한 아름이나 사 갔는데도 아무 반응이 없었어. 화병에 꽂지도 않더라니까. 나 그때 좀 상처받았어."

유세은의 하소연에 고개를 끄덕이며 감자튀김을 집던 나경의 손이 멈췄다. 유세은의 어깨에 어른어른 요괴의 기운이 느껴졌다.

다미가 돌아온 후에도 나경의 힘은 사라지지 않았다. 오히려 강해졌다. 이제는 게스트하우스 밖에서도 요괴의 기척을 알아차릴 수 있게 되었다. 그건 꼭 타버린 잿더미 같았다. 가끔 어떤 잿더미에서는 지독한 냄새가 났는데, 그런 흔적을 남긴 요괴와는 마주쳐서는 안 된다는 걸 나경은 직감으로 알았다. 다행히 유세은의 어깨에 묻은 요괴의 기운에서 지독한 냄새는 나지 않았다.

"세은아, 우리 집에 올래?"

그래도 그냥 둘 수는 없다. 혹시 요괴가 들러붙은 건 아닌지, 들러붙었다면 어떤 요괴인지 살펴볼 필요가 있었다.

"내일이 정월 대보름이잖아. 약식 만들 거거든. 너도 엄마랑 우리 집에 와서 같이 만들자. 너희 엄마, 계속 나 만나보고 싶어 했잖아."

"그렇지. 내가 하도 네 이야기를 하니까. 진짜 가도 돼?"

"그래. 내가 엄마한테 전화해 달라고 할게. 따님하고 같이 오셔서 하룻밤 묵어가세요, 하면 오시지 않을까? 우리 집 게스트하우스잖아. 여행 온 분위기라 분명 기분 전환이 될 거야."

"완전 좋은 아이디언데? 당장 집에 가서 엄마 설득해야겠다."

유세은은 눈을 반짝이며 기뻐했다. 결국 밥을 먹고 쇼핑하려가려던 계획은 취소하기로 했다. 예정보다 일찍 집에 돌아온 나경은 방으로 올라가 침대 아래 넣어둔 상자를 꺼냈다. 상자 안에는 1년 전 다미에게 줄 선물로 샀던 운동화가 들어 있었다. 다미는 발뒤꿈치를 끌며 걷는 버릇이 있고, 그래서 늘 신발 뒤쪽이 빨리 닳았다. 하지만 이제 다미는 새 신발이 필요 없다. 여전히 신발을 질질 끌면서 걷지만 더 이상 뒤꿈치가 닳지 않는다. 변함없는 모양새를 유지하게 된 신발을 볼 때마다 엄마가 영영 변해버린 게 아닐지 걱정이 되었다.

엄마는 이전과 같을까, 다를까.

나경은 건네주지 못한 선물을 다시 침대 아래에 넣었다. 침대 아래에서 신병 서넛이 쪼르르 달려 나오더니 바쁘게 방을 빠져나갔다. 잔뜩 신이 난 모습으로 보아, 모미가 무언가 일거리를 가져온 게 분명했다. 게스트하우스의 집안일을 담당하던 신병은 처음엔 모미가 자신들의 영역을 침범한다고 여겼는지 잔뜩 경계했지만, 모미가 하나둘씩 조리 도구를 늘려나가자 호기심을 감추지 못하고 곁을 기웃거렸다. 그도 그럴 게, 게스트하우스의 집안일 대비 신병의 수는 많았고 신병 한 명당 능력치도 너무 높았다. 임무를 수행할 목적으로 만들어진 요괴인 신병에게 할 일이 없다는 건 존재 가치를 부정당하는 것과 마찬가지였기에, 그들은 늘 서로 집안일을 차지하기 위해 경쟁했다. 그런 신병에게 꽃게 껍질을 솔로 닦고 있는 모미의 모습은, 새로

정복할 땅으로의 진격을 명하는 장수 그 자체였다. 신병은 하나둘씩 모미를 따르기 시작했고, 모미도 새로운 조수를 기꺼이 반겼다.

나경은 신병을 따라 계단을 내려가 거실로 향했다. 모미가 그릇 한가득 담긴 대추를 다듬고 있었다. 신병은 잽싸게 그릇을 둘러싸고 식탁 위에 앉아 대추를 집어 들었다.

"뭐 해요, 이모?"

나경은 모미의 맞은편 의자에 앉았다.

"내일 약식 만들기로 했잖아. 그 밑준비. 대추를 이렇게 돌려 깎아서…."

모미가 손에 든 대추를 솜씨 좋게 한 바퀴 빙글 돌려 깎아 안에 든 씨를 빼냈다.

"과육은 약식에 넣고 씨는 따로 모아서 대추 몇 알 넣고 물이랑 같이 우리는 거야. 그 물로 밥물을 맞추는 거지. 그럼 훨씬 맛있어지거든."

"이렇게 준비할 게 많은 음식이구나. 약식이란 거."

"잔치 음식이잖아. 원래 잔치 음식은 손이 많이 가. 예전에 잔치는 온 마을 사람이 모여서 준비하는 거였잖아. 사람 손이 많이 들수록 축복도 많아진다고 여겨서 재료 다듬는 것 하나하나 다 정성을 들인 거지, 뭐. 지금은 간단하게 하려면 얼마든지 쉽게 할 수 있어. 대추나 밤도 손질된 거 다 파니까. 나도 신병이 아니었으면 손질된 거 샀을 거야."

나경은 대추를 한 알 집어 들고 빙글빙글 돌리며 모미의 이야기를 들었다. 나경은 모미가 음식 준비를 할 때 곁에 앉아 이런저런 이야기를 듣는 게 좋았다. 모미는 먼저 말을 시작하는 타입은 아니었으나 나경이 궁금해하는 건 되도록 이야기해 주려는 게 여러모로 티가 났다. 지금도 바삐 움직이던 칼이 멈췄다.

"사람 손이 많이 들수록 축복이 많아진다."

나경은 모미의 말을 따라 중얼거렸다.

"이모, 내일 친구랑 친구 엄마 초대해도 돼요? 하룻밤 자고 가는 걸로요."

나경은 모미에게 세은이 상담해 온 일을 이야기했다.

"잘했어. 요괴의 흔적이 느껴졌다면 부르는 게 좋지. 하지만 숙박 허가는 내가 아니라 엄마에게 받아야지. 난 지금은 관리인이 아니잖아."

"그게, 이모가 전해주면 안 돼요?"

짧은 침묵이 신병이 그릇 안에 던져 넣은 대추씨처럼 데굴데굴 굴렀다.

"나경아. 너 엄마 피하고 있지?"

"…엄마가 그래요?"

"아니. 내가 눈치챘지. 이전에 같은 마음고생을 했던 경험 덕에 생긴 눈치랄까."

나경의 손가락 끝에서 돌아가던 대추가 회전을 멈췄다.

"엄마가 먼저 피했는걸요."

그랬다. 다미가 돌아오고 며칠간, 나경은 어린아이로 돌아간 듯 다미의 껌딱지로 지냈다. 엄마가 눈에 보이지 않으면 다시 사라진 건 아닌가 불안했다. 그리고 엄마가 길었던 외출에 대해 이야기해 주기를 기다렸다. 엄마가 어떤 일을 겪었는지, 지금 상태는 어떤지 등등 모든 걸 알려주기를 바랐다. 그러나 엄마는 상냥하게 나경을 끌어안아 줄 뿐, 무엇도 알려주지 않았다. 나경이 슬그머니 운을 띄우면 할 일이 생각났다고 자리를 피하기 일쑤였다. 엄마가 나를 피하면 나도 엄마를 피할 거야. 유치한 반발심이 고개를 들기까지는 오래 걸리지 않았다.

"친구 이야기는 내가 언니에게 전할게. 대신에…."

모미가 나경의 손에서 대추를 집어 들었다.

"내일 약식 만들고 나서, 난 시장에 떡 찾으러 갈 거야. 아주 천천히 돌아올 거거든. 넌 손님들과 같이 보드게임이라도 하렴. 언니와 네가 한 팀을 할 것. 그게 내 조건이야."

"엄마 게임 진짜 못하는데."

나경은 입술을 삐죽거렸다. 모미는 대추씨를 빼내고 나경의 입에 대추를 밀어 넣었다. 달고도 씁쓰름한 맛이 나경의 입안에 퍼졌다.

"나머지는 신병에게 맡기고 가자."

“어딜요?”

“슈퍼마켓. 친구랑 같이 먹을 과자는 나경이 네가 마음껏 고르렴.”

나경은 입안의 대추를 오물거리며 샐쭉하게 웃었다. 두 사람이 함께 자리를 떠난 식탁 위에는 신병이 춤추듯 움직이며 손질한 대추가 그릇 안에 소복이 쌓여 나갔다.

정월 대보름날, 유세은과 유세은의 모친이 함께 게스트하우스를 찾아왔다. 유세은이 나경에게 했던 말과 다르게, 유세은의 모친인 린은 쾌활했다. 다미에게 이제야 만난다며 반갑게 웃어 보였고 점심 식사로 쌀반죽을 넓게 펴서 부친 반쎄오*를 만들어 주었다. 모미가 미리 만들어 둔 산더미 같은 약밥을 창호지 위에 붓고, 다 같이 대추를 장식해 랩으로 싸는 작업도 금세 익혀 누구보다도 척척 해냈다. 오히려 이상하게 군 건 다미였다. 다미는 린을 빤히 바라보다가 “하나, 둘, 셋, 넷, 다섯” 하고 중얼거렸다. 나경이 왜 그러냐고 물어도 이유를 알려주지는 않았다.

* 강황을 섞은 쌀반죽을 얇게 부쳐 채소와 고기를 먹는 베트남 요리.

약밥을 다 만든 다음, 모미는 시장에 가서 떡을 찾아오겠다며 집을 나섰다.

"조건 잊지 마."

모미는 나경에게 살짝 윙크를 했다. 나경은 어쩔 수 없다고 중얼거리며 보드게임 판을 가지고 나왔다. 유세은과 린이 한 팀, 나경과 다미가 한 팀이 되어 게임이 시작되었다. 다미의 연이은 실수에 모여 앉은 사람들 사이에 웃음이 터졌다. 나경은 슬쩍 다미의 옆에 좀 더 붙어 앉았다. 인정하기 싫었지만 이모의 작전은 효과가 있었다. 함께 게임을 하고 있으니 쌓였던 어색함이 조금씩 녹아내리는 듯했다.

"피곤하네요."

시곗바늘이 여섯 시 정각을 가리켰을 때였다. 린이 갑자기 자리에서 일어났다.

"쉬어야겠어요. 2층이었죠, 방."

린은 그렇게 말하고는 바로 거실을 나갔다. 직전까지 웃고 떠들던 게 거짓말처럼 무표정한 얼굴로 뒤도 돌아보지 않았다.

"봐, 이상하잖아."

신나게 카드를 섞던 유세은의 어깨가 축 처졌다.

"엄마는 예의 있게 행동하는 걸 중요하게 여겨. 아빠가 농담으로 당신은 전생에 조선시대 유생이었을 거라고 할 정도야. 절대 저런 행동 안 했어. 역시 우울증인가 봐."

“진짜 피곤해서 그런 걸 수도 있잖아.”

“속상해. 엄마는 나랑 있는 걸로는 기분이 좋아지지 않나 봐.”

풀이 죽은 유세은 앞에, 다미가 바구니를 내려놓았다.

“이거 같이 하자꾸나.”

다미가 바구니에서 꺼낸 건 뜨개바늘과 실이었다. 다미는 돌돌 말린 실을 뜨개바늘에 꿰더니 빠르게 손을 움직였다. 손바닥만 한 크기의 작은 신발이 금세 만들어졌다. 우울하게 보드게임 카드만 만지작거리던 유세은도 점차 다미의 손놀림에 시선을 빼앗겨 신발이 완성되자 손뼉을 쳤다.

“귀여워! 인형용 신발이에요?”

“정월 대보름에 신발을 가지러 오는 아이의 이야기를 알고 있니?”

다미는 다시 뜨개바늘에 실을 꿰었다.

“옛날에는 사람이 죽을 때 신발을 꼭 같이 묻어줘야 한다고 여겼어. 신발이 없으면 저승길을 가지 못해서 세상을 떠도는 삿된 존재가 된다고 여겼거든. 야광귀는 신발을 잃어버린 아이였단다. 집에 불이 났을 때 집 안에서 타 죽은 탓에 신발을 챙길 틈이 없었던 거야. 그래서 그 애는 정월 대보름날에 신발을 찾아 헤맨단다.”

“불쌍해요.”

“그렇지? 이건 야광귀를 위한 거야.”

다미는 뜨개바늘을 유세은에게 건넸다.

"한번 떠볼래? 보기보다 쉬워. 손을 움직이다 보면 고민도 날아갈 거란다."

"해볼게요."

유세은은 뜨개바늘을 받아 들고 다미의 설명에 따라 손을 움직였다. 몇 번이고 실을 풀었다가 다시 뜨기 시작한 지 사십여 분이 흐르자 어설픈 뜨개 신발이 완성되었다.

"됐다!"

유세은이 환호성을 질렀다. 다미는 유세은이 만든 신발을 받아 뒤쪽에 끈을 걸더니 거실을 나갔다. 나경이 뒤쫓아가니 다미는 의자에 올라서서 현관 천장에 신발을 매달고 있었다.

"엄마, 뭐 해?"

"쉿."

다미가 검지를 입가에 대 보였다. 나경은 순간 다미에게서 밀쳐진 듯한 기분을 느꼈다. 게임을 하면서 회복했던 거리감이 또다시 훅 벌어져 버린 듯했다.

또다. 또다시 아무것도 말해주지 않는다.

울컥. 맺혔던 불안이 불만으로 변해 나경의 입 밖으로 새어 나왔다.

"왜 맨날 나한테 제대로 설명을 안 해줘? 엄마, 난 지금까지 아무것도 몰라. 엄마가 저승에서 뭘 하고 온 건지, 앞으로 나는 어떻게 되는 건지. 이젠 중학교 3학년이 되는데 아빠 얼굴도 한 번 본 적이 없잖아!"

눈 안쪽에서 타닥거리며 작은 불꽃이 타올랐다. 1년 전 이성을 잃었을 때와 비슷한 감각이었다. 눈가에 힘을 주고 빠르게 눈을 깜빡거렸지만, 불꽃은 쉽게 사라지지 않았다.

"나경아, 내 딸아."

다미의 손바닥이 나경의 눈을 가렸다.

"내 망설임이 너를 불안하게 했구나. 네가 이해해 주지 않으면 어쩌나 무서워서 설명하기를 피해온 내 잘못이지."

손바닥을 통해 전해진 서늘한 체온에 불꽃이 가라앉았다. 나경이 다시 입을 열려는데, 두 명의 발소리가 등 뒤에서 엇갈려 울렸다.

"나경아, 뭐 해?"

거실에서 나온 유세은이 현관으로 다가온 뒤 한 박자 늦게 2층 계단에서 린이 달려 내려왔다. 린은 유세은과 나경의 틈새를 비집고 쏜살같이 현관에 내려와 바닥에 주저앉았다.

"하나, 둘, 셋, 넷, 다섯."

린은 숫자를 세며 현관에 놓인 신발을 들어 하나씩 옷 속에 집어넣었다가, 다섯까지 세고 다시 신발을 꺼내 늘어놓았다.

"하나, 둘, 셋, 넷, 다섯."

몇 번이고 반복되는 린의 행동에, 유세은이 나경의 손을 꽉 붙잡았다.

"또야. 역시 이상해. 엄마가 이상하다고."

계속 반복해 수를 세던 린이 킁, 콧김을 내뿜더니 주변을 두리번거리며 냄새를 맡았다.

"저기 있다."

쪼그려 현관 곳곳의 냄새를 맡던 린이 번쩍 고개를 들었다. 린이 형형하게 빛나는 눈빛으로 노려본 건 천장에 매달린 신발이었다. 린은 일어나 천장을 향해 손을 뻗었다. 하지만 기를 쓰고 뛰어도 손이 닿지 않았다. 성난 개처럼 이를 드러내고 으르렁거리던 린의 팔이 한순간 아래로 축 늘어지더니 구부러진 등에서 무언가 꿈틀거리다가 튀어나왔다. 그 순간, 어느새 린의 옆에 서 있던 다미가 잽싸게 작은 형체를 잡아챘다.

"이 녀석. 역시 있을 줄 알았지."

작은 형체가 다미의 품 안에서 버둥거렸다. 린은 자기가 왜 현관에 서 있는지 모르겠다는 듯 황망한 표정으로 주변을 둘러보았고, 유세은은 그런 린을 꽉 껴안았다.

"엄마, 괜찮아?"

"응? 응, 세은아. 엄마 왜 여기에 있니? 우리 보드게임 하고 있었잖아."

"이 녀석 때문이랍니다."

다미가 발버둥 치는 형체를 내보였다. 색동옷을 입은 서너 살 정도의 어린아이였다. 이마 한가운데에 난 주먹만 한 구멍과 그 구멍 안에 들어 있는 작은 등불이 아니었다면 평범한 아이로 보였을 거다. 그러나 노란 불빛을 뿜어내는 이마의 등불은 어린 아이가 인간이 아님을 확연히 드러냈다.

"저, 저게 뭐야?"

유세은이 질겁하며 린에게 바짝 붙어섰다.

"야광귀란다. 아까 말했던 신발을 잃어버린 아이지. 원래는 산속에 살다가 정월 대보름 밤에 민가에 내려와 아이들의 신발을 훔쳐. 평소엔 힘이 부족해서 그리하지 못해. 별다른 해를 끼치지 않지. 그러나 정월 대보름에서 귀신의 날로 넘어가는 밤에는 제아무리 약한 이매망량이라도 날뛸 수 있게 되거든."

"신발을 훔쳐요? 못됐다. 저거 괜히 떠줬네."

"못됐다고? 천만에! 난 내 일을 할 뿐이야!"

야광귀가 유세은의 말에 날카롭게 대꾸했다. 어린 외견과 다르게 걸걸한 목소리였다.

"이젠 집 밖에 신발을 두는 인간도 많지 않아. 나를 기억하지 못한다고! 예전에는 나를 경계해서 체도 놓아두고 뇌물로 떡도 두고 하더니 이젠 내 이름을 아는 이조차 드물어. 이러다가 소멸할 판이라고!"

"뚫린 입이라고 말은 잘하지."

다미가 핀잔을 주자 야광귀는 꼭 입을 다물었다.

"규칙 위반이다. 초대받지 않은 집에 들어가서 허락받지 않은 인간에게 들러붙어 태어나지도 않은 아이의 자리를 노리다니."

"태어나지 않은 아이요?"

그때까지 어안이 벙벙하게 서 있던 린이, 다미의 말에 번쩍 정신이 난 듯 되물었다.

"린 씨 품에 세은이 동생이 있는 것 같아요. 짚이는 거 없으세요?"

"설마요. 어….."

린이 크게 눈을 깜빡거리다가 어머, 하며 작게 감탄했다.

"그러고 보니 요즘 통 입맛이 없어요. 그렇게 좋아하던 꽃향기도 역겹고 무기력하고… 그러고 보니 세은이 가졌을 때도 딱 이랬네."

"아, 아니야!"

야광귀가 다급하게 외쳤다.

"그 애를 해치려고 한 게 아니야. 나는 단지… 단지, 네가 말을 걸어준 게 기뻤어. 그래서 아주 잠깐….."

"말을 걸었다고? 내가?"

린의 물음에 야광귀는 수줍게 고개를 끄덕거렸다.

"내가 살던 산에 골프장이 들어와서 다 파헤쳐졌어. 도저히 살 수가 없더라. 다른 산으로 옮기려고 알아보다가 가마구가 지키는 산 이야기를 들었어. 그래서 이쪽으로 왔는데 웬걸, 가마구의 기운이 너무 세서 접근하기가 영 쉽지 않더라고. 산 아래 민가 수풀이나 공원을 전전하게 되었지. 그랬는데 네가 말을 걸었어. 야옹아 배고프진 않니, 하고."

"맞아, 그랬지. 공원 수풀이 계속 바스락거리기에 떠돌이 고양이인 줄 알았어. 그러면 네가 그, 절대 모습을 보여주지 않던 수줍이? 내가 말을 걸면 수풀을 흔들었지?"

린이 한 발 다가갔다. 야광귀는 헤실헤실 웃었다.

"맞아, 기뻤어! 아주 오랫동안 아무도 나를 눈치채 주지 않았거든. 그래서 나, 너를 기다렸어. 매일 숫자를 셌지. 나는 다섯까지밖에 못 세. 그 이상 숫자를 몰라. 그래서 하나, 둘, 셋, 넷, 다섯. 네가 말을 걸어주고 떠나면 다시 올 때까지 셀 수 있는 한 몇 번이고 다시 세면서 기다렸어. 네 옆의 여자아이와 함께 걷는 것도 봤지."

야광귀의 이마 한가운데 박힌 등불이 린을 볼 때마다 환하게 빛을 뿜었다. 나경은 그 불빛 속에서 혼자 수풀 사이에 쭈그리고 앉아 있는 야광귀를 봤다.

아아, 좋다. 저 인간이 너무나 좋다. 저 인간이 손을 잡아 주는 어린것이 부럽다. 엄마라고 부르는구나. 부럽다. 부럽고 부럽구나. 나도 한 번만, 딱 한 번만 저 인간의 손을 잡고 엄마라 부르고 싶다.

야광귀의 절절한 마음이 나경에게 흘러 들어왔다. 요괴를 본 적은 있어도 그 마음에 동조된 건 처음이었다. 나경은 당황했지만 그것도 잠시, 머릿속에 울리는 수 세는 소리에 온 신경이 쏠렸다. 하나, 둘, 셋, 넷, 다섯. 단순히 숫자를 반복할 뿐인데 목소리가 너무나 서글펐다.

"그런데 임신했잖아. 아주 잠깐, 진짜야. 정말 아주 잠깐만 태어날 아이의 몸을 빌리려고 했어. 정말이야. 해치려 한 게 아니야. 뱃속 아이의 신발을 찾아 신어도, 내가 그 몸을 빼앗을 수 있는 건 고작 사나흘뿐이야. 그 이상은 능력이 안 돼."

나경도 숫자를 센 적이 있었다.

지난해 여름, 정말로 엄마가 돌아올지 불안해하며 밤마다 이불 안에서 달력의 날짜를 세었다. 숫자가 하나씩 늘어날 때마다 금방이라도 엄마가 돌아올 거라는 기대에 부풀었다가, 새로운 달이 시작되어 다시 숫자가 줄어들면 바스러진 기대가 흡수되어 더욱 커진 절망을 뒤집어쓰고 도로 숫자를 셌다.

"거짓말하면 벌을 줄 테다. 그런 거면 아기가 태어난 다음 신발을 훔쳐도 늦지 않아. 하지만 넌 린 씨를 홀려서 내내 붙어 있었지. 린 씨가 밤마다 신발을 찾아 헤맬 정도로 네게 동화될 만큼. 아기가 태어나기 전부터 모체에 동화되어 있으면 좀 더 오래 몸을 빼앗을 수 있기 때문이지?"

"그래봤자 1년도 안 돼! 그쯤은 괜찮잖아. 어차피 뱃속의 저 아기는 평생 그 다정함을 누릴 거잖아. 그럼 내게 좀 나눠줘도 되잖아!”

나경은 아득바득 변명을 늘어놓는 야광귀를 도저히 미워할
수가 없었다.

“기다리는 데 지쳐서 저 아이의 신발을 훔칠까도 싶었다만.”

“안 돼.”

하지만 야광귀가 유세은을 가리키는 걸 방관할 수는 없었다.
나경이 눈을 부라리자 야광귀는 움찔 몸을 움츠렸다.

“안 해. 못 해. 저 아이한테는 강한 요괴 냄새가 묻어 있어서
건드릴 수가 없었어. 대체 인간에게서 왜 그런 냄새가 나나 했
더니.”

야광귀는 다미와 나경을 번갈아 바라보았다.

“너희는 대체 뭐지? 인간인데 요괴의 냄새가 나. 그것도 이
산의 주인과 닮은 냄새야. 여기 이 집도 이상해.”

나경이 한층 더 눈을 부라리자, 야광귀는 불만스러운 티를
내면서도 입을 다물었다. 나경은 린의 옆구리에 바짝 붙어 선
유세은의 안색을 살폈다. 겁에 질린 기색이 완연했다.

집에 부르지 말걸.

은근슬쩍 살펴보려고 한 것뿐이었는데 일이 이렇게 커질 줄
몰랐다.

어쩌면 유세은도 내게 더 이상 전화하지 않을지도 몰라.

상실의 위협에 나경의 신경이 바짝 곤두섰다.

"어쩌니. 그건 아무래도 곤란해."

팽팽한 긴장의 끈을 린의 느긋한 목소리가 툭 끊었다. 린은 야광귀에게 손을 뻗어, 그의 머리를 쓰다듬었다.

"며칠이라도 아기한테 위험할 수 있는 일은 용서할 수 없어. 네가 가엾긴 하지만 그건 안 돼. 내 몸을 차지한 것도 불쾌하구나. 다음부터는 나와 함께 있고 싶으면 여기서 함께 지내도 되나요, 하고 물어보도록 해."

야광귀의 눈에서 굵은 눈물이 한 방울 툭 떨어졌다. 이마의 등불이 흐려지는가 싶더니 펑 소리와 함께 연기가 치솟았다. 야광귀는 사라지고 그 자리에는 색동옷만 남았다.

"신발을 훔치려던 걸 주인에게 들키면 더 이상 그 사람 주변에 있을 수 없답니다."

다미가 색동옷을 착착 접어 공중에 던지자 옷은 금세 불타 사라졌다.

"그렇군요. 어디 가서 살려나. 또 수풀에 앉아 있어야 할까요? 그 아이."

"글쎄요. 이곳을 알았으니 손님으로 오지 않을까요? 그때는 린 씨가 가르쳐 준 대로 정중하게 초인종을 누르고 들어올 것 같군요. 그나저나 린 씨, 침착하시네요."

다미의 말에 린은 수줍게 웃었다.

"놀라긴 했죠. 하지만 제 고향에도 있거든요. 정에 굶주려 이

숭을 떠나지 못하고 헤매는 어린아이 요괴. 그들을 어떻게 무서워만 하겠어요. 고향 떠나본 적 있으면 그리 못 해요."

"그래도 함부로 닿지 않는 게 좋아요."

"새겨들을게요. 어휴. 그나저나 임신인 걸 알아서 그런가. 배가 당기는 것 같네요."

"올라가서 쉬시는 게 좋겠어요."

린은 다미의 부축을 받으며 계단을 올랐다. 나경은 멀어지는 다미의 등을 바라보았다. 그 시선을 느끼기라도 한 듯 다미가 뒤돌아보더니 입 모양으로 무어라 벙긋거렸다.

"다 말해줄게…."

그 입 모양을 소리 내 따라 읽는데, 유세은이 나경을 와락 껴안았다.

"나경아!"

뭐라고 말해야 좋을까. 놀라지 않았냐고? 무섭지 않았냐고? 아니면….

나경은 유세은을 마주 끌어안지 못하고 빈손만 쥐었다 폈다 꼼지락거렸다. 유세은이 그런 나경의 손을 끌어당기더니 새끼손가락을 걸었다.

"비밀 교환이네. 그렇지?"

나경은 속삭이는 유세은의 어깨에 얼굴을 파묻었다. 오늘 저녁은 약식을 아주 많이 먹을 작정이다. 유세은과 밤새 수다를 떨려면 속이 든든해야 할 테니까. 과자도 준비해 뒀지만, 먹을 새도 없이 떠들게 될 것만 같았다. 일단은 1년이나 주지 못한 선물을 건네려면 어떻게 해야 덜 창피할지 고민 상담부터 해볼까. 나경은 미소 지으며 살며시 손가락을 마주 걸었다.

대금 소리 흐르는 숲

모미에게.

몇 번째 쓰는 건지 모를 이 편지는 어차피 너에게 닿지 않을 것이다. 그걸 알면서도 계속 네게 편지를 쓰는 이유는, 쓰지 않으면 내가 견딜 수 없기 때문이다.

이전 편지에 썼듯이 나는 웬 무당의 신딸로 지내고 있다. 아버지가 나를 맡기고 사라진 절에 드나들던 무당이다. 어쩐지 절에 올 때마다 나를 빤히 본다 싶었지. 이상한 걸 가지고 있구나. 무당이 내 눈을 들여다보면서 그리 말하지 않았다면 따라나서지 않았을 거다. 열다섯 여자아이에게도 선택권은 있는 법이니까. 하지만 네 어미처럼 미치지 않게 해주겠단 유혹을 어떻게 무시할 수 있겠어.

신딸이라고 해도 하는 일은 별거 없다. 절에서 지낼 때처럼 공양하고, 무당의 식사를 차리고, 손님이 찾아오면 무당의 일을 돕고 있어. 여전히 학교에선 이상한 아이 취급을 받고 있지. 다른 애들 보기엔 절이든 무당집이든 똑같이 괴상한가 봐. 그나마 좋은 점이라면 악기를 배우게 된 거란다. 대금을 배우고 있어. 처음에는 소리를 내기도 힘들었는데 이제는 그럭저럭 한 곡을 불 수 있게 되었다.

제일 힘든 일이라면 한 달에 한 번, 무당이 숲에 가서 기도하는 걸 돕는 거야. 산이래 봤자 절이 있던 곳 정도겠거니 했는데 그보다 훨씬 험하고 깊은 산이었다. 온갖 제기며 옷가지를 넣은 가방을 메고 양팔에 보따리를 바리바리 들고 산길을 오르다 보면, 신딸이란 허울 좋은 명칭일 뿐 그냥 짐꾼이 필요했던 거구나 싶더라. 무당 하는 말이, 보통은 전국의 영산을 돌아다니며 기도하는데 자기는 한곳에서만 기도를 올리니 그나마 나은 거래. 아주 예전에 산의 주인과 계약을 맺었다나.

비밀인데, 무당은 그 '산의 주인'이란 자와 그다지 사이가 좋지 않은 듯해. 산의 주인이 신기를 높여주지 않고 자기를 무시한다고 전화로 화내는 걸 들었단다. 신딸이라도 신기가 높아야 다른 무당에게 무시를 덜 당할 거 아니냐고, 전국을 돌아다니며 찾아온 보람이 있다고 웃는데 어찌나 소름이 돋던지. 그런 콤플렉스 덩어리인 줄 알았다면 따라오지 않았을 거다. 내가 무당이라면, 그렇게 전화로 투덜거릴 시간에 노래 수업이라도 받았을 거야. 무당은 상당한 음치란다. 기도를 할 때마다 돼지 멱따는 소리로 노래를 하는데, 내가 산의 주인이라도 별로 상대하고 싶지 않을 것 같아.

기도하는 무당을 볼 때마다 엄마도 무당이 되었으면 차라리 편했을까, 그런 생각을 해. 엄마를 원망하지는 않아. 엄마가 왜 그렇게 반쯤 정신을 놓고 있었는지, 왜 다른 엄마들처럼 행동할 수 없었는지 알기에 더더욱. 엄마는 아슬아슬한 경계선 위에서 줄타기를 하고 있었던 거야. 나처럼 무언가 이해되지 않는 것들을 많이 봤겠지. 저게 귀신인지 인간인지 분간이 가지 않아 곤란한 일도 잔뜩 겪었겠지. 내가 그랬던 것처럼.

이렇게 말해도 열 살도 되지 않은 너에게 엄마를 이해하라는 건 말도 안 되지. 게다가 엄마와 함께 사는 너는 그로 인해 훨씬 고통받고 있겠지. 그런 너를 떠올리면 엄마가 원망스러워. 자신이 가진 게 무엇인지도 모르고, 알려 하지도 않고, 발버둥 치지도 않아 너와 내가 헤어지게 만든 것. 오직 그 사실만이 원망스럽다.

모미야, 너는 알고 있을까. 기억할까.

네가 작고 통통한 손으로 내 손가락을 붙잡아 주는 게 기뻤다. 나를 향한 옹알이도, 언니라고 불러줬던 순간도, 울고 떼를 쓰던 순간조차도 좋았다. 그냥 저쪽으로 가버리고 싶다는 유혹을 이기게 해주었던 나의 유일한 누름돌. 엄마에겐 내가 그런 의미가 될 수 없었던 거지.

정정할게. 나는 역시 엄마를 원망할 수는 없다.

모미에게.

이젠 너도, 우리가 헤어졌을 때의 내 나이에 가까워졌겠구나. 스무 살 성인이 되면 너를 데려올 수 있을 거라 믿었는데, 아직까지 나는 네가 어디에 있는지조차 모르는구나. 한심한 일이다.

엄마가 세상을 떠났다는 소식을 들었다. 얼마 전부터 한쪽 눈에만 어른거리던 이상한 것들이 갑자기 명확한 형체를 띠게 되었고, 종종 뭔지 모를 광경이 보이기도 해. 시간이 흐른 뒤 보니, 그 광경은 미래에 일어날 일이더구나. 겁이 나서 무당에게 말했더니 며칠 후에 엄마가 죽어서 그 힘의 일부가 내게로 넘어온 것 같다고 알려주었다.

무당이 나에게 거짓말을 한 거라면 좋겠다. 엄마가 죽지 않았으면 하고 바란다. 엄마를 걱정하는 마음보다, 엄마의 장례식장을 혼자 지킬 네가 걱정되어서다. 무정한 딸이지. 무능력한 언니지. 그러나 무당이 알려준 엄마의 죽음은 진실일 거다. 무당이 내 신변을 조사했다는 걸 알고 있으니 의심할 수가 없어. 네가 사는 곳을 알아보려고 행정 기관에 주소지 요청을 신청했었는데, 그걸 무당이 취소해 버렸다는 것도 알고 있지. 무당은 내 앞에서는 전지전능한 신이 되고 싶어 하고, 그걸 위해서라면 엄마의 소식을 알아내는 수고쯤 기꺼이 할 인물이란다.

무당이 정말로 내 힘의 변화를 알아본 건지 의문이다. 무당은 나날이 괴팍해지고 있어. 산의 주인이 계약을 어겼다고 매일 난리야. 이 전대까지는 산의 주인이 무당에게 신기를 빌려주는 방법으로 힘을 행사했는데, 갑자기 직접 회사 변호사를 통해 지시를 내리기 시작했다는 거지. 무당의 무능력함을 알아보다니, 산의 주인은 현명하구나 싶었다.

장례식장에 가게 해달라고 했다가 무당에게 매우 맞았다. 무당은 속세에 미련을 끊지 못하는 나 때문에 자기 기운까지 혼탁해진다며 신딸에서 파하겠다고 길길이 날뛰더구나. 산의 주인이 계약을 어긴 것도 모두 나 때문이라나.

웃겼다. 산의 주인이 나를 싫어한다고? 무당은 산의 주인과 말 한 마디 나누어 본 적 없는 게 분명했지. 산의 주인이 나를 싫어한다면 매달, 매번 내 대금 연주를 들으러 올 리가 없잖아.

그래, 나는 만났단다.

산의 주인이라고 불리는 이. 세 쌍의 커다랗고 검은 날개를 가진 요괴. 모습을 드러내지는 않지만, 기척을 숨기려고도 하지 않는 묘한 남자, 가마구.

그를 처음 만난 건 열일곱 살의 봄이었다.

산을 찾은 무당이 기도를 올리는 걸 돕고 나면 대나무 숲에 가 대금을 연주하는 게 몇 년간 내 루틴이 되었다. 무엇 하나 내 마음대로 되지 않았지만, 대금은 노력한 만큼 맑은 소리를 내주었다.

어느 순간부터 초대한 적 없는 손님이 연주를 들으러 온다는 것을 눈치챘다. 그건 내가 연주를 시작하면 하늘에 그림자를 드리우며 나타나, 연주가 끝날 때까지 대나무 숲속에 가만히 앉아 있었다. 처음엔 수상한 사람인 줄 알고 겁이 나 애써 그쪽을 보지 않으려 했지만 매달, 매번 옆을 지키는 이를 계속 외면할 재간도 없었다. 그렇게 몇 번 곁눈질하다가 알았다.

아, 저 사람은 가마구다. 이 산의 주인.

눈치챌 수밖에 없었다. 가끔 커다란 날개가 펄럭거리는 게 보였으니까. 그것도 검은 게 세 쌍이나. 감출 노력도 하지 않는 게 어이가 없을 뿐이었다. 그래도 장소를 옮기지 않았던 이유는 들어주는 이가 있다는 게 좋아서였다. 아무리 좋은 연주를 해도 들어주는 이가 한 명도 없어서야 시시한 법이란다.

가끔은 연주에 맞추어 낮게 흥얼거리는 노랫소리가 들렸다. 동굴 안에서 울려 퍼지는 듯한 저음의 목소리가 꽤 취향이었다. 가마구가 노래를 끝까지 부르는 일은 많지 않았는데, 가사를 모르는 게 아닐까 싶었다. 그래서 종이와 펜을 가져가서 '듣고 싶은 연주가 있나요?'라고 적어두고 왔다. 그랬더니 다음에 갔을 때 신청곡이 적혀 있었다. 예전에 방영했던 드라마의 OST였다. 산의 주인도 드라마를 보는 건가 싶어 신기했다. 그 노래를 연습해 갔더니, 그 노래는 처음부터 끝까지 좀 더 크게 노래하더구나. 역시나 좋은 목소리구나 싶었다. 그때부터 필담을 나누게 되었다. 처음에는 운지법을 고치면 좀 더 좋아질 거라든가 하는 대금 연주에 관한 내용 뿐이었다. 그러다 조금씩 문장들이 덧붙여졌다. 연주에 힘이 없던데 저녁은 먹었느냐, 하는 문장들. 내게 그런 걸 물어봐 준 사람이 너무 오랜만이었다. 그래서 그 몇 글자 적힌 종이가 소중했다. 소중히 품에 안고 돌아갔다. 아마 가마구도 내가 답변을 적어 남긴 종이를 가져갔을 거다. 어쩐지 그랬기를 바라고 있다.

모미에게.

너는 잘 버티고 있을까? 잘 버틴다는 건 뭘까 싶다. 버텨야 할 일이 많아서 익숙해지는 거라면 네가 잘 버틸 날이 오지 않기를 바란다. 그러나 나는 안다. 울타리 없는 어린아이가 어떠한 풍파를 맞게 되는지. 생각해 보면 엄마가 살아 있을 때에 이미 그 울타리는 부서졌을 수도 있겠다.

무당에게 너와 함께 살겠다고, 신딸을 그만두겠다고 했다. 그러자 무당은 또다시 나를 때렸다. 때리는 대로 맞았다. 폭행의 증거를 모아 경찰서에 갈 작정이었다. 그래도 나를 놔주지 않으면 밤에 몰래 도망을 가야지 싶었다.

내 마음을 멍들게 한 건 무당의 주먹이 아닌 말이었다. 동생이 이제 와 너를 만나고 싶어 할 것 같냐고 했다. 동생은 너를 기억도 못 할 거라고, 기억한다 해도 그리움이 아닌 원망일 거라고, 귀신 보는 언니와 지내봤자 동생만 고생할 거라고. 그 말이 마음을 후려친 건 나 역시 그럴 수 있음을, 쩨 가능성 높은 일임을 알아서였다. 모미야, 내 동생아. 너는 나를 받아들여 줄까? 내가 너를 찾는 게 오히려 너의 삶에 장애물 하나를 더 놓는 게 되지는 않을까?

아아, 나는 왜 이렇게나 무력할까.

그날 오후, 무당은 내게 신딸을 그만두게 해줄 테니 대신 결혼을 하라고 했다. 돈 많은 혼처를 찾아놨다며 나보다 스물다섯 살 많은 남자의 사진을 내밀었다. 어이가 없어서 잠자코 듣고 있었더니 함께 지낸 정이 있어 이리 좋은 혼처도 찾아주었으니 고마워하라고 으스댔다. 결혼을 하지 않으면 어쩔 거냐 물었더니 결국 하게 될 거라 이죽거렸다. 무당은 사진 속 남자가 새로운 스폰서가 되어줄 거라고, 신딸이니 자기가 친정 아버지나 다름없는 거 아니냐고 킬킬 웃었다. 소름 돋는 인간. 역시 야반도주가 답이다 하고 마음을 정했다.

산에 기도를 하러 간 밤에 무당은 평소보다 더욱더 소란스럽게 노래를 불렀고, 나는 언제나처럼 대나무 숲에 갔다. 하지만 볼 안이 찢어져 퉁퉁 부어오른 탓에 대금을 불 순 없었다. 그저 우두커니 앉아 있자 날갯짓 소리가 나더니 머리 위에 그림자가 드리워 잠시 달빛을 가렸다. 이 밤이 지나 무당에게서 도망치면 앞으론 저 소리를 들을 수가 없겠구나 싶었다. 놓고 가는 것 아무것도 아쉽지 않았는데, 그것만은 아쉬웠다. 달빛이 다시 머리 위를 비쳤고, 대나무 이파리가 흔들렸다. 나는 대금을 들고 불었다.

마지막이다. 이것이 마지막 인사. 아마도 당신은 한 달에 한 번 연주를 해주던 어린 여자아이를 금방 잊어버리겠지. 그리 생각하니 심사가 뒤틀렸다. 뒤틀린 심사만큼 불안정한 소리가 흘러나왔다. 그래도 계속 불었다. 이제까지의 연주 중 최악의 연주였다.

"이게 마지막 연주입니다."

한 곡을 다 불고, 처음으로 가마구에게 직접 말을 걸었다.

대나무 잎이 서걱서걱 흔들리는 소리만 났다.

"결혼하라고 하더군요. 처음 보는 남자와."

모든 소리가 멈췄다. 희미한 달빛이 고요히 밤의 숲을 밝힐 뿐이었다. 그 침묵이 못내 섭섭했다. 그가 건네준 단어를 긁어모아 한 달이 채워지기를 기다리며, 조각내어 매일 조금씩 그리움과 함께 삼켜온 건 나뿐일 거다. 그가 내가 어른이 될 때까지 버티게 해준 유일한 존재란 것도, 그는 평생 모를 것이다. 몰라도 좋다 여겼는데 그래도 마지막이라 생각하니 서운했다. 서러웠다. 놓고 왔으니 서러워할 자격도 없다 싶어 모미 너를 찾을 때까지 견딜 심사였는데, 치솟는 서러움을 어찌 할 수 없었다.

"나는 인간이 싫다."

서늘하고 금방이라도 사라질 것 같은, 바람을 닮은 목소리가 대나무 숲 안에서 불어왔다. 대나무가 우수수 뒤로 넘어갈 정도의 강풍이 불어 흙이며 풀, 머리카락이 마구 흩날렸다. 먼지가 눈에 들어갈 것 같아 두 눈을 질끈 감고 몸을 웅크리는데, 누군가 내 앞으로 다가오는 기척이 났다.

"인간은 탐욕스러워. 산도 하늘도 모두 자기 것인 양 굴지. 만물의 이치를 자신들의 기준에 맞추어 정하고 자기들이 이해 못 하는 건 모두 괴이하다 치부해 버려."

바람을 닮은 목소리가 머리 위로 내려앉았다. 그 서늘함이 좋았다. 어릴 적부터 느꼈던 눈 안쪽의 타들어 가는 뜨거움이 조금 가라앉는 것만 같았다. 살며시 눈을 뜨니 검은 도포를 입은 남자가 서 있었다. 등 뒤에 날개가 없어도 알 수 있었다. 이 사람이 가마구다.

"종족의 보존을 위해 인간과 계약은 했지만, 그들을 좋아한 적은 없다. 이번 무당은 특히 최악이야. 게으르고 주제를 몰라. 회사와 내가 직접 이야기를 하지 않는다고 여기는 건지, 자꾸 얼토당토않은 요구를 하더군."

"그래서 그에게 신력을 내려주지 않은 건가요?"

"경영에 필요한 예언은 변호사에게 직접 전하고 있으니 상관없어. 앞으로는 무당을 중간자로 내세우는 일은 줄여갈 거다. 이전 늙은이들이 그런 것에 잘 걸려들었기에 써먹었을 뿐이다."

"그렇군요. 그럼 나도 싫습니까?"

가마구는 미간을 찌푸리고 나를 내려다봤다. 나는 그 얼굴을 보며 '서시빈목西施矉目'이라는 말을 떠올렸다. 중국 춘추시대 때에 미인으로 소문난 서시가 심장병으로 눈살을 찌푸렸는데, 워낙 뛰어난 미모에 그 모습조차 매력적이라 다른 여자들이 따라 했으나 그저 못나 보였다는 이야기에서 나온 고사성어다. 책에서 그 이야기를 읽었을 때는 코웃음을 쳤었다. 아무리 미인이라도 찌푸린 걸 흉내 내는 사람이 어디 있겠어.

과장이 심하군, 했지.

하지만 달빛을 등진 가마구를 올려다보았을 때 능히 그럴 수 있겠다는 생각이 들었다. 가마구는 그 정도로 아름다웠다. 도저히 눈을 뗄 수 없는 압도적인 아름다움이었다.

"결혼하기 싫으면 하지 않아도 된다."

가마구가 내 옆에 자리 잡고 앉았다.

"우리 일족은 본래 억지 혼약에서 도망친 처자를 도와주었다. 아직 어린데 재물에 팔려 가던 아이, 원치 않은 혼처인데도 부모의 뜻을 거절할 수 없던 처녀, 겁탈한 이와 혼인까지 강요받은 여자 등. 그들이 도망쳐 산으로 숨어들면 우리가 도왔지. 그 때문에 까마귀가 마을 처녀를 채 간다는 소문도 돌았어. 그 처자들에게 베푼 은덕이 우리 일족을 산의 주인으로 승격시켰다. 뭐, 그중에는 정말로 일족과 혼인한 처자도 있긴 했으니 아예 뜬소문은 아니었다만."

"그러면 가마구 님은 혼인을 하신 적 있나요?"

내가 묻자, 가마구는 한층 더 미간을 찌푸렸다.

"설마. 말했잖느냐. 인간은 질색이라고."

"나도 인간입니다."

"인간은 싫지만 그들을 돕는 건 일족의 의무다. 지금은 내가 수장이니 그쯤은 해줄 수 있어. 원하는 걸 뭐든 말하거라."

도와달라고 해야 한다. 그게 맞다. 어차피 도망치려 마음먹은 터였다. 모아놓은 돈도 없고 어쩌면 무당이 내 뒤를 쫓을지도 모르나 도망쳐야만 했다. 자기를 신으로 모셔줄 상대를 돈으로 사려는 사람과 결혼하느니 평생 도망치며 사는 게 나았다. 가마구가 도와주면 무일푼으로 쫓겨나진 않을 거고 무당이 날 해코지하지도 못할 거다. 일자리나 집도 얻을 수 있겠지. 그러나 내 쪽을 향하지 않는 옆얼굴을 보고 있노라니 이상하리만치 속이 뒤틀렸다. 오랫동안 나는 이 숲과 대금과 연주를 들어주는 당신에게 정을 붙였는데 당신에게 나는 아무것도 아니었구나. 그 섭섭한 마음을 입 밖에 낼 수가 없어 속이 뒤틀리고 또 뒤틀렸다.

"됐습니다."

꽈배기처럼 뒤틀린 마음이 이성을 밀어냈다.

"동정으로 베푸는 친절은 받고 싶지 않습니다."

"그렇다면 대금을 연주해 주는 조건은 어떠하냐?"

"그것도 되었습니다."

나는 자리에서 벌떡 일어났다.

"앞으로는 나를 사랑하는 이에게만 들려줄 작정입니다. 그 대금 연주."

멀리서 무당이 나를 소리쳐 불렀다. 성큼성큼 대나무 숲을 걸어 나오면서도 혹여 바람 닮은 목소리가 붙잡아주지 않을

까 기대했다. 그러나 대나무 잎 흔들리는 소리조차 들리지 않
았다.

될 대로 되라지.

슬프기보다는 어쩐지 화가 났다.

모미에게.

아니다. 이번만은 편지의 수신인이 바뀌어야 한다. 가마구
에게, 라고 써야 할까. 나에게, 라고 써야 할까. 아니면 그대가
나에게만 알려준 비밀스러운 이름을 쓸까.

가마구와 대화를 나눈 이후, 나는 내내 화가 나 있었다. 숲
에서 나온 뒤에도, 무당의 잔소리를 들을 때도, 도망칠 짐을
싸다가 무당에게 들켜 얻어맞을 때도, 억지로 맞선 자리에 끌
려 나갔을 때도 계속 화가 났다. 평생 어떠한 일을 겪어도 나
지 않던 화가 한꺼번에 터져 나왔나 싶을 정도였다. 왜일까.
왜 이렇게 화가 날까. 침을 튀기며 자신의 신분을 자랑하는
남자를 맞은편에 두고 앉아 고민했다. 부모가 이혼할 때도,
아빠가 나를 절에 버리고 갈 때도, 따돌림을 겪고 욕설을 듣
고 얻어맞을 때도 화가 나지 않았다. 넌 언제나 그렇게 새초
롬하니 초연하구나. 무당은 내게 그렇게 이죽거리곤 했다.

"남자 나이 사십 대면 뭐 많지도 않지. 보살님이 하도 사정을 하시니 받아주는 거야. 안 그러면 그쪽처럼 볼 거 없는 아가씨가 나 같은 남자를 어디서 만나?"

남자의 거들먹거림이 오물처럼 나를 뒤덮어가는 중에도 나는 다른 목소리만을 떠올렸다. 괴로운 불꽃을 고요하게 만들어 주었던 바람. 그 바람을 닮은 목소리.

그 순간 깨달았다.

화가 나는 건 내가 그에게 기대했기 때문이었다. 그는 내가 아무리 서툴게 대금을 불어도 계속 한자리에 앉아 연주를 들어주었다. 이 사람은 나를 떠나지 않는다는 믿음. 그런 믿음을 가져본 건 처음이었다. 그래서 나는, 그렇게.

"그쪽이 듣기엔, 이 처자의 대금 소리가 매우 아깝지."

바람이 불었다. 맞은편 남자의 얼굴이 일그러지더니 무어라 외쳤다. 무슨 말인지는 전혀 중요하지 않았다. 남자는 안색이 새파랗게 질려, 도망치듯이 자리를 떴다.

"동정이 아니다. 도와주려는 것도 아니야."

어깨를 끌어안은 손은 조심스러웠지만 망설임은 없었다.

"사람은 싫지만 너는 싫지 않다. 아니, 오히려."

바람이 귓바퀴를 타고 몸속으로 흘러 들어왔다. 어린 남자아이가 건네는 들꽃처럼 서툰 고백이었다. 어깨를 끌어안은 가마구의 손 위에, 내 손을 겹쳤다. 대금을 연주하고 싶었다.

나를 끌어안으러 한낮에 나타난 다정한 요괴만을 위한, 세상
에 없는 단 하나의 곡을.

　닿지 못할 것이라 지레 포기했던 그리움을, 보내야 할 이에
게 보낼 것이다.

| 작가 노트 |

푸른 불꽃이 너울거리는 도깨비불 게스트하우스의 이야기는 즐거우셨을까요. 저는 어릴 적부터 요괴와 귀신, 기담 등을 무척이나 좋아했기에 이 글을 쓰는 내내 즐거웠습니다.

여기서는 소설 속 요괴들에 관한 이야기를 잠시 풀어보려고 합니다. 문헌 속 존재하는 요괴도 있으나, 제가 창작해 만든 요괴도 있습니다.

1. 예술가와 화도의 붓

(1) 화도 : 화도는 제가 이름 붙인 요괴로, 모티브는 '청소녀'입니다. 도술을 가진 중이 그린 그림 속 소녀가 음식과 돈을 가져다준다는 이야기랍니다.《한국 판타지 아이템 도감》에서 보고 한국구비문학대계도 찾아보았는데 여러 버전이 있더군요.

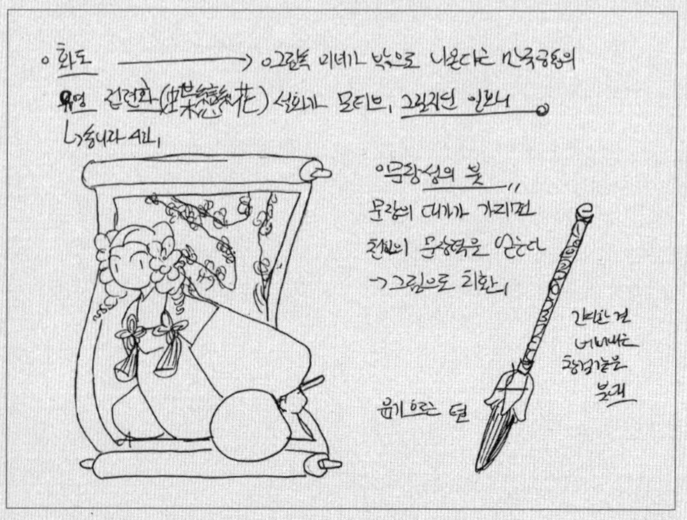

이런 화수분 요괴는 대부분 음식이나 돈을 가져오는 곳이 나라 곳간이어서, 소유자가 필요 이상으로 욕심을 부리면 파멸하는 구조가 대부분입니다.

화도는 이 '청소녀' 이야기에 피그말리온 신화를 섞어 창작했습니다. 조각가가 자신의 창작물과 사랑에 빠진다는 이야기지요. 갈라테이아가 피그말리온을 사랑했듯이, 화도도 화가를 사랑해 그를 위해 문창성의 붓을 가져다줍니다.

(2) 문창성의 붓 : 문창성의 붓은 본래 문장가가 가지면 큰 업적을 이룰 수 있게 해주는 것이나 저는 그림도 가능하게 변경했습니다. 또한 문창성의 붓이 등장하는 《보은기우록》은 조선 후기에 창작된 명나라 배경의 소설이지만, 문창성의 붓은 분명 그

이전부터 존재했을 거라는 가정하에 창작했음을 밝힙니다.

문창성의 붓은 아예 재주가 없는 이가 가지면 실상 아무런 능력도 발휘하지 못합니다. 김민석은 실제로 그림에 재능이 있는 사람이었던 거지요. 문창성의 붓에 의지하지 않고 자신의 실력을 갈고닦아 명성을 따라잡으려 노력했다면 좀 더 좋은 결말을 맞이할 수도 있었을 겁니다.

2. 지킬 앤드 하이드, 솔태

(1) 솔태 : 솔태는 옛날 전염병으로 죽은 갓난아이를 오쟁이에 담아 소나무에 걸쳐 놓았다는 장례 풍습에서 창작한 요괴입니다. 진도와 장성 등 여러 곳에서 행해졌던 걸로 보입니다. 오쟁은 일종의 짚으로 만든 가마니인데, 그 형태가 다양합니다. 어째서 아이의 시신을 매달아 놓았는가에 대해서는 두 가지 의견이 있습니다. 하나는 전염병이 유행할 때 공물로 바쳐 더 이상 병이 돌지 않도록 하는 기원적 의미입니다. 또 하나는 아이가 어릴 때 죽는 건 악귀의 짓이기에, 아이의 시신에 남은 악귀의 흔적을 날짐승이 쪼아 먹게 해 아이의 혼을 자유롭게 만들기 위해서라는 것입니다. 아마 두 가지 마음이 혼재되어 있었겠지요. 흥미가 있으신 분은 《산 자와 죽은 자를 위한 축제》라는 책을 읽어보시기를 권합니다.

이름을 솔태로 정한 건 아이의 장례를 함께한 소나무가 그

마지막에 영험한 기운을 얻어 아이들의 혼을 모아 요괴로 탄생했다는 설정이었기 때문입니다. 그래서 실상 솔태는 나무의 정령 쪽에 가까운 존재입니다.

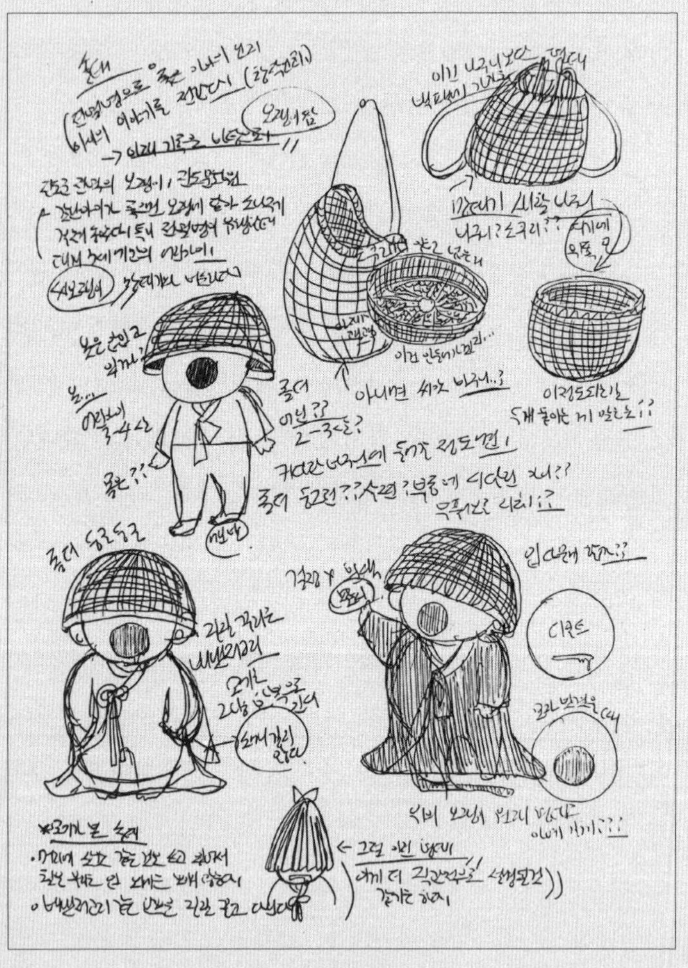

3. 거울을 가진 소녀와 냥돌

(1) 조마경 : 다미와 나경의 눈 속에 박힌 거울의 조각, 조마경은 마물의 실체를 비추어 내는 거울로 알려져 있습니다. 소설에서는 염라대왕이 사용하는 업경대와 동일한 것으로 설정했지만, 실제로 이 둘은 다르게 취급되는 경우가 많습니다. 소설에서는 나경이 상대의 실체를 보여준다는 점, 그리고 다미가 지옥 탑돌이를 떠났다는 점에서 공통분모를 두기 위해 부득이 두 거울을 혼재해 사용했음을 밝힙니다.

(2) 냥돌 : 냥돌은 묘아두猫兒頭라는 요괴로 바위 구멍에 살며, 머리는 고양이에 몸은 뱀과 같은 형태를 띠고 있습니다.《한국 괴물 백과》를 읽다가 사람이 주는 음식도 잘 받아먹고 사람들이 자신을 섬기는 걸 즐겼다는 부분이 참 귀엽다 싶었습니다. 언젠가 꼭 소설에 등장시키고 싶다고 생각했는데, 이번에 그럴 수 있어서 기뻤습니다.

묘아두는 비가 올 무렵에 자주 나타나는데 푸른색 연기를 내뿜으며, 새들이 잘 따른다고 합니다. 아마도 비가 올 때 나타나는 자연 현상 중 하나를 요괴로 형상화한 게 아니었을까 망상을 해봅니다.

(3) 신병(백갑신병, 흑갑신병) : 흰콩과 검은콩을 은그릇에 넣고 주술로 만드는, 콩처럼 작은 병사입니다.《삼국유사》에 승려 혜통이 당나라의 공주 몸에 들어간 괴물을 쫓으려 사용했다는

기록이 있다고 합니다. 흑갑신병이 더 강하다고 하네요. 소설에
서는 갑옷을 벗고 앞치마를 입습니다. 그 앞치마는 모미가 한 장
시험 삼아 만들어 준 것으로, 모미의 바느질 솜씨는 그다지 좋지
않은 편이라 나머지는 신병들 스스로 만들었다는 설정입니다.

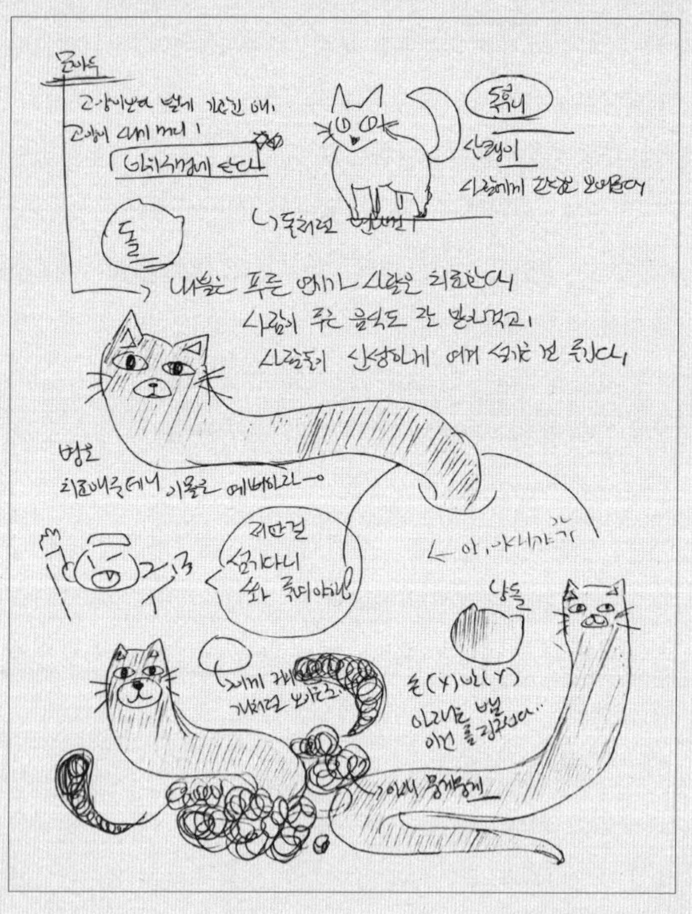

4. 사신 PD와 향랑각시

(1) **향랑** : 향랑은 지네 요괴입니다. 《한국 고전소설의 요괴》
에는 요괴로 형상화된 동물의 종류를 분류해 놓았는데, 지네는
단연 그 수가 적습니다. 지네만이 아니라 곤충이 요괴가 된 경
우 자체가 드뭅니다. 대표적인 곤충 요괴는 황충蝗蟲인데, 사실
요괴라기보다는 문자 그대로 떼거리로 몰려다니는 메뚜기입니
다. 농작물에 큰 피해를 끼친 데다가, 과거 농민들이 해결할 방
법도 없었으니 그야말로 무시무시한 요괴처럼 여겨졌던 거겠
지요. 그 외 다른 곤충이 요괴로 형상화된 경우가 적은 건, 기후
나 풍토의 영향으로 그만한 피해를 끼치는 곤충이 적은 편이라
그랬던 것 아닐까 추측해 봅니다.

기록에서 지네 요괴는 인간의 도움을 받아 적을 무찌르거나,
인간을 납치하는 악역으로 나오거나 둘 중 하나입니다. 그러나
이동이 빠르고 독에 강하며 신에 가까운 지위 높은 요괴로 나온
다는 공통점이 있습니다.

향랑은 나경이 어릴 적부터 돌봤다는 설정인데, 나경은 본
래 모습으로 변한 향랑을 자주 타고 놀았습니다. 그러니 나경
은 웬만한 곤충은 무서워하지 않을 것 같네요. 교실에 바퀴벌
레가 나와도 놀라지 않을 것 같습니다. 때려잡지도 않을 것 같
지만요.

또한 향랑은 과거 여러 명의 제자를 거두었는데, 자신의 본

래 모습을 보이게 되면 바로 그 곁을 떠났다는 설정입니다. 인간 세상을 자주 왔다 갔다 하기에 보통의 인간에게 자신의 본체가 징그럽게 보인다는 것을 인식하고 있고, 본체를 들키는 게 상당한 리스크가 된다는 것도 누구보다 잘 알고 있습니다. 그럼에도 인간을 좋아한다는 점에서 가마구와 큰 차이가 있는 편입니다.

5. 꽝, 인어의 삼색 경단

(1) 낭간 : 인어에 대한 전설은 우리나라 곳곳에 남아 있습니다. 대표적으로 장봉도 인어 전설과 해운대 동백섬 인어 전설이 있습니다. 장봉도 인어 전설은 최 씨가 위는 여자이고 아래는 물고기인 인어를 생포했는데 하도 눈빛이 간절하여 놓아주었더니 그 후로 물고기를 아주 많이 잡게 되어 부자가 되었다는 내용입니다. 해운대 동백섬 전설은 물속에 '수정국'이라는 인어의 나라가, 육지에는 그 후손이 세운 '나란다국'이 있다는 설정입니다. 나란다국의 황옥 공주가 동백섬의 은혜왕과 결혼한 후 딸을 낳고, 다시 자신의 나라로 돌아갔다는 내용이지요. 어느 쪽이든 인어는 자신의 나라로 돌아간다는 공통점이 있습니다. 뭍에서 이방인일 수밖에 없는 그들은 자신을 포기하기보다는 돌아가는 쪽을 택하지요.

낭간은 이진수라는 어부의 딸로, 이진수가 인어에게서 받은 음식을 먹은 후 미모와 영생을 한꺼번에 얻게 된 여자입니다. 그러나 그 미모로 인해 온갖 사건에 휩쓸리게 되고, 늙지 않는 낭간을 수상하게 여긴 이들에게 시달리다가 행방불명되었다고 합니다. 저는 낭간 역시 바다로 돌아갔을 거라고 생각합니다. 이방인을 편견 없이 품어주는 곳은 결국 바다니까요.

낭간이 만든 인어의 떡은 창작해 낸 것으로, 어떤 색에 어떤 의미를 부여할지 고민하는 게 즐거웠습니다.

6. 케이크와 불청객

(1) 귀신의 날 : 음력 1월 16일, 정월 열엿새날입니다. 이날은 사방에 귀신이 돌아다닌다고 여겨 일을 하거나 남의 집에 가면 귀신이 붙어 와 몸이 아프게 된다고 믿었습니다. 나무를 태워 그 냄새와 소리로 귀신을 막거나 "귀신 대가리 깨뜨린다"라는 뜻으로 널뛰기를 합니다. 널빤지가 위로 올라갔다 내려오면서 땅에 닿을 때 나는 소리로 귀신의 대가리를 깨뜨려 없앤다는 뜻입니다.

중국에도 이와 비슷한 귀신의 날이 있습니다. 음력 7월 15일이 되면 한 달 동안 저승문이 열리고, 지옥에 있던 귀신들이 인간 세상에 나와 돌아다닌다고 합니다. 이때 선행을 많이 쌓은 귀신은 극락에 갈 수 있다네요.

7. 일 년 후, 정월 대보름

(1) **야광귀** : 귀신의 날에 민가에 내려와 아이들의 신발을 훔쳐 간다는 요괴입니다. 설날 밤에 내려온다는 이야기도 있습니다. 어느 쪽이든 아이들이 들뜨는 밤이지요. 우는 아이는 호랑이가 잡아간다는 말처럼 아이들을 빨리 재우기 위해 어른들이

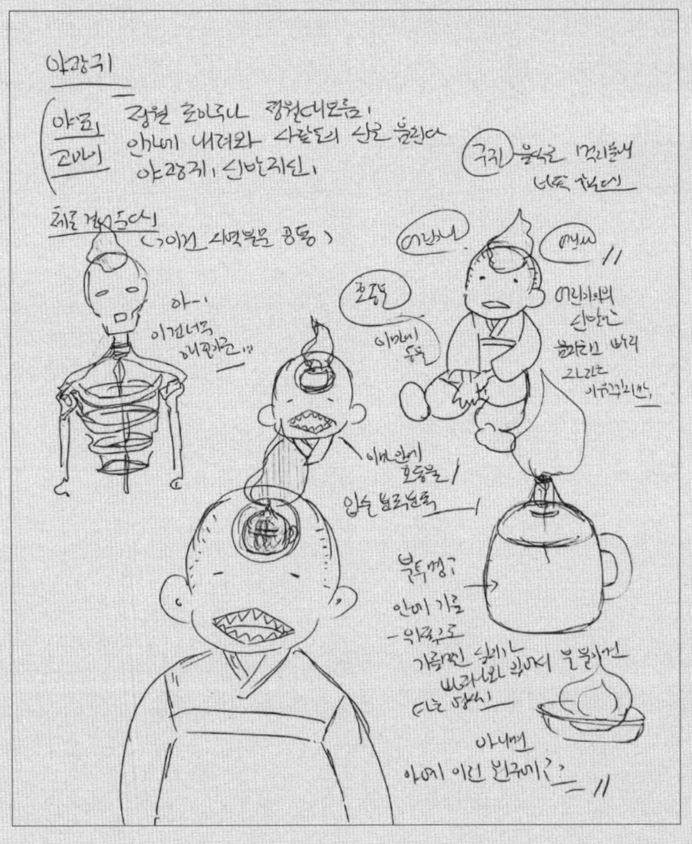

만들어낸 방도는 아니었을까요. 야광귀가 신발을 가져가면 신발의 주인이 아프거나 다친다고 여겨, 사람들은 대문이나 처마에 체를 걸어두었다고 합니다. 그러면 야광귀가 체의 구멍을 세다가 날이 밝아 돌아간다고 여겼다네요. 지역에 따라 달귀귀신이나 야귀할멈이라고도 불렸습니다. 유득공의 《경도잡지》에는 '약왕藥王'의 음이 와전되어 '달귀'라 불린 게 아닌가 하는 추측이 실려 있습니다. 음식을 먹지 못해 삐쩍 마른 모습이거나 추한 외모로 묘사되는 경우가 많지만, 이 소설에서는 어린아이의 형상으로 바꾸어 보았습니다.

8. 대금 소리 흐르는 숲

(1) 가마구 : 가마구는 《한국 구전설화》에 실린 까마귀 도적단 이야기에서 힌트를 얻어 창작한 요괴입니다. 본래 설화 속 까마귀는 새 신부를 데리고 산을 넘는 일행을 습격해, 신부를 빼앗아 가는 존재입니다. 신랑이 신부를 찾으러 가지요. 두 사람은 협동 공격으로 가마구를 물리칩니다. 갇혀 있던 다른 여자를 구하고 금은보화도 챙겨 와서 잘살게 되지요. 제가 창작해낸 가마구는 '만약 가마구 도적이 인간 아닌, 다른 입장에서 기록되었으면 어땠을까' 하는 생각에서 시작된 인물입니다. 기록은 인간의 것이고, 요괴는 아무리 자신의 이야기가 부당하게 기록되어도 그 기록에 관여할 수 없을 테니까요. 그런 요괴의 이

야기를 써 보고 싶긴 하네요.

소설 속 가마구는 본래 인간의 생활에는 큰 관심이 없지만, 다미와 결혼하고 나경이 태어나면서 관심을 가지게 되었다는 설정입니다. (인간세계에는 관심이 있습니다. 인간세계의 정세를 읽지 않으면 산을 지키기 힘들다는 걸 알고 있거든요.) 지면이 좀 더 있었다면 가마구와 다미가 데이트를 하거나 싸우는, 두 사람의 교제 기간 이야기를 더 써보고 싶기도 했습니다.

가마구가 다미를 만나기 전까지 인간을 그다지 좋아하지 않았던 데에는 이유가 있습니다. 선대 가마구가 인간 여자와 사랑에 빠져 일방적으로 수장 자리를 걷어차 일족이 큰 어려움을 겪었기 때문이란 설정인데, 딱히 쓸 일이 없어 소설 안에 담지 못했습니다.

가마구의 본명에 대해서는 독자분들의 상상에 맡기도록 하겠습니다.

기이한 것에 끌리는 사람은 어떠한 지점에서든 이방인의 감각을 겪어본 이라 생각합니다. 어쩌면 모두가 서로에게는 이방인일 수도 있습니다. 가끔은 나 자신조차도 낯설게 느껴지는 것이 삶이니까요. 그래서 이 소설은 낯선 존재를 손끝으로 서툴게 더듬어 알아가는 이야기라고 생각합니다. 언젠가 한 번쯤은, 도깨비불 게스트하우스와 마주치게 될지도 모르겠습니다.

선행 연구로 상상력을 펼칠 수 있게 해주신 분들, 게스트하우스에 함께해주신 모든 분께 감사의 말씀을 전합니다. 또 다른 봄에 다시 만나 뵙기를 바랍니다.

| 참고 문헌 |

단행본

곽재식. 2018.《한국 괴물 백과》. 워크룸프레스.

유정호. 2022.《조선괴담실록》. 책들의정원.

이후남. 2022.《한국 고전소설의 요괴》. 한국학중앙연구원출판부.

코몬 상상화샘. 2022.《한국 전통 괴물사》. 세모네모동그라미.

화화 스튜디오. 2021.《한국 판타지 아이템 도감》. 화화.

웹사이트

조선왕조실록. https://sillok.history.go.kr/

한국향토문화전자대전. https://www.grandculture.net/korea

한국학중앙연구원. https://www.aks.ac.kr/

도깨비불 게스트하우스

초판 1쇄 발행	2026년 3월 19일
초판 2쇄 발행	2026년 4월 3일

지은이	범유진

기획	신지민
책임편집	이현지
디자인	weme design
책임마케팅	최혜령, 박지수, 도우리, 양지환, 송지은, 박주미
마케팅	콘텐츠IP사업본부
해외사업	한승빈, 박고은
경영지원	백선희, 권영환, 이기경, 최민선, 강아현
제작	제이오

펴낸이	서현동
펴낸곳	㈜오팬하우스
출판등록	2024년 5월 16일 제2024-000141호
주소	서울시 강남구 테헤란로 419, 11층(삼성동, 강남파이낸스플라자)
이메일	info@ofh.co.kr

© 범유진 2026

ISBN	979-11-7577-184-0(03810)

모모는 ㈜오팬하우스의 출판 브랜드입니다.